빛나는 가을에 가닿으시기를.

편혜영

저녁이면 달을 보며
매양 걸었네.

김연수

"같이 할까요?"

[illegible]

홀로, 또 같이

충만한 계절 보내시기를

2022. 9. 정한아

우리의 다리가 맞닿을 곳에서,

문.지혁

아주 환하고 환한 날

백수린

2022
김승옥문학상
수상작품집

2022
김승옥문학상
수상작품집

문학동네

알립니다

우수상 수상작 가운데 구병모 작가의 「니니코라치우푼타」는 작가의 뜻을 존중하여 작품집에 수록하지 않습니다.

|차례|

2022 김승옥문학상

대상

/

편혜영

포도밭 묘지

작가노트

검은 포도의 맛

리뷰 | 김화영

운명의 수학

© 김승범

편혜영

2000년 서울신문 신춘문예에 단편소설 「이슬 털기」가 당선되어 등단. 한국일보문학상, 이효석문학상, 오늘의 젊은 예술가상, 동인문학상, 이상문학상, 현대문학상, 셜리 잭슨상, 김유정문학상, 2010년 젊은작가상 등 수상. 소설집 『아오이가든』 『사육장 쪽으로』 『저녁의 구애』 『밤이 지나간다』 『소년이로』 『어쩌면 스무 번』, 장편소설 『재와 빨강』 『서쪽 숲에 갔다』 『선의 법칙』 『홀』 『죽은 자로 하여금』이 있다.

포도밭 묘지*

언어터지기 전에는 누구나 전략이 있는 법이다.

타이슨의 말이다. 타이슨에 대해서라면 한때 빼어난 권투선수라는 것 말고는 아는 바가 없었다. 한오가 이 얘기를 해줬다. 한오는 아는 게 많았다. 어찌나 많은지 타이슨이 어린 시절 새를 키운 것도 알았다. 애지중지 키운 새를 누군가 죽였는데, 타이슨이 처음으로 다른 사람을 향해 주먹을 날린 게 그때라고 했다.

"무슨 새를 키웠대?"

수영의 물음에 한오가 당황한 표정을 지었다. 그건 몰랐던 것이다. 그러고 보면 한오는 거짓말을 못했다. 어차피 아무 새나 말해도 모를 텐데 대충 둘러대는 법이 없었다.

아마 한오는 타이슨 이야기로 교훈을 주고자 했을 것이다. 무엇 때문이든 남의 마음을 상하게 하면 안 된다고 말이다. 윤주가 한오의 책을 빌려가서는 잃어버려서였다. 윤주는 새 책을 사준다고 했지만 한오는 됐다고 했다. 그러고는 얼마간 계속 타이슨 얘기를 꺼냈다.

"마지막으로 주먹을 날린 건 언제래?"

이번에도 수영이 물었다. 수영은 한오가 대답하지 못할 것을 묻는 데 재미를 붙였다.

한오는 아는 걸 얘기할 기회를 놓치지 않았다. 정확히 안다고 여기는지 단호한 표현을 쓸 때가 많았고 그러다보니 남들이 다 알 만한 것도 자신만 아는 듯 착각하기도 했다. 윤주는 묵묵히 듣다가 엉뚱한 말대꾸를 했고, 수영은 한오가 모르거나 잘못 알고 있는 부분을 지적해서 놀리려고 제법 열심히 들었다.

나는 한오의 허세를 당연하게 여겼다. 그애는 우리 중 유일하게 대학에 입학했다. 대학만 다닌다면 좋았겠지만 은행에도 다녀야 했다. 은행에서는 한오가 야간대학을 다니는 것에 어떤 편의도 봐주지 않아서 정산이 맞지 않는 날이나 마감 때면 수업에 빠졌다. 고생스럽게 대학을 다니고 있으니 대학생인 티를 내도 이해할 만했다. 예를 들어 처음 만나는 사람에게 학번으로 나이를 묻는 것 말이다. 세상 모든 사람을 대학 다닌 사람 취급하는 이 질문은 대학을 다니지 않는 우리에게는 참으로 배려 없는 태도였다.

고등학교를 졸업한 이듬해 남이섬에 놀러갔을 때 섬 이름의 유래를 말해준 사람도 한오였다. 남이 장군 묘가 있어서 남이섬이라 불린다는 얘기였다.

"남이 장군? 꼬마 장군 말하는 건가?"

나는 혼잣말인 양 중얼거렸다.

"꼬마는 무슨. 고려 때 무관이야."

한오가 퉁명스럽게 굴었다. 제 말이 끊겨서였다.

"애들 영양제 파는 장군 아니야?"

내가 자신 없는 투로 되물었다. 역사적 인물에 대해서라면 제대로 아는 게 거의 없었다. 옥중에 갇혀서도 만세를 부르던 유관순이라면 매해 삼일절마다 노래를 제창할 정도로 알고 있었지만.

"고려가 아니라 조선."

수영이 한오의 말에서 잘못된 부분을 고쳐줬다.

"고려나 조선이나 옛날이긴 마찬가지지."

한오는 수영에게 틀린 사실을 지적당하느라 얘기를 잇지 못하는 게 못마땅한지 어깃장을 놨다.

"어린이 영양제는 남이 장군이 아니라 홍이 장군."

이번에 수영은 나를 보며 말했다.

"홍이 장군이 인기가 많네. 내 조카도 그거 먹어."

윤주가 언제나처럼 딴소리를 했다. 윤주가 한마디 거들면 한심하고 무의미한 짧은 투닥거림은 싱겁게 끝나곤 했다. 높낮이가 일정한 톤으로 최소한의 말만 하는 탓에 윤주의 말에는 간혹 권위가 실렸다.

우리는 한오가 하는 남이 장군 얘기를 들으며 메타세쿼이아길을 걸었다. 임금의 총애를 받았으나 임금이 죽은 후 역적으로 몰렸다는 얘기였다. 남이섬을 가게 되자 미리 찾아본 모양이었다. 그러고 보면 잘난 척도 한오처럼 부지런하고 암기력이 좋아야 할 수 있었다. 아마 더 길게 얘기했다면 또 틀린 정보가 섞였겠지만. 그래도 신점 보는 사람들에게 남이 장군이나 최영 장군처럼 억울하게 죽은 무장의 혼령이 잘 들러붙는다는 주장은 흥미로웠다.

"그런 얘기는 어디서 들었어?"

나는 한오의 박학다식에 감탄하며 물었다.

"이모가 군산 살아."

"군산에 신점 보는 사람이 많아?"

"거기는 뱃사람이 많았을 테니까."

한오가 이 정도는 당연히 짐작할 만하지 않느냐는 투로 말했다. 말은 퉁명스럽게 해도 내가 기분 나쁜 표정을 짓고 있으면 제일 먼저 무슨 일이냐고 물어주는 사람은 늘 한오였다. 괜찮아, 아무 일 없을 거야, 다 잘될 거야, 하고 말해줬다. 한오가 무작정 다정한 말을 건네고 보는 타입이라면 수영은 현실성을 가늠해 얘기해줬고, 윤주는 잠자코 있다가 간혹 정곡을 찔렀다.

섬에 있다는 장군의 묘는 허묘虛墓였다. 무덤을 보러 남이섬에 온 것은 아니지만 우리는 지나가는 사람에게 부탁해 돌무지 봉분 앞에 나란히 서서 같이 사진을 찍었다.

"장군 이름에 외자가 많네. 남이, 최영, 권율, 원균……"

입구의 안내문을 읽다 말고 한오가 중얼거렸다.

"너도 외자잖아?"

수영이 이제야 깨달은 듯 소리쳤다. 성은 한, 이름은 오. '오'라고 부르자니 뭔가 덜 부르는 느낌이어서 우리는 줄곧 성과 이름을 함께 불러왔다.

"아깝다. 이름만 보면 딱 장군감인데. 지금이라도 여군에 자원할래? 말뚝 박을까?"

수영이 말했다.

"여자는 말뚝 박아도 장군 못 돼."

한오가 말했다.

"못할 게 뭐야. 하면 되지."

수영은 그때부터 한오를 장군이라고 불렀다. 다분히 놀리려는 말이었지만 한오에게는 장군다운 면모도 없지 않았다. 힘이 세거나 통솔력과 책임감이 있는 건 아니지만 추진력과 전략이 남달랐다. 한오는 고3 여름방학이 되기도 전에 은행 취업을 확정 지었다. 반년이나 놀 수 있겠다고 부러워하는 우리를 비웃듯 대학 입시를 준비했고, 은행에 다니면서 이 년을 더 공부한 후에 대학에 합격했다.

그럴 거면 인문계 고등학교에 가지 애당초 왜 상고에 왔느냐고 묻는 사람은 우리 중에 아무도 없었다. 공부를 못하거나 대학에 가고 싶지 않아서 선택한 게 아니었기 때문이다. 부모는 교육에 대해 단순한 생각을 가지고 있었다. 형편이 좋지 않으니 고등학교까지 가르치면 족하다는 식이었고, 그 이상을 꿈꾸기를 바라지 않았다. 우리는 일단 우리 몫의 미래에 순응했다. 대학을 가거나 사회적으로 주어진 것과 다른 사람이 되려면 응석을 부리는 대신 자립심을 키우는 편이 나았다. 자립심이 마음이나 용기가 아니라 돈이라는 게 문제가 됐다.

성적이 한오보다 좋은 수영은 서류전형에는 매번 합격했지만 면접에서 늘 떨어졌다. 대개의 기업체 채용 기준에 포함된 '용모단정'이 걸림돌이 됐다. 수영이 키가 작고 피부도 안 좋고 뚱뚱하다는 얘기였다. 면접에서 계속 떨어지자 취업 담당 선생은 수영을 보면 노골적으로 한숨을 내쉬었다. 담임은 키는 마음대로 안 되더라도 살은 마음만 먹으면 뺄 수 있지 않느냐며 우등생인 수영을 의지박약한 사람 취급했다. 워낙 모범생이어서 한 번도 선생들에게 싫은 소리를 들은 적 없던 수영은 충격을 받은 듯했고 차차 말수가 줄었다. 부당하다고 말하지도 못할 만큼 기가 죽었다.

윤주는 여름방학이 끝날 무렵 양회를 모기업으로 하는 대기업에 최종 합격했다. 그때만 해도 우수한 상고생의 취업 선호도가 높은 곳은 대개 은행이었는데, 윤주는 바로 그 이유로 일반 기업체에 지원했다. 창구에 앉아 손으로 지폐 세는 일은 딱 질색이라면서. 윤주는 학교 로고가 새겨진 교복이 싫다며 재킷 위에 항상 카디건을 덧입고 다녔다.

"요새는 은행도 다 기계로 해. 자격증도 폐지되는 마당인데 뭐."

수영이 말했다.

"그러면 선생님들은 어떻게 될까."

윤주가 물었다.

주산 선생은 주산을 둘 줄 알까 하는 것이 우리의 궁금증 중 하나였다. 그건 타자 선생의 대학 때 전공이 무엇이었을까 하는 것만큼이나 우리가 끝내 해결하지 못한 의문이었다. 국가 자격증이 폐지되면 기능 교과 선생은 무슨 과목을 지도하게 될지도 알고 싶었다. 무엇보다 머지않아 폐지될 자격증을 왜 계속 채용 조건으로 삼을까 하는 점이 가장 의아했다.

성적이 좋지 않았던 나는 면담 때 은행보다는 일반 기업체가 좋다고 말했다가 담임으로부터 그딴 걸 따지기 전에 기업을 위해 뭘 할 수 있는지를 고민하고, 갈 수 있다면 어느 회사든지 가리지 말라는 말을 들었다.

우리는 아직 성년이 되기도 전이었다. 그런데도 10월이 되자 벌써 출근을 하는 아이들이 생겨났다. 성적, 자격증, 용모, 세 가지 조건을 고루 갖춘 아이들은 대개 취업을 확정 지을 시기이기도 했다. 찬바람이 불면 나만 교실에 남겨질 듯한 두려움 때문에 언젠가 이름을 들어본 반포의 한 백화점에 지원 서류를 넣었다. 서류전형과 면접을 거쳐 한 달 만에 합격 통보를 받았을 때는 기쁘기보다 두려웠다.

백화점은 직종의 구분 없이 대규모 인원을 채용했다. 지원 서류에 기재한 대로 내심 내근직으로 발령날지도 모른다고 기대했으나, 그해 채용된 신입 사원 모두 판매직으로 배정되었다. 합격자 발표가 수요일에 났는데 그다음 주 월요일부터 근무를 시작해야 했다. 취업을 서두른 나머지 결과적으로 넷 중에서 내가 가장 먼저 학교를 떠나게 된 셈이었다.

출근을 앞둔 금요일 하굣길에 사물함을 정리했다. 이제는 쓸 일 없는 교과서와 노트를 교사校舍 뒤편 소각장에 버렸다. 오래 써서 엉덩이 모양으로 솜이 꺼진 방석은 사물함에 그대로 남겨두었다. 혹시라도 졸업식 날 교실에 가면 쓸 수도 있으니까.

선생들은 겨울방학이 다 되도록 취업 못한 아이들을 '미자'라고 불렀다. 미취업자를 줄인 말인데, 그애들은 교실 티브이로 오래전 영화를 감상하며 시간을 때웠다. 미자라는 말을 안 듣고 졸업하는 학생은 거의 없었다. 선생들이 학기초부터 그 말을 아무데나 가져다 썼기 때문이다. 세때 자격증을 따지 못한 미취득자들도 미자라고 불렸다. 미자들은 수업시간에 교실 뒤쪽에 서 있거나 앞으로 나가 선생에게 매를 맞았다. 더 굴욕적인 미자도 있었다. 용모 단정이라는 지원 자격을 구실로, 선생들은 자체적인 신장과 몸무게 조건을 정해두고 교내 추천의 기준으로 삼았다. 이 기준에 미치지 못하는 미용모자들도 미자가 됐다.

여러 의미의 미자 중에서 성적이 가장 좋은 사람은 말할 것도 없이 수영이었지만, 수영은 그때쯤 완전히 자신감을 잃은 상태였다. 굴욕감에도 불구하고 취업이 먼저라고 생각했는지 다이어트를 하느라 밥을 끊고 밤마다 줄넘기를 했고, 채용 공고가 나면 회사 규모를 가리지 않고 입사 지원서를 넣었다.

우리는 졸업식 때나 겨우 만나 사진을 찍었다. 오랜만에 회사를 쉬고 학교에 간다고 잔뜩 들떴던 마음은, 졸업생 대표로 성적 우등상을 받았지만 당장이라도 울 듯한 수영 때문에 금방 가라앉았다. 수영은 우리와 함께 점심도 먹지 않고 집으로 돌아갔다. 상고생은 취업 재수가 불가능하기 때문에 사실상 멀쩡한 회사는 가망이 없다는 게 한오의 말이었다. 한오 관점에서 보면 백화점 역시 멀쩡한 회사는 아닌 듯싶었지만, 내근직으로 발령나면 모든 게 괜찮아지지 않을까 하고 막연히 생각했다. 한오는 그럼, 바로 발령나지, 하고 쉽게 말해줬고 윤주는 잠자코 있었다. 그 무렵 나는 삼 개월간의 수습 기간이 끝나 남성용 구두 매장에 배정되었는데, 저녁이면 다리가 퉁퉁 붓고 혈관이 튀어나왔고 손에서는 발냄새가 났다.

한오는 여의도 본사 인사팀으로 발령받아 입사 동기들의 부러움을 샀다. 자부심을 느낄 만했지만 과장이 글씨 쓰는 일만 시키는 탓에 한오는 하루종일 붓펜으로 사령장이나 고객에게 보내는 감사 편지 등을 썼다. 한오가 높은 급수의 펜글씨 자격증을 가지고 있어서였다. 통화를 하다 그 얘기가 나왔을 때, 창구 업무를 안 하고 글씨만 쓰면 오히려 편하고 좋은 것 아니냐고 물어보니 한오는 수화기 너머로 볼멘소리를 했다.

"제대로 된 일을 배워야지. 은행이니까 여신도 배우고 대출도 배우고 외환도 배워야지. 그래야 성공하지."

성공이 다소 멀어진 건 안타깝지만 고객을 상대하지 않아도 된다는 점은 부러웠다. 나로서는 날마다 까다로운 고객들을 상대하느라 진이 빠져 있었던 것이다. 퇴근하고 돌아오면 그저 눕고만 싶었다. 선배들이 하지정맥류나 족저근막염, 방광염에 시달리는 이유를 알게 되었다.

가끔 전화통화나 겨우 할 정도로 여유가 없었지만, 수영이 내가 근무하는 백화점의 봄철 채용에 합격하면서 다시 만날 수 있었다. 알고 보니 백화점은 분기마다 고졸 신입 사원을 선발했다. 많이 뽑는다는 건 그만큼 퇴사자가 많다는 의미였지만, 당시의 우리로서는 백화점이 잘되고 있는 신호인 줄 알았다. 물론 그 생각을 오래하지는 않았다.

백화점은 고속버스 터미널 근처에 있어서 손님이 많았다. 인근 주민도 왔지만 터미널을 오가는 여러 지역 사람이 골고루 왔다. 그런 뜨내기손님들은 영업 이익률이 높은 고가 물품이나 명품을 구매하지 않았다. 그래서인지 백화점은 적자를 면치 못했고, 차츰 싸구려 물품으로 매장을 채우더니 이월상품에 조금씩 더 넓은 자리를 내줬다.

수영과 나는 억양과 어휘가 제각각인 사람들에게 계절과 연도가 지난 이월상품을 팔았다. 손님이 원하는 치수의 옷을 창고에서 가져다주고 할인율을 계산하고 쇼핑백에 옷을 담고 그런 와중에도 표시된 정가를 깎아달라는 손님들을 상냥한 얼굴로 응대하고 착용한 의류를 반품해달라는 손님에게 화를 내지 않으려 애쓰며 하루종일 섬유 먼지에 둘러싸여 지냈다.

점심을 서둘러 먹고 나면 잠깐 짬이 났다. 근무조가 같은 날이면 수영과 백화점 건너편의 아파트 단지 후미진 곳으로 가서 몰래 담배를 피웠다. 짧은 시간 안에 가급적 많이 피우려고 서로 말도 거의 하지 않았지만 그 시간마저 오래가지 못했다. 아파트의 한 주민이 백화점 인사과로 전화를 걸어 여자 직원이 버젓이 유니폼을 입고 남의 아파트에서 담배를 뻑뻑 피워대는데 뭘 믿고 거기 물건을 사겠느냐고 항의했다. 물건의 품질과 우리의 흡연은 아무 상관이 없지만 수영과 나는 매니저에게 불려가 호되게 야단을 맞았다. 학교였다면 선생에게 혼만 나고 말았을 텐데, 직장이어서 혼도 나고 벌점도 받았다. 벌점을 받으면 기분만 상하고 말

줄 알았는데 매니저가 평가에 반영될 거라고 매정한 투로 통보했다.

수영과 나는 충격을 받았다. 우리는 인사고과에 목을 매고 있었다. 주머니에 챙길 돈도 아닌데 하나라도 더 팔려고 애썼던 것은 그 때문이었다. 평가에 따라 내근직으로 전환될 수 있다는 얘기를 수습 교육 때부터 줄창 들어왔던 것이다. 그 가능성 때문에 우리는 억지를 써가며 입은 옷을 반품하려는 손님도 참고, 목이 마르니 정수기 물을 가져다달라고 심부름시키는 손님도 웃으며 넘기고, 사사건건 반말로 간섭하는 매니저도 견디고, 폐점 후 자정 넘어까지 매장 디스플레이를 변경하는 일도 감수해왔다. 고작 남의 아파트 단지에서 담배 몇 대 피운 것 때문에 내내 이런 생활을 유지해야 한다면 아무런 희망이 없는 것은 아닐까.

"그만두자."

퇴근하는 길에 수영이 침울하게 말했다.

"그러자."

나는 흔쾌히 대꾸했다.

하지만 다음날에도 우리는 여느 때처럼 출근했고, 점심시간에 만나 담배를 피우는 대신 좁은 탈의실에 서서 자일리톨 껌을 나눠 씹었다. 퇴근 후에는 웬디스에서 샐러드를 층층이 담아와 먹으며 우리의 월급으로 한 달에 이곳을 몇 번이나 올 수 있는지 계산해봤고 얼마 되지 않는다는 사실에 의기소침해져 또 그만두자고 결의했지만, 다음날 아침에는 부은 얼굴로 버스를 타러 나섰다.

우리는 먼저 그만둘 기회를 놓쳤다. 매니저가 사라진 것이었다. 매니저는 개장 전에 매번 사원들을 둥글게 세워놓고 용모 검사를 했다. 손톱을 바짝 잘랐는지 매니큐어를 바른 건 아닌지 확인했고 액세서리를 전부 빼라고 일일이 지적했다. 그는 점원이 손님보다 부자로 보이면 거기서 물건을 사고 싶겠느냐고, 점원은 매사 아랫사람처럼 행동하는 게 실적을 올리는 방법이라고 냉랭하게 말하곤 했다. 사라진 매니저가 매장의 고가품을 챙겨갔다는 소문도 돌았다. 관리자가 퇴사하는 일이 생기자 분위기가 눈에 띄게 뒤숭숭해졌고 수영과 나는 더는 그만두자는 말을 하지 않게 되었다. 대신 언제까지 다닐 수 있을지, 백화점이 곧 법정관리에 들어간다는 소문도 있던데 그러면 월급이 제대로 나올지 하는 얘기만 나눴다.

그후로도 이 년쯤을 더 다니고 나서야 우리는 백화점을 그만뒀다. 사표를 쓰는 마음이 적적할 줄 알았는데, 처음으로 내가 미래를 결정짓는 듯해서 기분이 썩 괜찮았다. 수영은 모아놓은 돈으로 공무원 시험 준비를 해보겠다고 했고, 나는 곧바로 명동의 다른 백화점으로 이직했다.

다음해 윤주는 결혼했다. 상대는 열세 살 차이가 나는 직장 상사였다. 옆 부서 차장인데, 곤경에 빠진 윤주를 도와준 것이 인연이 되었다고 했다.

"무슨 곤경이길래 열세 살이나 많은 사람이 도와줬어?"

수영이 딱딱한 투로 물었다.

윤주는 섬유를 수입하는 부서에서 근무했는데, 신용장에 오타를 낸 걸 뒤늦게 발견했다. 윤주가 입사 후 받은 교육 중에, 신용장에 오타가 나면 어마어마한 손해를 입게 된다는 내용이 있었다. 수입 물품에 문제가 생겨도 배상을 요구할 수 없다는 것이었다. 난감해하는 윤주에게 옆 부서 차장이 신용장 변경 요청을 하면 된다고 일러줬다. 간단한 방법이고 비용도 들지 않았다. 부서에 아무런 피해를 끼치지 않는다는 뜻이었다.

변경 요청 서류를 만들자니 교육 담당자에게 화가 났다. 오타를 내는 게 흔하지는 않아도 드문 일이 아닌데 모든 책임을 서류를 작성하는 직원 탓으로 돌리는 것 같아서였다. 대개의 서류 작성은 부서 막내인 여직원이 담당하니까 가장 힘없는 대상에게 책임을 떠안기는 것이었다. 대리에게도 화가 났다. 그는 사수인데도 업무를 정확히 가르쳐주기보다는 심각하고 돌이킬 수 없는 잘못을 저질렀다고 윽박지르며 겁을 줬다. 과장도 마찬가지였다. 대리가 윤주를 야단치자 그는 "그러게 제대로 좀 하지" 하고 나무라는 말을 보탰다. 해결책을 알려준 사람은 옆 부서 차장이 유일했다.

사수인 대리와 사이가 틀어지면서 윤주는 간단한 심부름이나 서류 정리만 하는 굴욕적인 처지에 놓였다. 신용장을 가지고 해운회사에 심부름을 가고 커피믹스나 녹차 티백 같은 탕비실의 비품을 채우고 과장의 책상을 치우고 회의 자료를 복사하고 총무실에 문구류와 각종 양식지를 신청하고 이사의 요구대로 컨트리클럽을 예약하려고 서너 시간씩 수화기를 붙들고 있고 간혹 부서 회식을 위해 식당을 알아보는 등의 일만 했다.

차장이 결혼 얘기를 꺼냈을 때 윤주는 선뜻 그러자고 했다. 차장이 결혼하면 회사를 그만두라고 했기 때문이었다. 한오가 납득했다는 듯 고개를 끄덕였다. 윤주가 멋쩍게 웃었다.

우리는 결혼식 날 피로연까지 참석했으나 나이 많은 아저씨들 사이에서 어색하고 얼떨떨하게 앉아 있다가 금세 자리를 떴다. 그후로 만나는 일이 좀더 줄었다. 윤주의 결혼 때문만은 아니었다. 한오는 대학을 다니면서 은행에 근무하느라 짬이 없었고, 수영은 편의점 아르바이트와 공무원 시험 준비를 병행하느라 연락도 주고받지 못할 정도였다. 나는 여전히 백화점에 다녔다. 퇴근하면 공방에서 그릇도 만들고 뜨개질도 하고 단소와 영어 회화도 배웠지만 모두 오래하지는 못했다. 월급을 모아 명품 가방을 사볼 심산으로 적금을 들었는데, 한오와 수영에게는 이 얘기를 못할 것 같다고 생각했다.

그러다 강남 지점으로 발령이 났다. 백화점은 한오가 근무하는 은행과 멀지 않았다. 그날 퇴근 후에 식당에서 한오를 만났다. 그즈음 대학을 마쳐 여유가 생길 줄 알았던 한오는 얼굴이 더 야위어 있었다. 은행은 일과 학업을 병행한 한오의 노력을 알아주기는커녕 매해 인사 평정에서 야박한 평가를 내렸다. 한오보다 입사가 늦은 대졸 사원들이 모두 진급한 후에도 한오는 행원 신세를 면치 못했다. 그들보다 경력도 많고 실적도 그럭저럭 나쁘지 않지만 고졸이기 때문이었다. 요즘은 진급 시험 준비를 하느라 잠을 통 못 잔다고 했다. 시험을 통과해야만 대학 졸업 학력을 경력으로 인정받는다면서.

"학교를 졸업했는데 당연히 경력으로 쳐줘야지."

내가 화를 내자 한오는 힘없이 웃기만 했다. 전처럼 아는 척도 하지 않고 가르치려 들지도 않아서 어쩐지 서운했다. 기가 죽어 보여서였다. 내가 또 화를 내자 한오는 말리려고 그랬는지, 곧 큰 실적을 올릴 텐데 그러면 괜찮아질 거라고 했다.

"그거 엄청 어려운 일 아니야?"

나는 진심으로 축하해줬다. 예전의 한오라면 자신이 예치받을 금액이 얼마인지, 그게 얼마나 어려운 일인지 벌써부터 떠벌렸어야 하는데, 호들갑 떠는 나를 보면서도 윗사람처럼 조용히 미소 짓기만 했다. 한오를 웃기고 싶었지만 도통 농담이 떠오르지 않아서 대신 백화점에서 있었던 일을 떠들어댔다. 계산할 때 실수인 척 신용카드를 던지는 사람이나 귀금속을 사서는 그와 디자인이 똑같은 가짜 상품을 들고 환불받으러 온 사람의 얘기를. 한오는 그런 사람들을 잘 안다는 듯 가볍게 웃기만 했다. 으레 그랬듯 사람들이 너무한다며 한숨을 내쉬지 않았다.

은행에 다니는 동안 한오는 다양한 사람들을 만나게 됐다. 한오가 만난 고객들은 자금 운용이나 자산 관리, 상환 경험이 많았다. 한오에 의하면 그들은 다 해본 사람들이었다. 돈과 경험과 인맥이 충분한 사람들 말이다. 자신이 어떻게 돈을 불려왔는지, 그러는 과정에서 판단력이 얼마나 뛰어났는지 늘어놓고 싶어하고, 뭉칫돈을 은행 창구에 내려놓기까지의 과정을 세세히 말하려 들고, 은행 잔고로 인생의 성공을 재단하려 했다. 한오는 그들의 얘기를 들었다. 마지못해 듣는 게 아니었다. 듣고 있으면 마음이 놓였다. 한오는 성공담을 좋아했다. 실패한 이야기나 좌절해서 눈물 쏟는 얘기는 별로였다. 물론 그런 고객들도 실패를 하기는 했지만 그게 끝이 아니었다. 결국 성공에 이르고 대개 큰돈을 벌었다.

반면에 한오는 아무것도 못해본 사람도 많이 봤다. 돈이 없어서 경험과 인맥을 쌓지 못한 사람, 살아갈수록 가진 것이 줄어드는 사람, 그러는 과정에서 잘못된 판단으로 그나마 가진 것도 더 잃는 사람, 대출 서류를 잔뜩 만들어 창구 앞에 주눅든 모습으로 앉아 있는 사람, 성실히 살아왔지만 얼마 안 되는 대출금에 미래를 걸어야 하는 사람. 그들은 아무 얘기도 하고 싶어하지 않았다. 한오는 그게 다행이라고 했다. 실패한 이야기나 마음을 먹먹하게 하는 얘기는 한오를 두렵게 했으니까. 그런 고객들도 성공한 적이 있었지만 잠시에 불과했다. 결국 실패에 이르고 그러면 대개 가진 것을 잃었다.

밥을 먹고 나자 조금 힘이 났는지 한오는 그제야 고액을 예치하기로 한 고객에 대해서 얘기해줬다. 정확히는 그 고객의 믿기지 않는 조상에 대해서. 한오가 대학을 다니는 동안 늘 저녁을 먹으러 가던 식당이 있었다. 수업이 끝나면 밤 열시가 넘었는데, 그 때 가도 식사를 할 수 있는 곳이었다. 주인은 언제나 늦은 시각에 혼자 밥을 먹는 한오에게 말을 걸었고, 한오가 은행에 다닌다는 것을 알게 되었다. 졸업하고 나서도 담당 교수나 학과 수업보다 순전히 그곳 음식이 그리워서 퇴근 후 몇 번인가 일부러 찾아갔다. 주인이 반가워하며 한오에게 새로 지은 밥을 내줬다. 은행에 다니는 걸 잊지 않고 있다가 자금 운용에 관한 조언도 구했다.

“장사가 정말 잘되시나봐요.”

예치금 액수가 믿기지 않아 한오가 떠봤다.

“잘되긴요. 조상 덕이나 보는 거죠.”

농담인 줄 알고 한오가 웃음으로 넘기려 하자 주인이 진지한 표정으로 말을 이었다. 주인의 오랜 조상은 능지기였는데, 능 안에서 나는 산나물이며 열매를 마음대로 할 수 있어서 그것을 팔았다. 제수를 준비하며 남는 물건도 내다팔았다. 돈이 생길 때마다 일대의 땅을 사서 토지를 늘렸고, 그 땅은 주인의 아버지 대에 이르기까지 조금씩 불어났다. 집안에 대대로 술꾼이나 노름꾼이 없어서 가능한 일이었다.

“남의 조상 덕을 보네?”

내가 웃으며 말했다.

“내 조상이 별로인 걸 아셨나봐.”

한오가 잠자코 있다가 말했다. 나는 아차 했다. 한오가 월급을 떼서 아빠의 빚을 조금씩 갚는다는 걸 알고 있어서였다.

“이번엔 김대리한테 뺏기지 않으려고.”

한오가 낮은 목소리로 덧붙였다. 김대리라면 종종 한오에게서 들은 적 있었다. 한오의 입사 후배, 그러나 진급이 빨라 지점에서 유일하게 PB 담당이 된 사람. 그 사람 얘기를 할 때면 한오는 큰 숨을 참는 것처럼 답답해 보였다.

“다 같이 그리로 밥 먹으러 가자.”

한오가 화제를 돌리듯 말했다.

“그 집 밥이 진짜 맛있어.”

다른 건 몰라도 백반이 맛없으면 한오는 다시 그 식당에 가지 않았다. 밥에서 오래 묵은 냄새가 나거나 밥알이 지나치게 푸석하면 밥값을 계산하며 꼭 주인에게 한마디했다. 감정 상하게 뭐하러 그러느냐고 하니까 그렇게 자꾸 말해줘야 다음에 먹는 사람은 조금이나마 나은 밥을 먹게 된다고 했다. 그러고 보니 언젠가부터 한오는 입바른 소리는 해도 막연히 괜찮다거나 잘될 거라고 말하는 일이 없어졌다. 그런 행운을 바라지 않는 듯 굴었다.

한때 한오는 건강을 잘 챙겼다. 종합 비타민과 스쿠알렌을 꼬박꼬박 먹었고 눈 건강에 좋지 않다면서 렌즈를 끼지 않고 안경을 고집했다. 메뉴를 정할 때면 언제나 한식을 골랐고 패스트푸드와 국물 요리의 나쁜 점을 지적했다. 특히 수영과 내게는 담배를 끊고 커피를 줄이라는 잔소리를 해댔다.

그것 말고도 들어야 할 잔소리가 많은데, 이제 그런 말을 해줄 한오는 없다. 한오는 그 무렵 극심한 어지럼증과 두통을 느끼곤 했다. 그날따라 두통과 울렁거림이 심해서 업무가 시작되기 전 잠깐 책상에 엎드렸다. 김대리가 잠은 집에 가서 자라고 비아냥댔다. 여기가 모텔인 줄 알아? 아무도 그 말에 웃지 않았다. 엎드려 있는 와중에도 한오는 그게 고마웠다. 누구도 김대리의 말에 호응하지 않은 것이. 청원경찰이 셔터를 올리고 고객들이 들어온 후에도 한오는 일어나지 못했다. 김대리가 한오 창구에 켜진 번호등을 신경질적으로 꺼버렸다.

한오는 간신히 오전 근무를 마친 뒤 바로 탈의실로 갔고, 점심시간이 지난 후에도 자리로 돌아오지 못했다. 식사 교대 시간에 간혹 창구가 비는 경우가 있어서 모두 간과한 사이 한오는 점차 의식을 잃었다. 장례식장에서 만난 한오의 은행 동료가 울면서 그 얘기를 해주었다. 그녀 역시 한오더러 아침에 바로 병원에 다녀오라고 했다면 어땠을까 하는 상상을 수없이 한 모양이었다.

한오는 힘에 부치도록 바쁘고 긴장한 채로 지냈다. 매사 최선을 다해도 줄곧 야박한 평가를 받아온 사람 특유의 조바심과 자괴감을 감추지 못했다. 특기였던 펜글씨는 다양한 컴퓨터 서체로 대체되면서 무용해졌고, 여신 업무를 배울 새 없이 신입 사원 시절을 보낸 터라 연차에 비해 업무 능력이 뒤처진다는 소리를 들었다. 대학에 맡긴 미래의 삶은 학력을 인정받지 못하면서 피로감만 남기고 쉽게 폐기되었다. 한오는 성실한 사람답게 자신이 그런 삶을 원한다고 여겼다. 열렬히 열망한 일이어서 견디는 것이라고. 아무리 힘들어도 은행을 그만둔다고는 생각하지 못했다. 모든 일에는 다음이 있지만 사직서를 낸 고졸 행원에게는 그런 게 없기 때문이었다. 성실하지만 가난한 사람은 최악의 노동자가 되기 십상이라는 걸 미처 몰랐다.

기일에 한오를 보러 가기 위해 나는 연차를 냈고 수영은 아르바이트를 뺐다. 차는 윤주가 가져왔다. 남편의 차로, 연식이 오래되어 보였다. 윤주는 못 본 사이 살이 많이 빠졌고 입술이 터 있었다. 수영은 머리가 부스스하고 눈 밑이 까맸다. 나는 눈 밑도 까매지고 머리숱도 적어지고 우울증 약의 부작용으로 살이 올랐다. 만나지 못하는 동안 모두 비슷한 시간을 보냈다는 뜻이었다.

"좋은 일 있었어?"

윤주가 웃으며 내게 물었다. 살이 얼마나 찐 거냐고 묻는 대신 그렇게 돌려 말해줬다. 윤주의 장점 중 하나였다. 나는 어깨를 으쓱하고 말았다.

"보기 좋아."

이번에도 윤주였다. 그것도 그애의 좋은 점이었다. 말이 많지 않아도 가끔 건네는 빈말은 사람을 안심시키곤 했다.

출발하기 전 우리는 한오가 함께 가보자고 한 식당에서 이른 점심을 먹기로 했다.

"그런데 그 식당이 어디지? 한오 장군은 맨날 뭘 먹었대?"

수영이 물었다. 수영은 요즘 꿈에 한오가 나온다면서, 아무래도 그애가 정말 장군이 된 것 같다고 했다. 무섭지는 않고 꿈에서도 지쳐 보여서 슬프다면서.

"한오니까 한식이겠지."

내 말에 수영이 당연히 그렇지, 하고 맞장구쳤다.

"김밥천국. 거긴 메뉴가 많으니까 날마다 다른 걸 먹을 수 있잖아."

잠자코 있던 윤주가 말했다. 어쩐지 설득력이 있어서 대학 근처 김밥천국으로 가보았다.

"사장님 계세요?"

카운터에 있던 아저씨가 자기가 주인인데 무슨 일이냐고 물었다.

"죄송한데, 사장님 조상 중에 혹시 능에서 일하신 분이 있나요?"

수영이 공손하면서도 단도직입적으로 질문을 던졌다.

"논에서야 다들 일했죠."

"논 말고 능이요. 임금이 묻힌 능."

"조상 중에 임금이 있으면 내가 지금 김밥천국에 있겠어요, 천국에 있지."

궁금해 죽겠다는 표정으로 사정을 설명해주기를 기다리는 아저씨에게 수영은 아무 말 없이 고개를 숙여 인사했다. 아저씨가 "갑자기 임금은 왜요?" 하고 가게 밖까지 쫓아 나와서 물었으나 우리는 돌아보지 않았다.

그런 식으로 몇 곳의 식당을 들러 느닷없는 질문을 던졌지만 조상 덕에 자산가가 된 사장은 찾아볼 수 없었다.

"한오라면 어디로 가야 할지 알았을 텐데."

지친 나머지 나는 하나 마나 한 소리를 했다.

"우리가 꼭 그 식당에 갈 필요는 없지 않아?"

윤주가 말했다.

"맞아. 같이 맛있는 걸 먹는 게 중요하지."

수영이 대꾸했다.

우리는 가까운 식당에서 파스타를 먹고 근처 김밥집에서 묵은지김밥을 포장해 봉안당으로 출발했다. 가는 길에 다이소에 들러 돗자리도 하나 샀다. 안치단 앞에 서면 다른 사람의 유골함만 보였다. 할아버지도 보이고 비교적 젊은 아저씨도 보이고 아주머니도 보였지만 한오는 보이지 않았다. 한오는 맨 아래 칸에 있어서 사진을 보려면 거의 눕듯이 해야 했다. 올해는 아예 돗자리를 펴고 누워서 한오를 보고 오기로 했었다.

“한오가 거짓말했대.”

남태령고개를 지나도록 잠자코 운전만 하던 윤주가 불쑥 입을 열었다.

“응?”

“실적 말이야.”

“누가 그래?”

수영이 물었다. 윤주는 잠시 머뭇거리다가 대답했다.

“김대리가.”

우리가 아는 사람 중에 김대리가 있나. 누구인지 쉽게 떠오르지 않아서 어쩐지 불길했다.

“그게 누군데?”

수영이 물었다.

“내가 스토킹한 사람.”

윤주는 잠깐 입을 다물었지만 곧 얘기해줬다. 팔 개월 전쯤 한오 꿈을 꾸고 나서 그애가 근무하던 은행에 찾아간 이야기를.

윤주는 그저 대기석에 앉아 한오가 있던 창구를 바라보며 시간을 보냈다. 누군가 “김대리님” 하고 부르자 한 창구 담당자가 “네” 하고 대답하며 자리에서 일어서는 게 보였다. 그 순간 윤주는 아픈 한오에게 핀잔을 주고 자주 실적을 가로챘다는 김대리를 떠올렸다. 저렇게 생긴 인간이구나. 윤주는 그의 얼굴을 잘 봐뒀다.

다음날 윤주는 김대리 창구로 가서 십만원을 찾았다. 다시 번

호표를 여러 장 뽑고 기다렸다가 이번에는 십만원을 백원짜리 동전으로 바꿔달라고 했다. 다음 차례가 되었을 때는 십만원에서 동전 몇 개를 뺀 나머지를 내밀며 지폐로 바꿔달라고 했다. 그날만 그렇게 한 것이 아니었다. 다음날도 똑같이 했고, 며칠 후에도 그렇게 했다. 처음에는 한오 때문에 화가 나서 그렇게 했는데 나중에는 화나는 일이 생길 때마다 김대리를 찾아가게 됐다. 시댁식구들과 대화 방식과 관심사가 달라 무시를 당하거나 아이를 낳지 않는다고 싫은 소리를 들을 때, 남편에게 아랫사람 취급을 받을 때면 김대리에게 갔다. 김대리가 조금이라도 짜증내는 기색을 보이면 윤주는 즉각 본사 고객센터에 전화를 걸어 직원의 불친절한 응대를 비난했다.

"저한테 왜 그러세요."

김대리가 창구 앞에 앉은 윤주에게 울 듯한 목소리로 물었다.

"부끄러운 줄 아세요."

윤주가 으르듯 낮게 대꾸했다.

"네?"

김대리는 화가 난 듯했지만 심한 말은 못했다. 더는 흠 잡히고 싶지 않아서였다. 은행 사람들은 당연히 윤주를 이상한 사람으로 여기다가 윤주가 멈추지 않자 차츰 김대리를 의심하기 시작했다. 그럴 만한 잘못을 저질렀으리라 생각했다. 짐작과 추측 속에서 김대리는 파렴치한 성범죄자가 되기도 하고 불륜을 저지른 남자가 되기도 했다. 윤주가 은행에 들어서면 행원들이 술렁거렸고 김대리는 고개를 푹 숙이거나 아예 자리를 떴다. 윤주는 얼마간 후련한 기분을 느꼈다. 그렇다보니 관두지 못하고 계속하게 됐다.

참다못한 김대리가 업무방해 혐의로 윤주를 고소했다. 경찰의 연락을 받고 출석하는 과정에서 윤주의 남편도 그 사실을 알게 됐다. 남편이 윤주와 김대리 사이를 오해했다. 윤주는 남편에게 어떤 말도 해주지 않았다. 처음에 남편은 화를 냈지만 차츰 윤주를 무시하게 됐다.

경찰서에서 윤주는 한오를 괴롭히던 김대리와 자신을 신고한 김대리가 전혀 다른 사람이라는 걸 알게 됐다. 한오와 함께 근무하던 김대리는 이미 다른 지점으로 발령받아 떠나고 없다는 것이었다. 김대리는 고소를 취하하지 않았고 윤주는 벌금형을 받았다.

송사가 끝난 후 김대리는, 다른 지점으로 발령받은 김대리가 그간 의도적으로 실적을 빼돌려온 것은 아니라고 차분히 설명해줬다. 업무 특성상 PB 담당자가 고액을 예치받는 게 일반적이라고 했다.

"일반적인 게 어딨어. 한오 보고 왔으면 한오 실적이지."

수영이 말했다.

"빼돌린 거지."

내가 거들었다.

"나한테 같이 가자 하지 그랬어."

수영이 윤주에게 말했다.

"넌 장차 공무원이 될 텐데 품행이 방정해야지."

수영은 잠자코 있었다. 나는 그애가 몇 해나 시험에 떨어졌는지 세지 못했다. 수영이 남들처럼 학원을 다니며 공부만 할 수 없는 형편인 걸 알아서 내년에는 꼭 될 거야, 하는 말도 쉽게 하지 못했다. 실은 아직도 시험 준비를 하고 있는지 알 수 없었다. 윤주가 날마다 한오의 은행에 찾아갔었다는 걸 전혀 몰랐던 것처럼.

"남이 장군 묘소가 여기 어디쯤인가봐."

조수석의 수영이 이정표를 본 것 같다고 했다.

"가볼까."

윤주가 대꾸했다.

컨테이너와 가건물 형태의 공장, 쓰레기가 버려진 공터가 번갈아 나오는 길을 따라갔지만 묘소 입구를 알리는 이정표는 보이지 않았다. 아무래도 지나쳐온 모양인데 마땅히 유턴할 곳을 찾지 못해 윤주는 계속 앞으로 나아갔다.

"잠깐만 세워봐."

수영이 다급하게 말했다. 윤주는 천천히 속도를 줄이고 갓길에 차를 세웠다. 차에서 내려 왔던 길을 조금 돌아가니 일정한 간격으로 격자 철망이 설치된 너른 농지가 나왔다. 곳곳에 폐비닐이 쌓여 있는 것으로 보아 비가림 농법으로 작물을 키우던 농원인 듯했다.

"포도밭이었네."

윤주가 말했다. 시커멓게 죽은 가지가 비석처럼 꽂힌 파이프 지지대를 감싸안고 있었다.

"다 죽었어."

수영이 가지에 여태 매달린 마른 포도알을 만지작거렸다.

"건포도가 다 됐네."

내가 말했지만 아무도 웃지 않았다.

우리는 마른 잎사귀가 떨어져 있는 포도밭을 말없이 걸었다. 수분이 다 빠져나간 채 시커멓게 쪼그라든 포도송이가 종종 눈에 띄었다.

곳곳에 버려진 비닐 무더기를 보자 고등학교 교실에 두고 온 방석이 생각났다. 솜이 다 꺼진 그 방석은 누가 버렸을까. 그 시절 우리는 모두 비슷한 모양의 방석을 깔고 가까운 자리에 앉았다. 인생의 어느 시기가 되면 알아서 다른 자리를 찾아갈 줄 알았다. 그때 우리가 가능하리라 여겼던 인생은 다 어디로 갔을까. 애초에 그런 것이 있기는 했을까.

뼈처럼 말라버린 포도알을 만지작거리며 서 있는 수영과 윤주를 두고 나는 마른잎을 밟으며 끝까지 걸어가봤다. 죽어가면서도 햇빛을 받은 탓인지 마른 가지와 나뭇잎에서 희미하게 포도의 단내가 났다. 휴게실도 없어 비좁은 탈의실 소파에서 겨우 숨을 고르던 한오는 마지막으로 무엇을 봤을까. 길쭉한 철제 캐비닛이 보였겠지. 그중 하나에 한오의 이름이 적혀 있고 그애가 출근할 때 입고 온 옷이 걸려 있었을 것이다. 더 늦기 전에 창구로 돌아가야겠다 싶어서 손목시계를 들여다보기도 했을 것이다. 시간이 지날 때마다 초조해져서 가슴이 더 죄어왔겠지. 허리를 꽉 죄던 유니폼 조끼는 단추라도 풀러두었을지 모르겠다.

"아무도 죽지 마."

뒤쪽에서 목소리가 들렸다. 수영이었나, 윤주였나. 뒤를 돌아 봤지만 두 사람은 죽은 가지들 사이에 가만히 서서 나를 물끄러미 바라보고 있었다.

* 소설의 제목은 기형도의 시 「포도밭 묘지」에서 가져왔다.

| 작가노트 |

검은 포도의 맛

한번은 집 근처 자동차전용도로를 따라 동쪽으로 걸었다. 마주 오는 차들의 속도가 무서울 정도여서 인근 아파트 단지 쪽으로 방향을 틀었다. 처음 가는 동넷길이었다. 서울의 동네란 아파트와 여러 형태의 다세대주택, 상가와 드물게 단독주택이 번갈아 나타나는 식이어서 좀처럼 낯선 느낌을 받기 힘든데, 그 동네는 언덕이 가파르고 전봇대가 많은데다 전선이 낮게 뒤엉켜 있어서인지 오래전의 서울에 당도한 느낌이었다.

그 무렵에는 날마다 무용하게 오래 걸었다. 굳이 일정을 잡아야 하면 산책을 중심에 두고 시간을 고려했다. 집 근처에서 방사형으로 동선을 확장해나가며 산책 범위를 늘렸다. 자주 가는 공원도 생겼다. 독립운동가의 기념관과 묘지가 있는 공원이었다. 평일 대낮의 기념관은 사람이 없어 괴괴했다. 어쩌다 순찰을 도는 근무자를 만나면 깜짝 놀랐다. 한적하고 날 좋은 오후에는 무덤가를 걸었다. 그중 하나는 가묘假墓였다. 책은 가지고 있지 않았고 어떤 날은 휴대전화도 놓고 오기 일쑤여서 묘소를 보러 온 사람들을 뒷짐지고 구경했다. 손자를 데리고 역사교육을 하러 온 할아버지가 무덤의 주인에 대해 설명하는 걸 들었고, 빨간 옷을 맞춰 입은 할머니들이 공원 둘레길을 걷다가 무덤 자리를 가리키며 명당이라 칭하는 것을 들었다. 국가 기념일이 되면 독립운동가의 위패가 있는 공원 내 사당에 정치인들이 보낸 화관이 도열했다. 시간이 많았으므로 리본과 방명록에 적힌 이름들을 천천히 읽어나갔다. 그런 식으로 시간을 보내는 게 내게 도움이 됐다.

그날은 경사가 급한 길을 올라가다 남이 장군의 사당을 만났다. 나중에 찾아보니 해마다 시에서 사당제를 개최할 정도로 융숭한 대접을 받고 있었다. 그곳에서 멀지 않은 곳에 남이 장군의 이름이 붙은 점집이 있었다.

용하겠군, 하고 생각하다가 철없는 아이들이 이제는 영험한 무당의 이름이 된 장군들 얘기로 불경하고 실없는 소리를 해대는 장면을 떠올렸다. 귀여운 장면이 될 듯했지만 그건 쓰기 전의 마음일 뿐, 그러다가도 소설이 되지 못하고 흐지부지되는 경우가 많았으므로 천천히 산책이나 마저 했다.

하지만 아이들은 농담하는 것 외에 어쩌자는 계획도 없는 채 내내 곁에 머물렀다. 할 수 없이 남이 장군으로부터 시작했는데, 그래서인지 역사 탐방기도 아니면서 아이들이 장군의 허묘가 있는 남이섬에도 가고 묘소가 있는 화성으로도 가는 소설이 되었다. 화성으로 가는 길에 근처에 유명한 포도 산지가 있으니 포도밭을 지나치게 해야지 싶었다. 스튜벤 품종을 재배하는 포도밭에 간 적이 있는데, 그게 좋아서였다. 사탕처럼 단 이 머루 포도는 재배 농가가 많지 않아서 여러 차례 검색해보고서야 찾아갈 수 있었다. 제철 포도가 열려 있는데도 마른잎이 가득 떨어져 있어서인지 폐경지 같은 느낌을 받았다.

그러고 보면 이 소설은 억울하게 죽은 남이 장군과 그의 영험함과 전적으로 무용한 산책과 공원의 가묘, 다 죽은 것처럼 보이던 그날의 포도밭과 이제는 재배량이 준 검은 포도 같은 것에 의해 쓰였다.

올여름에는 왠지 포도를 먹지 않았다. 캠벨 포도가 잘 보이지 않아 어쩐지 시큰둥해졌다. 언젠가 후진국일수록 검은 포도의 비율이 높고 중진국은 푸른 포도, 선진국은 빨간 포도의 비율이 높다는 기사를 읽고 조금 놀란 기억이 난다. 농작물 재배란 기후와 토양 같은 자연환경의 산물이라고 여겼던 것이다. 그것이 곧 자본이라는 생각은 뒤늦게 들었다.

과일을 파는 곳이면 어디에나 샤인머스캣 위주로 진열된 것으로 보아, 포도에 있어서는 중진국 수준에 진입한 모양이다. 하지만 아무래도 내 입맛은 여전히 검은 포도에 머물러 있는지라 처음의 호기심이 지나버리자 더는 샤인머스캣을 사지 않게 되었다. 가격 경쟁력 때문에 샤인머스캣 재배 농가가 늘었다는데, 포도의 경우 삽목이 가능하다고는 해도 품종을 바꾸기로 한다면 기왕의

밭을 갈아엎기도 했을 것이다. 효율성과 경제성이라는 이름으로 버려지고 갈아엎어지는 것들 앞에서는 늘 말수가 준다.

| 리뷰 |

운명의 수학

김화영(불문학자·문학평론가)

"루이 16세가 형장에서 단두대를 향해 걸어가다가 잠시 감시병 앞에 발을 멈추고 왕비에게 보내는 쪽지를 좀 전해달라고 청하자 다음과 같은 대답이 돌아왔다. '나는 당신의 심부름을 하려고 여기 서 있는 게 아닙니다. 내가 할 일은 당신을 단두대로 인도하는 겁니다.'" 「지성과 단두대」*라는 제목의 글에서 알베르 카뮈는 이 에피소드를 소개하며 "표현의 적절함"과 "말속에 담긴 완강함"을 주목함으로써 "어떤 특정한 소설 전통"의 핵심을 짚어 보인다. "이런 유형의 소설가들은 심부름을 거절한다. 그들의 유일한 관심은 자신의 작중인물들을 그들을 기다리는 약속의 장소

* 알베르 카뮈, 「지성과 단두대」, 『스웨덴 연설·문학 비평』, 김화영 옮김, 책세상, 2007, 180쪽.

로 냉정하게 인도하는 데 있다.”

문학사 속에 산재하는 그런 “약속의 장소”들은 우리의 기억 속에 깊이 각인되어 오랜 여운을 남긴다. 쥘리앵 소렐의 단두대(『적과 흑』), 음독자살의 궁지로 내몰린 에마의 침상(『마담 보바리』), 마르셀이 게르망트 공작 부인의 살롱에서 목도하는 늙음의 가면무도회(『잃어버린 시간을 찾아서』), 그리고 무엇보다, “많은 구경꾼들이 모여들어 증오의 함성으로 (나를) 맞아주기를” 바라는 뫼르소의 사형장(『이방인』)…… 이것이 바로 그런 운명과의 약속 장소들이다.

「포도밭 묘지」는 그와 같은 소설 전통을 상기시킨다. 이 작품의 거역할 수 없는 위엄과 아름다움은 카뮈가 말하는 “통일성과 깊이 있는 단순성”, “정열에 찬 단조로움의 원칙”, 일체의 기교나 주장, 즉 “심부름”을 제거한 채 운명의 장소로 직진하는 “집요한 추구”에서 온다.

젊은 나이에 심야 영화관의 어둠 속에서 홀로 죽음과 조우한 시인에게서 표제를 빌려온 이 소설은 세 가지 죽음—남이 장군의 허묘, 봉안당의 “맨 아래 칸”으로 내려앉은 작중 인물 한오의 유골함, 그리고 마침내 “포도밭 묘지”—으로 인도한다. “아직 성년이 되기도 전”의 네 ‘여성’, 한오, 수영, 윤주, 그리고 화자인 ‘나’는 톱니바퀴처럼 빈틈없이 맞물린 상황과 논리의 연쇄를 통해, 여상 졸업반 교실로부터 한 발 한 발, “시커멓게 죽은 가지가 비석처럼 꽂힌 파이프 지지대를 감싸안고” 있는 “포도밭 묘지”로 다가간다. 독자는 이 작품을 읽으면서 카뮈가 말하는 “운명의 수학"과 마주치는 느낌을 지울 수가 없다.

소설이란 그 시작과 끝 문단 사이에 삽입된 블랙박스라고 간략하게 요약한 이는 롤랑 바르트였던가? 이 "집요한 추구"의 소설에서 우리가 마주치는 그 첫 문단incipit은 마지막 문단explicit과의 관계 속에 놓고 특히 주목할 필요가 있다.

> 얻어터지기 전에는 누구나 전략이 있는 법이다.
>
> 타이슨의 말이다. 타이슨에 대해서라면 한때 빼어난 권투선수라는 것 말고는 아는 바가 없었다. 한오가 이 얘기를 해줬다. 한오는 아는 게 많았다. 어찌나 많은지 타이슨이 어린 시절 새를 키운 것도 알았다. 애지중지 키운 새를 누군가 죽였는데, 타이슨이 처음으로 다른 사람을 향해 주먹을 날린 게 그때라고 했다.(9쪽)

이 문단은 이야기의 전개와 관련하여 다수의 의미 있는 암시들을 내장하고 있다. 우선, 한오는 네 사람의 작중인물 중에서 가장 먼저 시선의 중심에 등장한다. "아는 게 많"은 그는 타이슨과 그가 어린 시절에 키우던 '새'를 화제에 올린다. 마이크 타이슨이 37연승, 19연속 KO승 WBC 헤비급 세계 챔피언이라는 구체적 사실까지는 적시하지 않더라도 "빼어난 권투선수"라는 사실은 함께 언급된 "전략"과 더불어, 젊은 등장인물들이 장차 취업이라는 인생의 진로상에서 거쳐야 할 싸움과 그 주제, 그리고 그 싸움을 승리로 마감하는 "빼어난" 성취에 대한 기대를 동시에 암시한다. 이 빼어남의 높이는 애지중지 키운 '새'의 이미지를 타고 다시 한번 더 고공으로 상승한다. 다만 이 상승기류도 소설의 첫머리에 놓인 '엎어터짐'과 새의 '죽음'에 의한 하강, 추락으로 이어질 미래에 대한 암시를 감추지는 못한다.

그뿐이 아니다. 현대소설의 여명기에 프랑슈콩테 지방 촌구석의 가정교사 쥘리앵이 품었던 것이 나폴레옹을 숭배하는 드높은 "야망"이었다면 백육십여 년 뒤 여상을 졸업하는 한오가 세울 수 있는 것은 한갓 '전략'에 불과하다. 젊은 청년 쥘리앵은 그의 머리 위 큰 바위에서 하늘 높이 날아올라 "거대한 원을 그리며 떠도는" 새매 한 마리를 바라보며 자문한다. "그것은 나폴레옹의 운명이었다. 그것이 언제 쥘리앵 자신의 운명이 될 것인가?"* 그런데 상고를 졸업한 여성 한오가 이야기하는 '새'는 포식조인 새매와는 딴판으로 타이슨이 어린 시절에 "키운"(아마도 새장 속에 가두어) 애완조에 불과하다. 타이슨의 싸움터가 무한 광대하게 열린 하늘이 아니라 사각의 링 속으로 제한되어 있고, 한오와 "외자" 이름이라는 공통점을 지닌 남이 장군의 돌무지 봉분뿐인 "허묘"가 "섬"에 갇혀 있듯이.

이와 같은 제한과 제약은 한오를 비롯한 이 네 여성에게는 사실상 숙명적으로 주어진 "조건"으로 나타난다. 그들의 부모나 상고의 선생들은 조력자도 방해자도 아닌, 그 조건의 일부일 뿐이다. 한오와 그의 친구들은 '여자'로 태어났기 때문에 "상고"에 갔고 상고를 졸업했기 때문에 그들의 미래는 오직 "취업"뿐이다.

---

* 스탕달, 『적과 흑1』, 이동렬 옮김, 민음사, 2004, 106~107쪽.

화자는 말한다. "공부를 못하거나 대학에 가고 싶지 않아서 선택한 게 아니었기 때문이다. 부모는 교육에 대해 단순한 생각을 가지고 있었다. 형편이 좋지 않으니 고등학교까지 가르치면 족하다는 식이었고, 그 이상을 꿈꾸기를 바라지 않았다. 우리는 일단 우리 몫의 미래에 순응했다." 그 '그려진 미래'의 몫 속에서 가능한 것은 저마다의 '전략'적 선택뿐이다.

추진력과 전략이 "남달랐다"는 한오는 많은 장점을 갖춘 인물이다. 정직하고 부지런하며 박식하고 암기력이 좋다. 허세를 부릴 정도로 자신감이 넘친다. "장군"이라는 별명에 걸맞게 그의 전략은 넷 중에서 가장 높이 겨냥했다.

한오는 "고3 여름방학이 되기도 전에 은행 취업을 확정 지었다." 은행은 "우수한 상고생의 취업 선호도가 높은" 직장이지만 그는 이렇게 앞당긴 여분의 시간을 이용하여 "대학 입시" 공부를 시작했다. 주어진 한계를 뛰어넘으려는 그의 '전략'은 거의 "야망"에 가깝다. 그러나 조건의 철칙 위반에는 불이익이 따른다. 능력과 장점이 오히려 약점으로 작용하고 하나의 전략이 다른 전략과 충돌하여 악순환의 연쇄로 돌아온다. 그녀는 "은행에 다니면서 이 년을 더 공부한 후에 대학에 합격했다." 대학에 입학한 뒤에도 은행은 야간 강의를 들을 수 있도록 편의를 봐주지 않는다. 일과 학업을 병행한 노력을 알아주기는커녕 매해 인사 평정에서 "야박한 평가"를 내린다. 한오는 자신보다 늦은 대졸 사원들이 모두 진급한 후에도 행원 신세를 면치 못한다. 그들보다 경력도 많고 실적도 뒤지지 않지만 "고졸"이기 때문이다.

그러나 아직 기회는 있다. 그녀는 "여의도 본사 인사팀"으로 발령받아 부러움을 산다. 한오는 공부도 잘했지만 높은 급수의 "펜글씨 자격증"도 가지고 있었다. 그러나 그녀는 자신의 전략과 노력으로 성취한 장점인 '자격증'의 피해자가 된다. 상사는 그녀에게 종일 사령장이나 고객에게 보내는 답례 편지 쓰기만 맡긴다. 그 때문에 은행원다운 여신, 대출, 외환 업무를 숙지하는 능력을 갖추지 못한다. 여기에 더하여 그녀는 "진급 시험 준비"를 하느라 잠을 통 못 잔다. 시험을 통과해야 대학 졸업 학력을 경력으로 인정받을 수 있기 때문이다. 대학을 마쳤으니 여유가 있지 않을까 싶었던 한오는 얼굴이 더 야위어 있다. 그래도 한오는 전략을 세운다. "큰 실적"을 올리게 될 것 같다. 그런데 진급이 빨라 PB가 된 입사 후배 김대리에게 그 실적을 뺏길지도 몰라 "큰 숨을 참는 것처럼" 답답해한다.

결국 "성실하지만 가난한 사람은 최악의 노동자가 되기 십상이라는 걸 미처 몰랐"던 한오 '장군'은 어느 날 오전 근무를 마치고 휴게실로 간 뒤 자리로 돌아오지 않았다. 영원히. 이처럼 "운명의 수학"은 날개 달린 새의 비상을, '장군'을 연상시키던, 그 남다른 추진력과 전략을 통한 상승의 꿈을 "사진을 보려면 거의 눕듯이 해야" 하는 안치단 "맨 아래 칸"으로 돌이킬 수 없이 추락시킨다.

살아남은 나머지 세 인물의 운명은 얼마나 다를까? 겨냥하는 눈높이가 한오만큼 야심차지 못했던 그들의 추락은 낙차가 적어 덜 비극적이지만 열패감과 굴욕과 고단함은 피할 길이 없다.

수영

취업을 위해 갖추어야 할 '성적, 자격증, 용모', 세 가지 조건 중에서 성적이 한오보다 좋았던 졸업생 대표인 우등생 수영은 서류전형에서는 매번 합격했지만 면접시험에서 늘 떨어진다. "용모 단정"이라는 채용 기준이 걸림돌이 되었기 때문이다. 고졸 학력과 채용 기준을 넘지 못하는 신체조건이 그녀에게 '주어진 몫'이다. "키가 작고 피부도 안 좋고 뚱뚱"한 수영은 "부당하다고 말하지도 못할 만큼 기가 죽"어 있었다. 결국 기대를 낮추고 백화점의 봄철 채용에 합격하여 '나'와 함께 이 년여 근무하지만 더이상 견디지 못하고 같이 자진 퇴사한다. 그녀는 전략을 바꾸어 편의점 아르바이트와 공무원 시험 준비를 병행한다. 그러나 '나'는 그녀가 "아직도 시험 준비를 하고 있는지 알 수 없었다."

윤주

여자 상고 출신 친구들 넷 가운데 자신의 몫으로 그려진 미래에 나름대로 저항하는 태도를 보이는 유일한 인물이다. 그녀는 일찍부터 반항적 태도를 감추지 않았다. 학교를 다니는 내내 "학교 로고가 새겨진 교복이 싫다"던 윤주는 "창구에 앉아 손으로 지폐 세는 일은 딱 질색"이라면서, "취업 선호도가 높은" 은행 대신 일반 기업체에 지원했다. 그는 여름방학이 끝날 무렵 종합 상사에 취업했다. 그녀가 후일 한오의 "실적을 가로챘다는" 김대리를 앙갚음하듯 "스토킹"으로 괴롭힐 수 있었던 것도 그녀의 반항적 기질과 무관하지 않을 것이다.

그러나 단점도 없지 않다. 한오의 책을 빌려갔다 잃어버린 적이 있는 그녀는 실수로 "신용장에 오타"를 내면서 모든 책임이 말단인 그녀에게 전가되는 굴욕적인 처지에 놓인다. 그녀는 자신에게 도움을 준 열세 살 연상의 옆 부서 상사와 결혼하는 쪽을 택한다. 회사 다니기 싫은 데 핑계를 제공한 남자였다. 그러나 이것은 주어진 조건으로 부터의 해방과는 거리가 멀다. 남자는 그에게 "결혼하면 회사를 그만두라"고 요구한다. 결혼생활은 그녀에게 새로이 '주어진 몫'에 불과하다. 싸움의 링이 바뀌었을 뿐이다. 시댁 식구들과 대화 방식과 관심사가 달라 무시당하고 남편에게 아랫사람 취급을 받는다. 윤주가 착각으로 "다른" 김대리를 괴롭히다가 업무방해 혐의로 고소당하자 남편은 처음엔 관계를 오해하며 화를 냈지만 차츰 윤주를 "무시"한다.

나(화자)

늘 "자신 없고", 현실성 없는 화자는 처음부터 겨냥하는 타깃이 가장 낮다. "성적이 좋지 않았던" 그녀는 담임에게 "어느 회사든지 가리지 말라"는 말을 듣는다. 그래서 그려진 미래에 순순히 "순응"하려는 듯 "대규모 인원을 채용"하는 백화점에 지원 서류를 넣는다. 취업을 서두른 나머지 결과적으로 넷 중에서 "가장 먼저" 학교를 떠난다. "내근직" 발령에 대한 기대가 무색하게 그해 채용된 신입 사원 모두 "판매직"으로 배정된다. 낮게, 더 낮게, 화자의 추락은 계속된다. 취업과 함께 학교생활의 모든 유산을 소각장에 버리지만 졸업식을 위해 사물함에 남겨둔 방석의

"오래 써서 엉덩이 모양으로 솜이 꺼진" 몰골은 하향 곡선의 바닥을 보여준다. 백화점 판매직이 된 그녀는 "남성용 구두 매장"에 배정되어 저녁이면 다리가 퉁퉁 붓고 손에서는 "발냄새"가 났다. 신체 부위 중에서 가장 낮은 곳, 자신의 "엉덩이"와 남성의 "발"…… 더이상 내려갈 데가 없는 추락의 하한선에 이르면 오히려 '화자'로서의 시선을 확보하는 안정적 위치에 다다르는 것일까?

과연, 취업 후 서로 "전화통화나 겨우 할 정도로 여유가 없"는 가운데서도 화자는 인물들 간의 관계의 매듭이 된다. 수영이 뒤늦게 같은 백화점의 봄철 채용에 합격하면서 둘은 자주 만난다. 그러나 열악한 환경을 견디다못해 두 사람은 결국 사표를 쓴다. "처음으로 내가 미래를 결정짓는 듯해서 기분이 썩 괜찮았다." 그러나 이 선택의 자율성은 일시적일 뿐이다. 그는 곧바로 "다른 백화점"으로 이직한다. 밑바닥에서의 수평 이동이다. 그동안 수영은 공무원 시험 준비를 시작하고 윤주는 결혼한다. 그후 강남 지점으로 발령이 난 화자는 백화점과 멀지 않은 은행에 다니는 한오와 만나 근황을 듣고 "얼굴이 더 야위어 있"는 그녀의 모습을 관찰할 기회를 갖는다.

관계의 교차점에 위치한 화자는 간단없이 변해가는 친구들의 모습을 계속 관찰한다. 특히 대학을 마친 뒤에도 여전히 "얼굴이 더 야위어 있"는 한오, "전처럼 아는 척도 하지 않고 가르치려 들지도 않"고 "기가 죽어 보"이는 한오, 그리고 마침내 어지럼증과 두통, 울렁거림으로 시작하여 의식을 잃게 될 한오를 화자는 차례로 관찰한다.

끝으로, 한오의 기일에 다시 만난 세 친구의 모습을 화자는 이렇게 요약한다. 만나지 못한 동안 "모두 비슷한 시간을 보냈다는 뜻이었다." 화자 자신은 "눈 밑도 까매지고 머리숱도 적어지고 우울증 약의 부작용으로 살이 올랐다." 윤주는 못 본 사이 "살이 많이 빠졌고 입술이 터 있었다." 수영 역시 "머리가 부스스하고 눈 밑이 까맸다." 온통 황폐한 "까만"색이다.

이리하여 그들이 이야기의 대단원에 당도한, "폐비닐이 쌓"인 너른 들판, "시커멓게 죽은 가지가 비석처럼 꽂힌 파이프 지지대"를 감싸고 있는, 수확을 포기한 과거 시제의 포도밭은 그들 자신의 현재를 비추는 거울이 된다. "수분이 다 빠져나간 채 시커멓게 쪼그라든 포도송이"와 "뼈처럼 말라버린 포도알"은 그들 모두의 초상과 빼닮았다. 거역할 수 없는 밑바닥으로의 추락과 폐기의 표상과도 같은 저 영원히 썩지 않는 "비닐 무더기"는 "교실에 두고 온 방석"을 상기시킨다. "그 시절 우리는 모두 비슷한 모양의 방석을 깔고 가까운 자리에 앉았다"라고 화자는 기억한다.

"목마른 내 발자국마다 검은 포도알들은 목적도 없이 떨어지고…… 여름이 가기도 전에 모든 이파리 땅으로 돌아간 포도밭"* 이라고 '포도밭 묘지'에서 시인은 노래했다.

"아무도 죽지 마."—공동묘지의 일부인 양 "죽은 가지들 사이

---

* 기형도, 「포도밭 묘지1」, 『입 속의 검은 잎』, 문학과지성사, 1989, 66~67쪽.

에" 서 있는 우울한 인물들 쪽에서 들리는 그 목소리가 운명과 맞닥뜨린 자의 가냘픈 반항의 외침인지 아닌지를 판단하는 것은, 그리고 "죽어가면서도 햇빛을 받은 탓인지 마른 가지와 나뭇잎에서 희미하게 포도의 단내"가 나는 것이 위안인지 아닌지를 판단하는 것은 독자의 몫이다. 다만 확실한 것은 "빼어난 권투선수"와 '새'의 이미지에서 출발하여 "비석처럼 꽂힌" 파이프 지지대에 의지하여 자라다 말고 말라 죽은 피동적 '식물' 이미지로 마감되는 이 이야기를 읽고 난 뒤, 우리 모두의 내면에서 솟구쳐오르는 반항과 항의의 충동이 소설 도입부에서 타이슨이 "처음으로" 날리는 "주먹"을 상기시키는 것은 어쩔 수 없는 일이다. 어떤 사람들에게 행복이란 불행을 향해 내지르는 연민어린 한 방의 발길질일 수도 있지 않겠는가.

김연수

진주의 결말

작가노트

달까지 걸어가는 사람처럼

리뷰 | 신형철

모든 이야기로부터의 자유

© 이관형

김연수

1993년 『작가세계』 여름호에 시를 발표하고, 1994년 장편소설 『가면을 가리키며 걷기』로 작가세계문학상을 수상하며 등단. 동서문학상, 동인문학상, 대산문학상, 황순원문학상, 이상문학상, 허균문학작가상 등 수상. 소설집 『스무 살』 『내가 아직 아이였을 때』 『나는 유령작가입니다』 『세계의 끝 여자친구』 『사월의 미, 칠월의 솔』 『이토록 평범한 미래』, 장편소설 『7번국도 Revisited』 『꾿빠이, 이상』 『사랑이라니, 선영아』 『네가 누구든 얼마나 외롭든』 『밤은 노래한다』 『원더보이』 『파도가 바다의 일이라면』 『일곱 해의 마지막』이 있다.

진주의 결말

1

유진주에 대한 방송이 끝나고 다음날 새벽, 내게 메일 한 통이 도착했다. 그 메일에는 제목도, 상투적인 안부 인사도 없었다. 수업중인 교실 문을 불쑥 열고는 자기 할말만 전한 뒤 돌아서는 교감처럼 메일은 독백과도 같은 문장들을 쏟아내고 있었다.

제주는 아직 여름이에요. 온몸을 감싸는 습한 공기 속으로 들어가고 나서야 저는 제가 지금까지 잘 관리된 공조 시스템 안에 있었다는 사실을 깨달았어요. 공항 버스정류장 안내판에는 오후 다섯시에 터미널에서 출발한 버스가 십 분 뒤 도착할 예정이라고 표시돼 있었습니다. 저는 그 버스를 기다렸다가 기사에게 모슬포에 가는 게 맞는지 확인하고 올라탔습니다. 언제쯤 도착할지 물어봤더니 한 시간 남짓 걸린다고 말하더군요. 제주시를 벗어나 오르막으로 접어들자 바다와 건물들이 멀리 물러서면서 한결 여유로운 풍경이 펼쳐지기 시작했어요. 저는 한 번도 모슬포에 가 본 적이 없었어요. 아빠는 그곳을 '못살포'라고 불렀지요. 사람 살 곳이 못 되어서 그런 별명이 붙었다고, 제주의 택시 기사가 말한 적이 있다고 했어요. 오래전, 그러니까 제가 태어나기도 더 전의 일이에요.

한참을 달리자 어느 봉우리 아래 대정고등학교 간판이 보였고, 거기서부터 읍내인 것 같았다고 그녀는 썼다. 해가 저물 무렵이라 주변이 노르스름하게 물들었기 때문인지 빛바랜 옛 사진 속으로 들어간 것 같은 비현실적인 느낌이 그녀에게 들었다. 그녀는 대정읍사무소 근처에서 내렸다. 그제야 그녀는 자기 앞에 "감당할 수 없을 정도로 막막한 자유"가 펼쳐졌다는 사실을 실감했다. "모든 것을 불태우고 온 제게 돌아갈 곳은 없어요. 저는 이제 온전히 자유로워요"라고 그녀는 썼다.

그 막막한 자유 속에서 그녀는 끊임없이 어떤 이야기를 만들었다. 그녀는 예약한 호텔까지 한 시간 넘게 캐리어를 끌고 걸어가느라 생각밖에는 할 수 없었기 때문이라고 말했다. 그 말이 이상하긴 했지만 나는 계속 읽었다. 그것은 지방 소도시의 버스정류장에서 발견된 빨간색 슈트 케이스에 대한 이야기였다. 주인 없는 그 슈트 케이스 안에는 책 한 권이 들어 있었다. 이야기 속에 들어간 그녀가 책을 펼쳐보니 거기에는 전염병의 유행, 세계대전의 발발, 글로벌 경제의 붕괴, 지진과 자연재해 등 이미 일어났거나 앞으로 일어날 세계사적인 재앙들의 목록이 기록돼 있었다. 그리고 책의 맨 앞에는 '시간여행자를 위한 가이드북'이라는 제목이 붙어 있었고, 다음 페이지에는 "누구도 여기 기록된 사건들이 일어나는 것을 막으려고 해서는 안 된다"는 경고문이 인쇄돼 있었다.

이야기 속의 그녀는 의문이 들었다. 일어날 일들은 일어나게 돼 있다면, 이 책을 들고 시간여행을 하는 게 무슨 의미가 있을까? 거기에 대한 답변도 책에 적혀 있었다. 시간여행자는 어떤 사건을 지켜보고 어떤 사건을 외면할지 결정할 수 있다. 어쨌든 일어날 일은 일어나고 결말은 똑같다. 다만 어떤 징검다리를 거쳐 그 결말에 이를지는 각자가 선택할 수 있다. 시간여행자는 관찰할 사건을 스스로 결정함으로써 자신의 기억을 수정할 기회를 가질 수 있다. 기억이 수정되면 우주의 운행에는 전혀 영향을 끼치지 않고 자신의 미래를 바꿀 수 있다.

그런 이야기를 지어내면서 그녀는 모슬포의 거리를 걸어갔다. 나도 두어 번 모슬포를 지나간 적이 있었다. 마음먹고 걷자면 시내 어느 곳이든 삼십 분이면 걸어갈 수 있을 정도의 소읍이었다. 그러나 그녀는 내가 기억하는 모슬포보다 더 큰 곳을 걷는 사람처럼 메일에 썼다. 걷는 동안 그녀는 자신이 점점 과거로 돌아가고 있다고 생각했다. 점점 더 작아지고 있다고도 생각했다. 그래서 세계는 점점 커지고 있는 듯하다고. 부모를 모두 잃고 혼자 남게 된 후로 그녀는 마음의 크기를 좀체 가늠할 수 없었다. 커졌다가 작아지기를 불규칙적으로 반복하는데, 그 이치를 따지기도 어려웠다.

그녀는 하모리 어촌계의 마을 어장이니 환경을 훼손하지 말아달라는 안내판을 지나 길게 뻗은 검은 해변을 따라 걸었다. 그 다음은 어선들이 정박해 있는 방파제 안쪽의, 어떤 인기척도 없이 그물 따위만 널려 있는 포구를 걸었다. 조금 더 가니 어부로 일하는 듯한 동남아인들이 창고 건물에서 나와 자기네들 말을 하면서 지나갔다. 그 풍경들은 수도권에서만 생활한 그녀에게 이국적으로 다가왔지만, 동시에 그녀는 과연 이곳에 호텔이 있을지 불안하기도 했다. 다음은 빈 매대만 휑뎅그렁하게 줄지어 선 오일장 시장이었고, 그다음은 담장 너머로 마당이 훤히 보이는 지붕 낮은 집들의 골목길이었다. 풍경은 다음에서 그다음으로, 쉬지 않고 꾸준히 흘러갔다.

그렇게 한참을 더 걸어간 뒤에야 그녀가 예약한 신축 비즈니스 호텔이 나타났다. 호텔에 들어간 그녀는 제일 먼저 QR코드를 기기에 인식시켰다. 호텔의 이름과 인식 시간이 자신의 핸드폰 화면에 뜨는 것을 그녀는 무심히 바라봤다.

그리고 밤에 티브이를 켰다가 〈사건의 결말〉에 출연하신 선생님이 저에 대해 말하는 것을 봤어요. 선생님을 좋아하는 저로서는 '성덕'이라도 된 듯한 기분이었습니다. 선생님이 유튜브 채널 〈오 분의 기적〉에 출연해서 들려주신 달 이야기는 얼마나 많이 봤는지, 하신 말씀을 다 외울 정도예요. 우리가 달까지 갈 수는 없지만 갈 수 있다는 듯이 걸어갈 수는 있다. 달이 어디에 있는지 찾을 수만 있다면. 마찬가지로 우리는 달까지 걸어가는 것처럼 살아갈 수 있다. 희망의 방향만 찾을 수 있다면. 꽉 막힌 어둠 속에서 살아가던 제게 그 말씀들은 큰 힘이 되었습니다. 그런 선생님이 제가 쓴 일기며 낙서를 꼼꼼하게 읽으셨다니. 제가 집에 불을 지른 일과 우리를 기억할까 말까 싶은 이웃들이 한 말들을 토대로 아빠와 제가 보낸 육 년의 삶을, 아니, 그 이전의 모든 인생을 손금 들여다보듯이 하나의 이야기로 꿰뚫어보시다니. 그런데 선생님, 선생님이 말하는 게 분명 제 마음일 텐데도 전혀 제 마음 같지가 않았어요. 아빠를 죽일 수밖에 없는 상황으로 제가 몰리고 있었다는 게 선생님의 전제인데, 그것부터가 잘못됐습니다. 그러니 그다음의 분석도 죄다 틀릴 수밖에 없는 것이지요. 저는 선생님이 말씀하신 수동적인 희생자가 아니에요. 생각해보세요, 선생님. 저도 달을 향해 서 있고, 선생님도 또 저의 이웃들도 달을 향해 서 있어요. 모두가 각자의 달을 향해 서 있는 거예요. 그렇다면 달은 몇 개인가요? 저마다 각자의 달을 보고 있는 거라면 그건 아마도 달이 아닐 거예요. 선생님이 제가 집에 불을 지른 이유를 설명하시는 부분에서 저는 저의 달과 선생님의 달이 완전히 다른 달이라는 것을 알게 됐어요. 제가 공책에 아빠가 죽었으면 좋겠다고 쓴 건 사실이에요. 아빠의 죽음에 죄책감을 느끼는 것도 맞아요. 그렇지만 저는 아빠를 사랑했어요. 아빠가 죽지 않기를 바랐어요. 지금도 아빠에게는 죄송한 마음뿐이에요. 세상이 저에 대해 뭐라고 말한대도 저는 개의치 않습니다. 아빠와 저, 우리 둘이서 살아가는 동안 누구도 우리를 신경쓰지 않았으니까요. 그러나 사람의 마음을 연구한다는 선생님에게만은, 제게 용기를 주셨던 선생님에게만은 제 진심을 인정받고 싶습니다. 비록 방향이 많이 빗나갔지만, 그럼에도 누군가가 제 마음을 읽으려고 그토록 애쓴다는 사실에 깊은 감명을 받았으니까요.

그녀는 교묘한 방식으로 나를 비난하고 조롱하고 있었다. 자신이 피해자의 죽음을 바랐다고 인정하면서도 피해자를 사랑했다고 말하고, 내가 자기 마음을 읽어내려고 그렇게 애썼음에도 분석은 완전히 빗나갔다고 말하고 있었다. 나는 그녀가 메일에 남긴 '진심'이라는 단어를 한참 바라봤다. 이 사람은 왜 내게 이런 메일을 쓴 것일까? 나를 좋아한다는 말은 거짓일 것이다. 어쩌면 자신의 마음을 읽은 나에 대한 분노가 이 메일을 쓰게 만든 동기일지도 모른다. 그게 아니라면, 티브이 화면에 등장할 때 내 얼굴 하단에 '범죄심리학과 교수'라는 소개가 나오니 범죄자인 자신의 마음을 누구보다 잘 이해해주리라는 순진한 기대가 있었던 것일지도 모른다. 혹은 나를 이용해 방송 제작진이나 수사팀에 영향을 끼치려는 것일 수도. 그 어떤 경우든 내게 '진심'이라는 단어를 사용한 건 썩 훌륭한 일이 아니다.

나는 인간에게 숨겨진 진심이 따로 있으리라고 생각하지 않는다. 그녀가 유죄이든 무죄이든 상관없이 말이다. 나는 성직자가 아니라 심리학자다. 말하자면 예수의 상처 속으로 손가락을 집어넣은 도마의 후예란 말이다. 나는 내가 직접 확인한 것만 믿는다. 타인에게 들은 말이나 제3자의 의견, 반대 증거가 존재하는 주장을 사실로 받아들이지 않는다. 하물며 경찰이 용의자로 지목한 사람의 마음에서 진심을 따로 분리해야 할 필요성을 느끼지 않는다.

세상 사람들은 부활한 구세주를 몰라본 도마를 질타하겠지만, 기독교에서 그는 뜻밖의 대접을 받고 있다. 도마가 없었더라면 예수의 부활은 증명받지 못했으리라. 그러니까 도마의 의심은 예수의 신성을 확인하는 도구였다. 그렇다면 나의 의심은 사람들이 흔히 진심이라고 말하는 그 마음의 무게를 재는 저울이다. 용의자들, 피해자들, 증인들, 구경꾼들, 또 역사의 영웅들과 악당들, 배신자들, 매국노들과 애국자들, 부자들과 가난뱅이들, 친구들과 가족들 등등…… 나는 가능한 거의 모든 인간들의 진심을 나의 저울에 올려본다. 이 저울의 반대편에는 사실의 세계가 놓여 있다.

지금까지 나의 저울은 누군가가 주장하는 진심 쪽으로 기울어진 적이 한 번도 없었다. 나는 인간을 연민한다. 모든 인간은 언젠가 죽을 수밖에 없는 존재다. 그 자명한 사실을 부정하기 위해 인간들은 쉬지 않고 헛된 이야기를 만든다. 그 임시방편의 이야기에 진심 같은 게 있을 리 만무하다. 유진주가 보낸 메일에도 진심 같은 건 없다. 다만 진실은 있다. 지금 그녀가 모슬포에 있다는 사실이다. 다 읽은 뒤 나는 메일을 〈사건의 결말〉의 강PD에게 전달했다. 우리는 강PD의 준비가 끝나는 대로 유진주를 만나러 제주행 비행기에 오르기로 했다.

2

유진주를 다룬 회차를 나도 본방송으로 시청했다. 그녀 못지 않게 나에게도 불만족스러운 방송이었다. 시작은 사이렌을 울리며 빠른 속도로 종합병원 응급실로 향하는 119 구급차와 산소마스크를 쓴 채 신음하는 대역 배우의 얼굴 클로즈업을 교차편집한 영상이었다. 그리고 카메라는 패닝하면서 스튜디오의 정면으로 와 진행자의 얼굴을 잡았다. 그는 유진주가 아버지와 함께 살았던 빌라 내부를 재현한 세트에서 그녀에 대해 말하기 시작했다.

"여기, 이웃들에게는 홀아버지에 대한 효심이 남다른 딸로 알려진 삼십대 후반의 독신 여성이 있습니다. 방 두 개짜리 좁은 빌라에서 치매에 걸린 아버지를 모시고 살면서도 그녀의 표정에서는 조금도 힘든 기색을 찾아볼 수 없었습니다. 아니, 아버지의 병세가 더 심해질수록 오히려 그녀의 표정은 점점 더 밝아졌다고 이웃들은 증언하고 있습니다. 그런데, 그녀의 표정이 점점 더 밝아질 수 있었던 것은 힘든 상황 속에서도 스스로 더 힘을 냈기 때문일까요, 아니면 곧 있을 파국을 충분히 예측할 수 있었기 때문일까요?"

진행자를 클로즈업하고 있던 화면이 그녀를 연기한 대역의 얼굴로 대체됐다. 단발머리에 짙은 눈썹, 턱이 가느스름한 얼굴이 화면을 꽉 채웠다. 제작진의 의도는 분명했다. 응급실에 도착했을 때 그녀의 아버지는 이미 사망한 상태였다. 사망진단 뒤 그의 몸에서 피멍과 갈비뼈 골절을 발견한 응급실 직원들은 신고 의무에 따라 그녀를 노인 학대 혐의로 경찰에 신고했다. 출동한 경찰은 응급실에서 핸드폰으로 유튜브를 보고 있던 그녀를 체포했다. 그러나 그녀가 혐의를 완강히 부인하고 증거 불충분으로 검찰이 구속영장을 반려하면서 그녀는 불구속 상태로 존속상해치사 혐의에 대해 조사를 받게 됐다. 검찰은 욕실에서 아버지가 갑자기 쓰러지면서 심정지가 왔고, 이후 인공호흡과 가슴 압박을 하는 과정에서 갈비뼈 골절이 일어났다는 그녀의 주장을 일부 받아들였다. 복강 내 출혈에 대해서도 검찰은 보완 조사를 지시했다.

내게 유진주의 심리 분석을 요청할 때까지만 해도 강PD는 초고령 사회에서의 노인 돌봄 문제가 가져온 빛과 그늘을 다룰 예정이라고 설명했다. 하지만 실제 방영된 내용을 보면 그 문제는 말미에 잠깐 언급됐을 뿐이고, 대부분의 분량이 치매에 걸린 아버지를 학대해 죽음에 이르게 하고 방화마저 저지른 패륜아로 유진주를 묘사하는 데 할애되어 있었다. 워낙에도 강력범죄들을 선정적으로 편집해 인기를 끄는 흥미 위주의 시사 프로그램이라 이 문제에 진중하게 접근하리라는 기대는 없었다. 강PD가 공익적 의도로 이 주제를 선택했다고 해도 제작 과정에서 캐릭터를 중심에 둔 스토리텔링으로 방향이 바뀔 가능성은 충분했다. 화면 구성 역시 설정 숏과 미디엄숏으로 상황의 성격을 제시한 뒤 바로 인물 클로즈업을 통해 확대된 이미지를 보여줌으로써 시청자들에게 은연중에 제작진이 설정한 유진주의 캐릭터를 주입시키고 있었다. 덕분에 노인 돌봄 문제에만 초점을 맞출 것으로 예상하고 부녀간의 관계에도 주목해야 한다고 말하는 나의 인터뷰는 겉도는 감이 있었다. 프로그램은 유진주를 능동적인 범죄자로 묘사하고 있었는데, 나는 그녀를 수동적인 희생자로 봤던 것이다. 방송을 본 유진주가 자기 마음 같지 않다고 말한 부분도 이 지점인 것 같았다.

경찰이 그녀의 집에서 압수한 물품 중 유진주와 아버지가 찍은 사진들과 그녀가 쓴 일기, 메모, 시, 그리고 주요 인터뷰 동영상 등을 저장한 태블릿 피시를 강PD가 내게 퀵서비스로 보낸 건 방송 예정일 사흘 전이었다. 그리고 이틀 뒤 전화를 걸어와 자료를 다 살펴봤느냐고 물었다. 유진주에 대한 인터뷰가 가능하냐는 의미였다. 나는 방영을 연기하는 게 나을 것이라고 대답했다. 방송 직전에야 엄청난 분량의 자료를 보내놓고서는 늘 그런 식으로 재촉하는 게 조금은 얄미워서 그랬던 것인데, 안 그래도 방영이 연기됐다고 강PD가 말했다. 이유를 물었더니 유진주가 살던 빌라에 방화로 추정되는 화재가 일어난데다 용의자인 유진주가 도주했기 때문에 보충 취재가 불가피해졌다는 것이었다.

"경찰이 이미 압수 수색을 마친 집인데, 왜 불을 질렀을까요? 증거인멸을 위한 불은 아닐 텐데요."

"사실만 놓고 보자면 이제는 그 집보다 그 불이 유진주에게는 더 중요하게 됐다는 뜻이지요. 그녀에게는 그 불이 필요했던 것으로 보이고요. 다시 집으로 돌아가진 않겠군요."

"덕분에 방화 혐의가 추가됐어요. 인명 피해가 없어 다행이긴 하지만 존속상해치사에 현주건조물방화까지 추가됐으니 유진주는 중범죄 용의자가 된 셈이에요."

"우선 사실관계부터 확인하죠. 불을 지른 사람이 유진주라는 건 확인됐나요?"

"그거야 시시티브이에 다 찍혔으니까요. 검정 모자를 눌러쓰고 마스크를 끼고 있었지만, 식별에는 큰 무리가 없다고 하네요. 아직 자료는 다 안 보신 건가요?"

"다 봤습니다."

"그럼 이 방화를 어떻게 이해하면 좋을까요? 물론 정식 인터뷰는 다시 하겠지만, 일단 방향부터 잡아보죠."

하지만 나는 내 말이 녹음되고 있다는 것을 알고 있었다.

"그 불은 심리적인 정화의 의미를 가지는 것으로 보입니다."

"심리적인 정화라는 걸 어떻게 이해하면 됩니까?"

"억압된 감정의 표출이랄까요? 지금까지 유진주는 직접적으로 감정을 드러낸 적이 한 번도 없어요. 아버지가 죽었는데도 응급실에서 유튜브를 보고 있었다고 하잖아요. 이상하죠? 자기기만에, 그러니까 스스로를 속이는 데 아주 능한 사람이라는 걸 알 수 있지요. 열 살 때 어머니가 교통사고로 갑작스레 죽고, 그뒤로 홀아버지 밑에서 자란 게 성격 형성에 큰 영향을 끼친 것으로 보입니다. 컴퓨터로 쓴 글 말고 노트에 쓴 글들을 보면 특이한 점을 발견할 수 있어요. 자기가 쓴 글 위에 줄을 쭉쭉 그어서 지운 흔적이 많다는 점입니다. 어떤 페이지는 한 면 전체가 새카맣게 줄이 그어져 있어 뭐라고 썼는지 읽을 수 없을 정도예요. 하지만 읽을 수 있는 글들을 보면 대부분이 아버지에 대한 분노와 저주, 세상에 대한 원망 같은 부정적인 내용들입니다. 이런 사실들로 미뤄볼 때 유진주는 오랜 기간 자신의 감정을 억누르면서 살아온 것 같아요. 하지만 감정은 스프링과 같습니다. 억눌렀던 것들은 반드시 행위로 돌아오게 돼 있어요. 유진주가 억눌러온 감정이 방화라는 형태로 돌아온 거죠."

"그럼 아버지를 죽인 것 역시 같은 맥락에서 봐야 하는 건가요?"

"그렇죠. 이런 경우에는 돌발적으로 폭행이 이뤄집니다. 오랜 세월 동안 쌓인 감정이 마그마가 터지듯 일시에 분출되기 때문에 동기는 아주 사소한 경우가 많습니다. 친족 간의 가정폭력에서 흔히 발견되는 양상이죠. 사별한 뒤 그녀의 아버지는 재혼을 포기하고 외동딸인 그녀를 홀로 키웠다지요? 보내주신 자료를 보면 유진주의 친구들은 그녀가 이십대 초반에 딱 한 번 연애한 적이 있었으나 아버지의 반대로 헤어졌다고 증언하고 있거든요. 그뒤로 유진주는 애인을 사귀는 것은 물론이거니와 사회적 교류도 포기하고 아버지와 둘이서 고립된 생활을 했습니다. 그동안 자존감은 바닥이었을 거예요."

"그게 살인의 동기가 될 수 있을까요?"

"말씀드렸다시피 이런 살인은 화산 폭발 같은 거예요. 자잘한 것들이 쌓이고 쌓이다가 임계점을 넘기면 터집니다. 애인과의 교제를 반대했다고 아버지를 죽이는 딸은 세상에 없을 거예요. 하지만 에너지가 축적된 상황에서는 그런 동기만으로도 충분히 가능하죠. 아버지의 치매 증세가 심해진 뒤로 오히려 유진주의 표정이 밝아졌다는 이웃의 증언까지 감안하면 벌써 오래전부터 이번 일을 계획했던 것으로 보여요. 다만 유진주는 엄한 아버지의 영향권에 있던 수동적인 희생자이기 때문에 돌발 상황에 편승해 폭행이 이뤄진 것으로 보입니다."

"돌발 상황이라는 건 뭔가요? 선생님은 유진주의 주장대로 아버지가 정말 욕실에서 미끄러졌다고 생각하십니까?"

"부검의의 소견을 부정하면서까지 제 논리를 펼칠 생각은 없어요. 갈비뼈 골절이야 심폐소생 과정에서 생긴 것으로 설명할 수 있다손 치더라도 복강 내 출혈은 외력의 존재를 여실히 보여주고 있으니까요. 그런데 저는 돌발 상황을 단순히 심근경색이나 낙상 같은 것에만 국한시켜서 보지 않습니다."

"그렇다면?"

"그래서 저는 이번 방화에 주목하고 싶습니다. 유진주는 매우 수동적인 희생자로서 살아가다가 어떤 일을 계기로 아버지를 공격한 것 같아요. 방화는 그 일을 지우고자 하는 무의식적인 욕망에서 비롯된 것 같고요."

"다시 억압된 감정의 표출로 돌아가는 것 같군요."

"그렇죠."

"그렇다면 가능성은 이제 딱 하나가 남습니다만, 거기까지는 가고 싶지 않은데 이제 어떻게 하죠?"

강PD가 말했다.

여기까지가 방송에서 내가 유진주에 대해 말한, 그녀에게 다 틀렸다는 평가를 받은 내용이다.

3

마지막으로 남는 가능성은 언제나 끔찍한 것이다. 범죄심리학자로서 나는 늘 끔찍하게 끝나는 이야기만을 상상한다. 여관 종업원으로 일하면서 자신에게 반말을 했다는 이유로 처음 보는 투숙객을 토막 내 죽이고, 마약에 취해 환청으로 비웃음을 듣고 귀갓길의 여학생을 난도질한다. 자신을 만나주지 않는다는 이유로 얼굴 정도나 알 뿐인 여자의 가족들을 그녀가 보는 앞에서 살해하고, 평범한 사람들이 평생 모은 투자금으로 억대의 외제차를 몰고 다니며 결혼 사기를 저지른다. 매주 〈사건의 결말〉에서 방영되는 이야기들은 설정 숏과 미디엄숏, 클로즈업을 오가며 우리 인생 역시 언제라도 이런 결말을 맞이할 수 있으리라는 암시를 시청자들에게 심어준다.

유진주에게 남은 마지막 가능성이란 어머니가 교통사고로 사망하고 아버지와의 고립된 삶이 계속되는 동안, 어느 시점에 이르러 그녀가 성적으로 아버지의 배우자 역할을 대신했을 수도 있었으리라는 것이었다. 그런 생각을 하는 나의 머릿속으로 유진주가 메일에 쓴 문장이 지나갔다. "선생님이 말하는 게 분명 제 마음일 텐데도 전혀 제 마음 같지가 않았어요. 아빠를 죽일 수밖에 없는 상황으로 제가 몰리고 있었다는 게 선생님의 전제인데, 그것부터가 잘못됐습니다. 그러니 그다음의 분석도 죄다 틀릴 수밖에 없는 것이지요."

유진주에게서 두번째 메일이 온 것은 그다음날 새벽이었다. 그녀는 언제 경찰이 들이닥칠지 모르는 상황임에도 제주를 떠나지 못하고 있다고 썼다. 그래서 모슬포 거리 구석구석을 다니다가 첫날 자신이 얼마나 길을 돌아왔는지를 깨닫고 헛웃음이 나왔다고 했다. 그러다가 어떤 초등학교 앞 작은 서점에 붙어 있는 포스터를 봤다. 그날 저녁 한 소설가의 강연회가 열린다는 내용이었다. 그녀는 근처 식당에서 저녁으로 밀면을 먹은 뒤, 동네를 한 바퀴 돌다가 다시 그 서점으로 갔다. 해가 뉘엿뉘엿 서쪽으로 넘어가고 있었다. 강연을 들으러 온 사람들은 대부분 도시에서 살다가 대안의 삶을 찾아 대정읍 인근으로 귀농한 중년여성들로 낮에는 농사일을, 밤에는 독서 모임을 한다고 했다. 낮에 일하다가 왔으면 지칠 법도 한데 모두들 기운이 넘치는지 서점 안이 시끌벅적했다. 서울에서 왔다는 소설가는 최근 출간한 자기 책과 관련해 여러 이야기를 들려줬는데, 그중에서 모든 글'쓰기'는 글'짓기'라고 말하는 부분이 그녀의 귀에 쏙 들어왔다.

엄마가 사고로 돌아가시고 난 뒤 제 머릿속에는 낯선 생각들이 불쑥불쑥 떠오르기 시작했어요. 길을 걷다가도, 또 밥을 먹다가도. 도대체 어디서 오는 것인지 알 수 없는, 두렵고 끔찍한 생각들이었습니다. 그러다가 그 생각들을 공책에 받아 적기 시작했어요. 그러지 않으면 그 말들이 하루종일 머릿속을 맴돌았기 때문에 시끄러워서 견딜 수가 없었거든요. 그렇게 적어대는 분량이 상당하고 또 내용도 이상해서 그걸 본 친구들은 대놓고 저를 미친 애 취급했지요. 학교에서 저는 따돌림을 당할 수밖에 없었습니다. 엄마 없는 아이. 하루종일 괴상한 글을 쓰는 아이.

제가 공책에 받아 적은 끔찍한 글을 읽고 난 뒤에도 저를 이해해준 사람은 아빠뿐이었어요. 사람의 마음을 연구한다는 선생님도 저를 이해하려고 애썼을 뿐이지 이해하진 못하셨잖아요. 누군가를 이해하려 한다고 말할 때 선생님은 정말로 상대를 이해하려고 하는 것인가요, 아니면 상대를 이해하지 못하는 자기 자신을 이해하려고 하는 것인가요? 그동안 제가 만난 대부분의 사람들은 상대를 이해하지 못하는 자기 자신을 이해하려고 애를 쓰는 것이면서 그게 타인을 이해하는 것이라고 여기는 경우가 많았습니다. 그러니 이상한 글을 써대는 저를 보고는 이상한 애야, 라고 간단하게 이해해버렸겠지요.

아빠는 제가 쓴 문장들에 줄을 그으면서 말했습니다. 너는 어떤 생각이든 할 수 있어. 하지만 이건 네가 아니야. 너는 이 생각들에 줄을 긋는 사람이야. 네 머릿속에 어떤 생각이 떠오르든 겁먹지 말고 가만히 지켜봐. 그다음에 너는 그 생각에 줄을 그어 지울 수 있어. 지금은 공책에 써서 지우지만, 나중에는 머릿속에서부터 지울 수 있어. 어떤 생각을 지우고 어떤 생각을 남길지는 네가 선택하는 거야. 마음껏 생각하고 그중에서 가장 좋은 생각을 선택하면 되는 거야. 그리고 그게 너의 미래가 될 거야. 그 소설가가 "모든 글'쓰기'는 글'짓기'입니다"라고 말했을 때, 저는 아빠의 그 말을 떠올렸어요. 그렇게 수많은 생각들을 받아 적고 또 지워가면서 십대를 보냈습니다. 차츰 저는 제 머리를 라디오 같은 것이라고 생각하게 됐어요. 끌 수 없는 라디오 같은 것 말이에요. 거기에서는 온갖 방송들이 흘러나오니까 마음에 드는 방송을 찾아 들으면 되는 것이죠. 어쩌면 이건 선생님의 달 이야기와 같은 얘기일 수도 있어요.

그러니까 선생님은 제가 무슨 말을 하는지 잘 아실 거예요. 인간 안에는 수많은 이야기들이 존재하잖아요. 모든 게 잘될 거라는 희망에 부풀어 잠들었다가도 침대에서 일어나기도 싫을 정도로 끔찍한 아침을 맞이하기도 해요. 인간의 실존은 앞뒤가 맞지 않는 비논리적인 이야기예요. 그럼에도 저는 그중에서 가장 좋은 생각들만 선택해왔습니다. 선생님이 방송에서 저더러 자기기만이라고, 스스로를 속이는 데 아주 능한 사람이라고 했을 때 놀란 까닭이 거기에 있습니다. 맞아요, 저는 스스로를 속이는 사람입니다.

하지만 다른 사람들이 생각하는 저 역시 기만이기는 마찬가지입니다. 그들도 저의 수많은 모습 중에서 자기들 입맛에 맞는 것들만 모아 저라는 이미지를 만들었으니까요. 그렇게 만들어진 이야기는 논리적으로 앞뒤가 척척 맞겠지만, 바로 그런 이유로 그것은 기만입니다. 실제의 제 삶은 앞뒤가 척척 맞아떨어지지 않거든요. 제가 선택한 제가 그럴싸한 이야기였듯이 선생님이 분석한 저 역시 또다른 그럴싸한 이야기겠지요. 〈사건의 결말〉 제작진이 편집한 저 역시 하나의 이야기이고요. 그러나 아시겠지만, 저는 그 어떤 이야기도 아니에요. 저는 혼돈 그 자체입니다. 카오스 그 자체예요. 저뿐만 아니라 모든 사람이 그렇습니다.

저는 아빠의 혼돈과 카오스를 육 년간이나 옆에서 지켜봤습니다. 치매 증세가 심해진 마지막 일 년 동안, 아빠는 자신의 생각에 줄을 그을 줄 모르는 사람, 자신의 이야기를 가지지 못하는 존재였습니다. 아빠는 막 태어난 아이였고 갓 결혼한 신랑이었으며 더없이 자상한 아빠였어요. 저를 전혀 알아보지 못하는 마음과 그토록 사랑하는 딸임을 알아보는 마음이 아빠에게는 모두 같은 마음이었습니다. 저는 그런 아빠를 제가 만든 이야기로 바라보고 싶지 않았습니다. 치매에 걸린 불쌍한 노인이라는 이야기로 말이죠. 그래놓고서 아빠를 이해했다고 말하고 싶지 않았어요. 저는 그 혼돈 속으로, 그 카오스 속으로 뛰어들고 싶었습니다.

그건 얼마나 고통스러운 일이었게요. 저는 아빠의 손에 연필을 쥐여주면서 말했습니다. 머릿속에 생각나는 것은 다 쓰라고. 아빠는 저를 보고 되물었죠. 왜 그래? 하기 싫어. 처음에는 그렇게 저항했지만, 계속 다그치면 결국 몇 문장을 쓰게 됐죠. 저는 그 문장들에 줄을 그으며 아빠와 똑같이 말했습니다. 아빠는 어떤 생각이든 할 수 있어. 하지만 이건 아빠가 아니야. 아빠는 이 생각들에 줄을 긋는 사람이야. 그러면 아빠는 엄마를 막 잃고 난 열 살 무렵의 저처럼 그게 무슨 말인지 몰라 눈만 껌뻑거릴 뿐이었습니다.

소설가의 말을 듣는데 아빠의 그 눈빛이 생각났습니다. 그래서 고단하나 건강해 보이는 주경야독의 얼굴들과 저처럼 우연히 찾아온 관광객들 사이에 앉아 눈물을 흘렸습니다. 마지막 순간까지 아빠의 생각들에 우리가 줄을 그을 수 있었다면 얼마나 좋았을까요? 혼돈과 카오스의 상태로라도 제 곁에 아빠가 남아 있는 게 더 좋은 것이라는 사실을 우리가 알 수 있었다면? 제가 우는 게 보였는지 소설가는 문득 말을 멈추고 저를 쳐다보더군요. 눈이 마주친 김에 제가 손을 들었어요.

질문이 있습니다.

뭔가요?

아까 타인을 이해하려고 애쓸 때 우리 인생은 살아볼 만한 값어치를 가진다고 말씀하셨는데, 누군가를 이해하는 게 정말 가능하기는 할까요?

4

공항에서 만난 강PD가 유진주 아버지의 복강 내 출혈에 대한 새로운 사실을 말했을 때, 나는 내가 완전히 틀렸다는 것을 최종적으로 확인했다. 그가 B형간염 보균자였다는 사실이 밝혀지며 그 출혈이 외력이 아니라 간암에 의한 것일 수 있다는 소견이 나온 것이다. 그렇게 되면 방화 혐의에 대해서만 처벌이 있을 테고, 정상참작의 여지도 없지 않을 것이었다. 경찰은 그녀를 체포하는 대신 전화로 조사 날짜를 조정했다고 했다. 나는 허점이 많은 유진주의 이야기에는 굴하지 않았지만 경찰이 찾아낸 새 증거 앞에서는 맥이 풀렸다. 내가 제주행을 포기하려고 하자 강PD가 말했다.

"저도 유진주씨하고 통화했는데, 내심 우리를 기다리고 있던데요. 육 년 동안 아버지를 간병하면서 토요일마다 〈사건의 결말〉을 보는 게 낙이었다고 하더라고요. 더구나 선생님을 무척 존경한다고도 하네요. 가서 한번 만나볼 필요도 있을 것 같아요. 제 생각에는 뭔가 더 있는 것 같아요. 선생님에게는 자기 진심을 말할 수 있다고 했거든요. 그러니 선생님이 꼭 가셔야 해요."

"하고 싶은 이야기가 더 남아 있다는 건가요? 진심인지 뭔지, 마음대로 말하라고 해요. 증거들이 다 여기 있는데 거기 가서 이야기를 듣는 게 무슨 소용이 있을까요?"

내가 말했다.

"그 증거들에 따르면 선생님의 이야기도 틀린 게 되지 않나요? 그럼 유진주씨의 진심이 옳다고 인정하시는 건가요?"

내가 제주까지 가게 된 것은 오로지 강PD의 그 말 때문이었다. 나의 이야기는 얼마든지 틀릴 수 있지만, 그게 유진주의 진심이 옳다는 결론으로 이어지면 안 될 일이었다. 그렇게 우리는 제주로 향했다. 공항에서 빌린 렌터카를 타고 그녀가 묵고 있다는 모슬포의 호텔에 도착했을 때는 오후 한시가 조금 지난 무렵이었다. 일층 커피숍에 앉아 있던 그녀가 우리를 보고 알은척을 했다. 인사를 나누고 맞은편 자리에 앉자마자 그녀는 갈 곳이 있다며 짐을 챙겼다. 어디를 가느냐니까 일단 차에 타자고 말했다. 차 안에서 그녀는 강PD에게 내비게이션으로 '바람의 박물관'을 검색해보라고 했다. 내비게이션 화면에 안덕면의 중산간이 표시됐다.

거기까지 가는 동안 우리는 그녀에게서 '바람의 박물관'에 대한 설명을 들을 수 있었다. 원래는 호텔이 있던 자리인데 시설 노후화로 문을 닫자 일본 자본이 그 부지를 사들여 고급 주택단지를 지었다고 했다. 그러고 나서 호텔 시설 중 일부를 리모델링해 박물관으로 만들었다고. 박물관 관람은 사전 예약제로 운영되고 있었다. 허용된 인원은 극히 소수인데 인기가 많아 최소한 석 달 전에는 예약해야만 볼 수 있다고 했다.

"그렇다면 이미 석 달 전에 예약했다는 뜻이겠군요. 그때는 이런 상황을 전혀 예상하지 못했을 텐데, 어떻게 여기까지 와서 관람을 할 생각을 다 하셨을까요?"

내가 그녀에게 물었다.

"전혀 예상하지 못했죠. 그러니까 아버지와 저, 두 사람 이름으로 예약했겠죠."

"그럼 두 사람밖에 못 들어가겠네요."

강PD가 말했다.

"전 선생님이랑 들어가고 싶어요. 들려드리고 싶은 얘기가 있으니까요."

유진주가 말했다. 그럼에도 나는 의문이 풀리지 않았다.

"아버님이 살아 계셨더라도 진주씨를 못 알아볼 정도로 증세가 심하셨을 텐데, 여기까지 오실 수 있었을까요?"

조수석에서 고개를 살짝 돌려 뒷좌석에 앉은 유진주의 눈을 바라봤다. 그녀는 마스크를 벗지 않고 있었다.

"말씀드렸잖아요, 저는 항상 달을 생각하고, 방향을 생각한다고. 그때도 달의 방향을 생각했을 뿐이에요."

그리고 유진주는 계속 말했다.

"방송에서는 엄마가 죽은 뒤 제가 그 역할을 대신한 것처럼 묘사했더군요. 그런 성적 억압으로 억눌렸던 감정이 폭발한 제가 치매에 걸려 무력해진 아빠를 죽인 것이라고 말이죠."

감정이 격해졌는지 그녀가 목소리를 높였다.

"하지만 실제로 엄마 역할을 한 건 제가 아니라 아빠였어요. 아빠는 저를 뒷바라지하기 위해 일찌감치 남자로서의 삶도 포기했으니까요. 제가 결혼하지 않고 치매에 걸린 아빠를 모신 건 그 사실을 잘 알고 있었기 때문이에요. 아빠가 자기 인생의 일부를 제게 주신 것처럼 저도 제 인생의 일부를 돌려드리고 싶었어요."

"그럼 방송에서 추정한 것처럼 부녀 사이에 다른 일은 전혀 없었다는 뜻인가요?"

내가 물었다.

"끝까지 잔인하시군요."

강PD가 운전하는 렌터카는 간선도로에서 벗어나 중산간으로 이어지는 2차선 도로를 따라 올라가기 시작했다. 그때 그녀가 말했다.

"있었어요, 몇 번. 마지막 밤들에."

도롯가에서 억새들이 물결치듯 바람에 흔들리고 있었다. 하늘은 더없이 푸르렀다.

"저는 소리치며 아빠를 뿌리쳤어요. 아빠, 저는 엄마가 아니에요. 아빠 딸이에요. 엄마는 죽었어요. 그러면 아빠는 배터리가 나간 로봇처럼 멍하니 저를 쳐다보고만 있었어요. 제가 너무나 단호하게 아니라고 말하니까 생각이 거기서 멈춰버렸던 거죠. 그러면 또 마음이 좋지 않아서 엄마 사진이 든 앨범을 가져왔어요. 아빠가 특히 좋아하는 엄마 사진이 있거든요. 그 사진을 보여주면서 말했지요. 엄마는 이 사람이에요. 엄마는 죽었어요. 그제야 아빠는 무슨 말인지 알아듣고 울었지요. 그렇게 우는 것도 치매에는 좋지 않아서 저는 얼른 화제를 돌렸어요. 여긴 어디예요? 엄마랑 어디 간 거예요? 어릴 때부터 수없이 물어봤기 때문에 저는 답을 다 알고 있었어요. 그때를 떠올리는 것만으로도 아빠는 슬픈 마음이 온데간데없이 사라진 듯 보였죠. 그러면 저는 손에 연필을 쥐여주면서 써보라고 권했어요."

그녀가 가방 속에서 꺼내 보여준 노트에는 문장들이 삐뚤빼뚤 적혀 있었다. 이혜선. 신혼여행. 풍림호텔 606호. 바람이 돌멩이보다 더 흔하다.

"그때만 해도 뭘 적은 거냐고 물으면 아빠의 대답을 들을 수 있었어요. 엄마랑 신혼여행으로 풍림호텔에 갔는데, 그때가 당신 인생에서 제일 행복한 순간이었다고 아빠는 말했죠. 원피스를 입은 엄마가 얼마나 아름다웠는지, 당신이 얼마나 힘이 셌는지, 그리고 또 바람은 얼마나 불었는지. 그 이야기를 할 때의 아빠는 멀쩡한 사람 같았어요. 너무나 멀쩡해서 눈물이 나올 것만 같았어요. 그래서 풍림호텔에 가면 아빠의 병이 낫지 않을까, 우리가 옛날로 돌아갈 수 있지 않을까, 그런 생각이 들었어요. 마지막 밤들에 아빠의 상태는 급속히 나빠졌지만, 여러분이 생각하는 일은 일어나지 않았어요. 대신 아빠는 십 분마다 제 이름을 부르며 제가 옆에 있는지 확인했어요. 풍림호텔이 지금 우리가 가고 있는 박물관으로 바뀌었다는 사실을 알아낸 건 그즈음의 일이었어요.

이젠 돌아갈 곳이 없구나, 아빠에게 남은 건 나뿐이구나, 그런 생각이 들었죠."

그녀가 말했다.

5

그녀는 존속상해치사죄는 무혐의 처분을 받았고 재판까지 간 현주건조물방화죄는 오랫동안 간병했던 아버지를 갑작스레 잃은 충격으로 심신미약 상태였던 점이 감경 사유가 돼 징역 일 년 육개월에 집행유예 이 년을 선고받았다. 그렇게 치매에 걸린 아버지를 죽이고 공동주택에 불을 지른 악녀 유진주의 이미지는 급속히 우리의 기억에서 잊혔다. 그뒤로도 〈사건의 결말〉은 또다른 악인들의 얼굴을 찾아 화면 가득히 클로즈업을 했다. 잊을 만하면 제작진이 인터뷰를 위해 내 연구실로 찾아와 카메라를 설치했다. 그럴 때면 나는 환기를 위해 창문을 열고 연구실 앞 화단의 나무들을 바라보곤 했다. 그럴 때면 멀리서부터, 내가 알지 못하는 아주 먼 곳으로부터 바람이 불어오곤 했다. 그럴 때면 유진주와 함께 들어갔던 바람의 박물관이 생각나곤 했다.

바람의 박물관에 가려면 근처 호텔 주차장에서 셔틀버스를 타야 했다. 안내 직원에게 예약자 이름을 확인받은 뒤 다른 관람객들도 모두 탑승하자 버스는 출발했다. 관람 인원은 열 명 한정이었다. 그렇게 하루 두 번, 사유지라 출입이 금지된 주택단지 안에 있는 바람의 박물관을 관람할 수 있었다. 바람의 박물관은 언덕 위에 있었다. 버스에서 내려보니 왜 바람의 박물관이라는 이름을 붙였는지 이해가 됐다. 제주 남쪽 바다가 한눈에 들어오는 곳이었다. 거기가 바로 풍림호텔이 있던 자리였다. 그녀 아버지의 말처럼 바람이 흔하다못해 쉴새없이 몰아치고 있었다. 박물관은 총 세 개의 건축물로 이루어져 있었다. 안내 직원은 그중 평범한 목조건물처럼 보이는 곳으로 관람객들을 이끌며 리모델링을 담당한 건축가의 의도를 설명하기 시작했다.

"첫번째 건물에 들어가서는 바람소리를 들으면서 청각적인 부분에 집중해 명상하시면 됩니다. 건물의 벽면을 보시면 안쪽으로는 철골로 건물의 형태를 고정시켰고요, 바깥쪽은 일본 적송 널판을 세로로 덧대어 만들었어요. 그리고 나무판 사이사이 일 센티미터 정도 틈을 내 빛도 들어오고 바람도 들어오게 했습니다. 바람이 그 틈들을 통과하면서 소리를 내는데, 그 소리를 듣기 위해 만든 틈이라고 보시면 돼요. 오늘은 바람이 좀 세게 불기 때문에 들어가시면 아마 꽤 큰 바람소리가 들리실 텐데, 건축가는 그 바람소리가 활시위를 놓을 때 나는 소리처럼 들린다고 해서……"

건물 가까이 걸어갔을 때, 내가 질문을 던졌다.

"집에 불을 지른 이유는 뭔가요?"

그녀는 고개를 저었다. 무슨 의미인지 알기 어려웠다.

"그때 저는 숨이 턱턱 막히는, 아무런 희망의 빛도 들어오지 않는 꽉 막힌 삶을 살고 있었어요. 아빠는 점점 퇴행하고 있었지요.

수시로 제게서 죽은 엄마의 모습을 봤고, 풍림호텔의 바람소리가 들린다고 했어요. 방금 제게 하신 질문은 엄마가 죽은 뒤, 그리고 아빠가 치매에 걸린 뒤 제가 저 자신에게 수없이 던졌던 질문들과 같은 것이에요. 엄마는 왜 죽었을까? 아빠가 치매에 걸린 이유는 뭘까? 그러면 수많은 답들이 줄줄이 떠올랐는데, 그건 마치 머릿속에 떠오르는 나쁜 생각들 같았어요. 아빠 말대로 내가 아닌 생각들, 그냥 줄을 그어 지우면 되는 생각들. 어느 날 느닷없이 일어나는 재앙은 그런 생각 같은 것이죠. 그렇다면 그건 누구의 생각일까? 어쩌면 신이 아닐까? 그렇다면 신은 왜 이런 나쁜 생각들을 지우지 않는 걸까요? 왜 앞뒤도 맞지 않는 이런 일들을 그대로 실행하는 것일까요? 마치 치매에 걸린 사람처럼 말이에요."

앞쪽에서부터 사람들이 직원을 따라 박물관 안으로 들어가고 있었다.

"그 집에서 살 때, 이 이야기에도 결말이 있었으면 좋겠다고 생각했어요. 하지만 아빠가 죽어야만 끝나는 그 이야기에서 저는 어떤 결말도 찾을 수가 없었어요. 아빠가 죽는다는 결말도 안 되고, 아빠가 죽지 않는다는 결말도 안 되니까요. 그러다가 어느 날, 제가 전혀 상상하지 못한 방식으로 이야기가 끝나버렸어요. 무슨 일이 일어난 것인지 도무지 이해할 수 없었어요. 그때 유튜브에서 본 선생님의 말씀이 떠올랐어요. 우리가 달까지 갈 수는 없지만 갈 수 있다는 듯이 걸어갈 수는 있다고, 마찬가지로 그렇게 살아갈 수 있다고 하셨잖아요. 달을 향해 걷는 것처럼 희망의 방향만 찾을 수 있다면, 이라고. 그래서 저는 치매에 걸려 우연히 떠오른 생각을 의심조차 하지 않고 그대로 믿는 아빠의 마음을, 마치 치매에 걸린 것처럼 사전 경고도 없이 사람들의 운명을 바꾸는 신의 마음을 이해한 사람처럼 살아보기로 한 거예요. 그래서 불을 질렀습니다. 거기에는 아무런 이유도 없었어요. 이해만 있었죠. 소방관들이 우리집의 유리창을 깨는 걸 보고 제 속이 얼마나 시원했게요, 가슴이 얼마나 벅차올랐게요. 저는 비로소 자유를 얻었거든요. 그 순간 전 모든 이야기로부터 자유로워진 거예요."

그리고 우리도 박물관 안으로 들어갔다. 건물 안으로 바람이 새어들고 있었다. 분명 건물 내부로 들어갔는데도 어디 안에 있다는 느낌이 전혀 들지 않았다. 거기서 그녀의 이야기는 끝났다. 그다음은 없었다. 내 귀로는 바람소리만 들려올 뿐이었다.

| 작가노트 |

달까지 걸어가는 사람처럼

올해가 시작될 즈음, 원주에 있는 뮤지엄 산에서 혼자 하룻밤을 보낸 적이 있었다. 강추위의 나날이었다. 뮤지엄 산은 산꼭대기에 있는데, 화재의 위험 때문에 겨울에도 난방을 하지 않았다. 나는 옷을 껴입고 명상을 위해 만든 방에서 새벽을 보냈다. 혹시 잠들 수 있을까 싶어 눈을 감았지만, 잠은 오지 않았다. 불도 꺼진 어두운 공간에 있었기 때문인지 안 좋은 기억만 계속 떠올랐다. 그럴 때마다 나는 좋은 생각을 했다. 예를 들면 아침 같은 것. 아침이 되어 떠오르는 태양 같은 것. 그리고 마침내 그 밤의 어둠이 모두 물러가는 일 같은 것. 다른 방법은 전혀 없었으므로 나는 그 좋은 생각에만 매달렸다. 다른 방법이 없는 사람에게 희망은 그토록 강렬한 것이었다.

그렇게 밤을 지새우고 치악산 너머에서 해가 떠오르는 것을 지켜봤다. 그때 건축가 안도 다다오가 파주석으로 마감한 건물의 측면이 너무나 따뜻한 색으로 물드는 것을 보며 깊은 감동을 느꼈다. 그는 마치 언젠가 내가 괴로운 새벽을 보내고 그 빛을 보게 되리라는 걸 아는 사람처럼 거기 건물을 설계한 것이었다. 어두운 새벽을 온전하게 받아들이고 맞이한 아침의 평범한 빛은 그토록 경이로웠다. 그 빛이 몇 시간 전의 나를 지탱했다. 이처럼 희망은 시간을 거꾸로 흐르게 한다. 그러니 과거에서 희망을 찾지 말아야 한다. 희망은 우리의 미래에 있었다. 방금 '있다'가 아니라 '있었다'라고 쓴 것처럼, 이미 결말을 아는 사람처럼 지금 이 순간을 받아들이는 것. 그게 바로 희망을 사용하는 방법이다.

받아들인다는 것은 경이로 가는 지름길이다. 봄이 되어 제주도에 재일교포 건축가인 이타미 준이 만든 수풍석뮤지엄이 있다는 걸 알게 됐다. 근처에 있는 방주교회를 여러 번 찾아갔으면서도 그 사실을 모르고 있었다. 예약제로 소수의 인원에게만 관람을 허용하는데다가 코로나19 바이러스의 유행으로 그마저도 오랫동안 중단된 상태였기 때문에 방문을 미뤄두고 있었는데, 한 친구에게서 그곳을 예약했다는 말을 들었다. 한창 「진주의 결말」을 쓸 때였는데, 나는 이 우연을 받아들이기로 하고 제주도로 갔다. 거기에는 물, 바람, 돌을 주제로 이타미 준이 설계한 세 개의 건축물이 있었다. 그중 오래 기억에 남은 건 소설 속에서 진주가 찾아간 바람의 박물관이었다. 겉으로는 평범한 창고처럼 보이지만, 나무판 사이사이에 틈이 있어서 어디 안에 있다는 느낌이 전혀 들지 않았다. 바람의 박물관은 제주의 세찬 바람을 모두 받아들이고 있었다. 나는 온몸으로 바람을 맞았다.

그리고 돌아와 「진주의 결말」의 결말을 썼다. 타인들에게 이해받을 수 있는 삶을 산다는 것은 얼마나 어려운 일일까. 삶의 일들은 그저 벌어질 뿐인데도 우리는 다른 사람들에게 이해받기 위해 이유를 만들어낸다. 그렇게 우리는 이야기를 만들고 있다. 하지만 자신을 이해하기 위해서는 이유가 필요 없다. 대신에 희망이 필요하다. 나의 희망으로는 결코 타인들에게 이해받지 못한다고 해도 말이다.

「진주의 결말」을 쓴 뒤로 달을 바라볼 때마다 지금 걷는 사람을 생각한다. 언제나 중요한 것은 지금 이 순간 우리가 하는 일이다. 우리가 달까지 걸어갈 수는 없겠지만, 달까지 걸어가는 사람인 양 걸어갈 수는 있다. 지금 이 순간, 달까지 걸어가는 사람인 양 걷는 사람의 발은 달에 닿아 있다. 그러니 멈추지 말고, 계속 걸어가길.

| 리뷰 |

모든 이야기로부터의 자유

신형철(문학평론가)

김연수의 근작 「진주의 결말」은 서사학의 주요 이슈 중 하나인 '서사의 경합'에 관한 진지한 탐구의 결과물이다. 사건 하나가 산출할 수 있는 서사는 하나가 아니어서 복수의 잠재적 서사들이 서로 경합하게 되는 현상을 뜻한다. 범죄가 발생하면 법정이 열린다. 그런데 그보다 먼저 열리는 것이 서사의 법정이다. 그와 함께 사건의 공백, 즉 범죄의 '동기'와 범죄자의 '성격'에 대한, 서사가 되기엔 불완전한 이야기들이 성급하게 창궐한다.* 이 대목에서 범죄 심리학자들의 역할이 중요해지는데, 중요한 만큼 신중히 감당해야 할 역할이다. 사건의 공백을 채우는 작업은 본래 우리

* H. 포터 애벗의 『서사학 강의: 이야기에 대한 모든 것』(문학과지성사, 2012)은 이를 '섀도 스토리'라고 부르자고 제안한다. 실체가 불분명한, 그림자만 어른거리는 이야기라는 뜻일 것이다.

를 (무)의식적으로 지배하는 '마스터 플롯'(예컨대 학대받은 아이는 범죄자가 된다든가)들의 영향을 받기 쉬운데, 과학의 이름으로 행해지는 작업조차도 그로부터 완전히 자유로울 수는 없을 것이기 때문이다. 게다가 문제가 된 인물을 직접 만나지 않고 간접 자료들로만 판단하는 경우라면 더 그럴 것이고, 이런 작업을 오랫동안 해왔고 직업적 자존심까지 강한 학자라면 더욱 그럴 것이다. 이 소설의 화자처럼 말이다.

어머니를 일찍 여의고 아버지와 함께 살았는데 아버지가 치매에 걸리자 그를 죽인 것으로 의심받는 딸이 있다. 탐사 프로그램 〈사건의 결말〉이 제작에 뛰어든다. 방송이 사흘 남았는데 용의자가 아버지의 사망 장소이기도 한 자기 집에 불을 지르고 종적을 감추는 일이 벌어진다. 방송을 보류하고 보충 취재를 해야 할 상황이다. 이야기를 재구성해야 한다는 의미이기도 하다. 도움을 요청받은 심리학자가 만든 이야기는 다음과 같다. 이 사건은 오랫동안 아버지를 간호하느라 부정적 감정을 억누르며 "수동적인 희생자"로서의 삶을 살아온 딸이, 어떤 계기로 그 감정을 "화산 폭발"처럼 분출한 결과로 보인다는 것. 이어서 불까지 지른 것은 "그 일을 지우고자 하는 무의식적인 욕망"의 소산이자 "심리적인 정화의 의미"를 갖는다는 것. 그렇다면 그 '어떤 계기'란 무엇일까. 아마도 딸은 성적인 측면에서 "아버지의 배우자 역할"을 대신했을지도 모른다는 것. (우리는 지금 심리학자의 표현을 직접 인용의 형식으로 음미하는 중이다. 이 문장들은 매우 구체적으로 진부하다.)

최종본이 방송된 날 심리학자의 기분은 편치 않다. PD가 그 딸을 "치매에 걸린 아버지를 학대해 죽음에 이르게 하고 방화마저 저지른 패륜아"로, 요컨대 "능동적인 범죄자"로 묘사했기 때문이다. 용의자를 "수동적인 희생자"로 볼 것을 제안한 심리학자의 의견은 배척됐다는 뜻이다. 물론 둘 중 어느 쪽이건 해석-이야기일 뿐이고, 사안의 진실에 도달한 것인지 심각하게 의문스럽기로는 마찬가지인 상황이긴 하지만 말이다. 그날 밤 용의자 유진주는 평소 존경했던 심리학자가 다름 아닌 유진주 자신을 분석한 것에 놀란다. "아빠와 제가 보낸 육 년의 삶을, 아니, 그 이전의 모든 인생을 손금 들여다보듯이 하나의 이야기로 꿰뚫어보시다니." 그러나 전제부터가 틀린 분석이어서 결국 오답에 이르고 말았음을 분명히 한다. "저마다 각자의 달을 보고 있는 거라면 그건 아마도 달이 아닐 거예요." 유진주가 제 '진심'이라는 것이 따로 있음을 암시하지만, 심리학자는 진심 따윈 없다고, 그저 '사실'이 있을 뿐이라고 생각한다. 우리는 벌써 세 개의 이야기를 가졌다. 서사의 경합이 시작된 것이다.

유진주의 두번째 편지는 다음날 새벽에 온다. 첫번째 편지가 채점이라면('당신의 답은 틀렸다'), 두번째 편지는 풀이에 해당한다('이 문제에 접근하는 옳은 방법은……'). 어린 유진주가 어머니를 잃고 "두렵고 끔찍한 생각"에 시달릴 때 아버지만은 그를 이해하며 이렇게 말해주었다는 것. 인간은 본래 어떤 생각이든 할 수 있다고, 더 중요한 것은 그중 어떤 것을 지우고 또 남길지를 선택하는 것이라고, 그 선택의 결과가 너를 만든다고. 그래서 유진주는 아버지의 충고를 따라 그렇게 살아왔다. 즉 '나'라고 하는 것은 '내가 만드는 나에 대한 이야기' 외의 다른 것이 아니라는 생각을 믿으면서 말이다.* 물론 이 말은 그가 힘겹게 제 삶을 견뎌왔다는 고백이자, 자기를 이해하고 싶다면 '나의, 나라는 이야기'를 끈기 있게 들어달라는 요청이다. 심리학자의 말대로 이것은 습관적 자기기만의 교묘한 정당화일 뿐인가? 설사 그렇더라도 타인이 나를 대상으로 만드는 이야기에 더 해로운 한계가 있다는 것도 분명해서 유진주가 다음과 같이 반박할 자격이 없어지는 것은 아니다.

> 누군가를 이해하려 한다고 말할 때 선생님은 정말로 상대를 이해하려고 하는 것인가요, 아니면 상대를 이해하지 못하는 자기 자신을 이해하려고 하는 것인가요?(68쪽)

그러는 사이 유진주 부친의 사망 원인에 대한 새로운 과학적 소견이 제시되고, 심리학자는 자신이 틀렸다는 사실을 인정하지 않을 수 없게 된다. 세번째 편지를 기다리는 대신 이제는(이제라도) 유진주를 직접 만나는 게 좋을 것이다. '사실'만이 아니라 '진심'도 알려면, 심리학자 자신이 틀렸다는 것만 알고 말 게 아니라 유진주가 누구인지까지를 알려면 말이다. 그를 만나 확연해지는

---

* 이런 발상은 현대 '덕(virtue) 윤리학'의 이슈 중 하나이자 특히 폴 리쾨르를 대표적인 출처라고 할 만한 '서사 정체성(narrative identity)'(『타자로서 자기 자신』, 동문선, 2006) 개념과 공명하는 데가 있다.

것은 부녀 관계에 대한 심리학자의 추측이 대부분 틀렸다는 것이다. 심리학자는 이제 불을 지른 이유나 물어볼 수밖에 없겠는데 유진주의 답은 이렇다. "거기에는 아무런 이유도 없었어요. 이해만 있었죠." 유진주는 삶의 조리 없음 앞에서 더는 제 이야기의 주인이 되기 어렵다고 느꼈다. 그래서 '이유 없는 일'을 감행하여 '결말이 될 수 없는 결말'을 창조했고 마침내 "모든 이야기로부터" 자유로워진 것이었다. 이제 소설의 끝에는 '바람의 박물관'의 그 바람 한줄기만이 남는다. "알지 못하는 아주 먼 곳으로부터" 불어오는 그 바람은 이야기로 포획되지 않는 진실, 혹은 이야기 이전의 막막한 카오스처럼 보인다.

> 저는 그 어떤 이야기도 아니에요. 저는 혼돈 그 자체입니다.(69쪽)

소설은 여기서 끝나지만 질문은 이제부터 시작이다. 삶은 이야기로 이루어진다. 이야기라는 장치 없이는 삶을 인식할 수 없기 때문이다. 그런데 이야기란 지울 건 지우고 남길 건 남기는 선택의 결과일 뿐이다. 그런 것이 진실일 수 있는가? 우리에게 불가결한 이야기가 진실의 수단이 아니라면 우리는 어떻게 살아야 한단 말인가. 이것은 너무 큰 질문이고, 우리는 지금 소설을 읽고 있으니, 다음 질문만 남겨놓기로 하자. 삶을 이루는 여러 이야기들 중 하나인 소설이라는 이야기는 이야기 자체의 근원적 한계에 어떻게 대처해야 하는가? 첫째, 이야기를 포기하기. 그러나 이야기를 포기한 이야기가 그 자체로 윤리적일 수 있다고 믿는 것은, 포기한 이해야말로 가장 훌륭한 이해라는 생각만큼이나 안이하다. 둘째, 하나의 이야기를, 그것이 하나의 이야기일 뿐임을 끊임없이 의식/의심하는 제스처와 함께 전달하기. 최소한의 윤리성을 확보할 수 있는 방식이겠지만, 사실은 이해라는 것을 믿지 않으면서 그렇지 않은 척하는 알리바이가 될 수도 있다. 여기서 끝내지 말고 '셋째'라고 쓴 뒤 누군가의 말을 옮겨보자.

> 우리가 달까지 갈 수는 없지만 갈 수 있다는 듯이 걸어갈 수는 있다. 달이 어디에 있는지 찾을 수만 있다면. 마찬가지로 우리는 달까지 걸어가는 것처럼 살아갈 수 있다. 희망의 방향만 찾을 수 있다면.(57쪽)

원래 심리학자의 말이었지만 이 말을 진심으로 믿은 것은 심리학자가 아니라 유진주였고, 덕분에 소설 속에서 폐기되지 않고 결국 유진주의 것이 된 바로 그 말이다. 완전한 이해는 불가능하지만 가능하다고 믿으며 노력해야 한다는 것. "누군가가 제 마음을 읽으려고 그토록 애쓴다는 사실에 깊은 감명을 받았으니까요." 이것은 바로 유진주가 제 아버지를, 더 나아가 제 운명을 상대로 했던 일이기도 하다. "저는 그 혼돈 속으로, 그 카오스 속으로 뛰어들고 싶었습니다." 그리고 이 모든 말은 이 소설이 자기 자신에 대해 하는 말이기도 하다. 과연 유진주는 아버지를 죽인 악녀인가? 이 소설은 알지 못한다. 아니, 알지 못하기 위해 최선을 다한다. 그래서 알지 못하는 상태에 도달하는 데 성공한다. 저

질문에 답을 찾는 것이 아니라, 저 질문에 대한 답보다 더 중요한 답을 이끌어낼 다른 질문, 그런 것을 누군가는 찾아 물어야 한다. 성급하게 창궐하는 세상의 이야기들 속에서, 소설은, 유진주의 표현을 빌리자면, '이야기로부터 자유로워지게 만드는 이야기'가 되어야 하리라. 이것이 이야기의 위력과 무력을 삼십 년 동안 고민한 어느 작가의 답변이다.

김애란

홈 파티

작가노트

커튼콜

리뷰 | 강지희

진화하는 속물들과 신新 보이체크의 반격

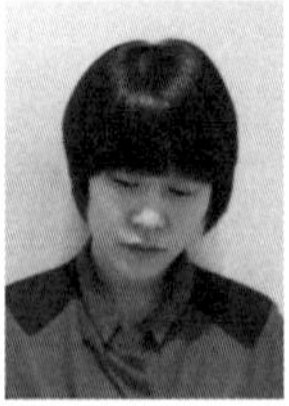

© inboil

김애란

2002년 대산대학문학상에 단편소설 「노크하지 않는 집」이 당선되어 등단. 한국일보문학상, 이효석문학상, 오늘의 젊은 예술가상, 신동엽문학상, 김유정문학상, 한무숙문학상, 이상문학상, 동인문학상, 오영수문학상, 2011년 젊은작가상 대상 등 수상. 소설집 『달려라, 아비』 『침이 고인다』 『비행운』 『바깥은 여름』, 장편소설 『두근두근 내 인생』이 있다.

홈 파티

며칠 전 이연은 성민으로부터 '다음주 주말에 혹 시간 있느냐'는 연락을 받았다. 자기가 '아는 대표님 댁에서 홈 파티가 열리는데 같이 가지 않겠느냐'고. '요즘 방역 상황이 안 좋아 인원이 많지는 않고 대략 대여섯 명 정도 모일 거'라면서. '누나도 알고 지내기 나쁘지 않은 사람들이니 긍정적으로 생각해달라'고 평소보다 말을 길게 했다. '그래도 내가 아는 사람 중 누나가 가장 유명하다'면서.

약속 당일, 두 사람은 성민의 회사 근처 카페에서 차를 마신 뒤 택시를 타고 함께 목적지로 이동했다. 겨울이라 해가 진 지 얼마 안 됐는데도 주위가 어둑했다. 이연은 창밖 불빛에 시선을 고정한 채 무릎 위 꽃다발을 매만졌다. '누나가 드리면 더 좋아하실 거'라며 성민이 카페에서 넌지시 건네준 거였다. 성민은 '너무 평범한가?' 갸웃거리다 '왠지 부족한 게 없어 보이는 어른들 선물 사는 게 제일 어렵다'고 혼잣말하듯 중얼거렸다. 그러다 '아니야, 압도적이지 못할 바엔 관습적인 게 나아' 웅얼웅얼하며 주억거렸다. 이연은 자신의 검정 모직 코트에 묻은 감색 꽃가루를 응시하다 차창 밖으로 다시 고개 돌렸다. 목적지까지 아직 이십 분이나 남았는데 벌써 술 생각이 났다. 연습 때문에 평소 술자리를 피했지만 어쩌다 한번 입에 술을 대면 정신을 놓아버릴 정도로 취하고픈 충동이 일었다. 신인 때 무대 위 긴장을 이기려 종종 폭음한 버릇이 남아서였다.

—그런데 그분은 어떤 분이셔?

새삼 모임의 호스트가 궁금해진 이연이 성민에게 물었다.

—누구?

—그 오대표라는 사람.

성민이 시선을 위에 둔 채 적당한 말을 찾다 어떤 부정적인 암시도 담기지 않은 투로 답했다.

—계산이 정확하신 분?

오대표의 집은 지은 지 십 년 정도 된 대단지 아파트에 있었다. 호젓한 부촌은 아니나 주위에 초록이 많은 깨끗하고 조용한 동네였다. 그런데 거기서 멀지 않은 곳에 비슷한 이름의 단지가 하나 더 있었고, 그 둘을 착각한 성민이 엉뚱한 데 내려 길을 헤매는 바람에 두 사람은 모임에 조금 늦을 수밖에 없었다.

—전에 한 번 가봤다며?

이연이 꽃을 안고 추위에 동동거리며 말하자 성민이 민망해하며 대꾸했다.

—그때는 나도 취해서 앞사람만 그냥 따라갔거든.

얼마 뒤 두 사람은 아파트 승강기에서 내려 오대표 집 앞에 섰다. 성민이 주소를 한번 더 꼼꼼히 확인한 뒤 한 손으로 초인종을 꾹 눌렀다. 잠시 후 반쯤 열린 현관문 사이로 오대표의 모습이 보였다. 세련된 옆 가르마 보브 단발에 서글서글한 눈매를 가진 중년여성이었다.

—어서 오세요.

오대표가 성민과 먼저 눈 맞춘 뒤 이연에게 미소 지었다.

—밖에 춥죠?

성민이 안으로 들어서며 가볍게 고개 숙였다.

—늦어서 죄송합니다.

오대표는 "아니에요. 여기 길이 좀 복잡하죠?"라며 찾아오느라 고생 많았다고 했다.

—저, 이거……

이연이 꽃다발을 내밀자 오대표가 "샤베트 튤립이네요?" 하고 차분히 반색했다. 이연은 오대표의 느긋하고 위엄 있는 목소리가 단정한 외모와 묘하게 어긋난다고 느꼈다. 어쩌면 그런 어긋남이 상대를 집중시키는 힘인지 모르겠다고도. 오대표가 가슴에 꽃을 안고 천천히 두 사람을 안쪽으로 안내했다. 기역자로 꺾인 복도 너머에서 사람들의 웃음소리와 노란 불빛, 달콤한 알코올 냄새가 희미하게 새어나왔다. 이연이 마스크를 벗어 호주머니에 넣고 성민을 따라 그 빛 속으로 조심스레 들어갔다.

*

택시에 오르기 전 성민은 이연에게 이번 모임의 성격을 짧게 알려줬다. 자기가 작년에 모 대학의 반년짜리 최고경영자 과정을 밟았는데, '거기서 알게 된 몇몇 분과 지금도 연락한다'고. '시절이 시절인지라 식당에는 자주 못 가고, 가끔 서로 집에 초대해 노는데 어느새 그게 암묵적인 의무와 패턴이 됐다'고 했다. '경영자 과정 수료식 후 골프나 등산으로 인연을 이어가는 분도 많은데, 그래도 나는 이 모임이 가장 편하다'면서. 실제로 이 년 넘게 전염병이 이어지며 많은 이들이 관계를 실내로 들였다. 사적 관계도 조금 더 선택적으로 변했는데 누군가와 숨을 섞고 대화를 나누는 게 어느새 모험이자 사치가 된 까닭이었다. 그러기 위해서는 일단 서로 믿을 만한 상대를 택해야 했다. 성민은 '홈 파티의 그런 내밀하고 폐쇄적인 성격이 우정의 위상을 높여주고, 서로에게 특권을 주는 듯해 싫지 않다'고 했다. '정말 비싼 정보는 온라인에 없고 세상 많은 중요한 일은 식탁에서 이뤄지기 마련'이라면서 이연이 듣기에 '최고경영자 과정' 밟은 티를 냈다.

—그럼 너도 집 공개했어?

성민이 겸연쩍게 웃었다.

—어유, 내가 집이 어디 있어 누나. 그리고 거기 여덟 명이 어떻게 앉아?

이연이 '그럼 동기들이 서운해하거나 부담 주지 않느냐'고 묻자 성민은 '나 혼자 오피스텔 사는 거 다 알고, 그분들 연령대가 높아 이해하는 것 같다'고 했다. '젊은 대표라 힘도 많이 실어주시고, 뜻밖에 귀염을 받는다'면서. 성민은 '아무튼 그러다 어느 날 한 분이 주위에 좋은 지인 있으면 우리 모임에 한 번씩 모셔오자' 했고, 이번이 자기 차례라 고민하다 '누나에게 연락해봤다'고 했다.

—그래서 그간 누가 왔는데?

성민이 이연의 눈치를 봤다.

—뭐 젊은 미술가가 온 적도 있고, 안무가도 봤고……

성민은 '그렇게 초대한 사람이 좋으면 다시 부르고, 아니면 새 손님을 모신다'는 말을 꺼낼까 말까 하다 결국 하지 않았다.

—그런데…… 배우는 누나가 처음이야.

이연이 잠시 침묵하다 웃었다.

—처음이라니 부담되는데?

성민이 오래전부터 혼자 연습해온 대사를 읊듯 자부심을 담아 말했다.

—부담은 명예래.

본인이 평소 즐겨 보는 스포츠 프로그램의 표현을 인용한 거였다. 몇 해 전 한국 피겨 선수가 빙판에 오르자 한 해설위원이 존경과 응원의 뜻을 담아 한 말. 언젠가 성민이 동영상 링크를 보내준

덕에 그 선수가 누군지 아는 이연이 받아쳤다.

—그건 슈퍼스타 얘기고.

*

오대표의 집은 사회에 일찌감치 자리잡은 중년 부부의 단단한 안정감이 느껴지는 곳이었다. 가구나 조명은 최신 유행과 동떨어졌지만 그래서 왠지 더 집주인의 고집과 자신감이 드러났다. 식탁 위 다채로운 식기와 소품을 보며 이연은 평소 오대표가 색을 얼마나 대범하게 쓰고, 색 쓰는 걸 두려워하지 않는지 알 수 있었다. 대학 때 미술을 전공했다는 오대표는 지금은 인테리어 편집숍을 운영한다고 했다. 더불어 그 집에는 그런 개성뿐 아니라 '서사적 윤기'라 부를 만한 것이 곳곳에 포진돼 있었다. 한쪽 바닥에 무심하게 놓인 현대 회화 액자와 아프리카 대륙에서 온 걸로 추측되는 나무 조각품들, 은은하게 색이 바랜 진짜 아라비아산 카펫까지…… 오대표가 일일이 설명하지 않아도 이연은 물건 하나하나에 깃든 집주인의 시간과 체력, 미감과 여유를 짐작할 수 있었다.

사실 이연은 최근 중요한 오디션을 앞두고 있었다. 전염병 시기에 대학로가 썰렁해지며 영상 쪽으로 사람이 몰렸다. 같은 영상이라도 영화판은 드라마에 비해 사정이 더 어려운 듯했지만 이연도 이제 부업만으로는 버티기 힘들어 여기저기 계속 문을 두

드리던 참이었다. 그런데 최근 모 드라마 단역 중 '화장품 제조업체, 오십대 여성 임원' 역이 오디션 공지에 떴고, 이연은 그 역을 꼭 따내고 싶었다. 그리고 어쩌면 오늘 이 자리가 도움될지 모른다고 기대했다. 누군가를 작정하고 관찰하지 않는다 해도, 어떤 인물을 그냥 아는 것과 상상하는 것, 실제로 겪는 일은 전혀 달랐다. 이연은 오늘 사회의 '리더' 격이 모인 자리의 공기를 쐬며 그 기운을 받고 싶었다. 더불어 성민의 면을 세워줄 수 있으면 그것으로 족할 듯했다. 이연은 몇 해 전 집을 옮기며 성민에게 천만원을 빌린 적이 있었다. 그뒤 어렵게 모은 오백만원을 돌려주며 "나머지는 곧 어떻게……"라고 말을 흐리자 성민은 "누나, 나 이제 자리 좀 잡았어. 나머지는 사정 나아지면 언제든 천천히 줘"라고 했다. 그후로 성민은 한 번도 돈 이야기를 꺼내지 않았지만 이연은 그게 늘 좀 신경 쓰였다.

—성민씨 왔어요.

오대표의 말에 식탁에 나란히 앉아 담소를 나누던 세 사람이 엉거주춤 일어났다. 한 명은 반백의 쇼트커트 여성이고 나머지는 서로 키 차이가 많이 나는 중년남성 둘이었다. 세 사람 모두 혈색이 좋고 얼추 오십대 초반으로 보였다. 오대표가 양쪽을 번갈아 보며 말을 이었다.

—성민씨는 다 아실 테고, 이분은…… 직접 소개하실래요?

—안녕하세요. 이이연입니다.

이연이 짧게 고개 숙였다. 세 사람도 가볍게 상체를 수그렸다.

두 눈에 호의와 호기심을 담고서였다. 그렇지만 그건 나이들며 타인에 대한 기대치를 적당히 낮춘, 무심한 듯 까다로운 관심이었다. 실제로 어떨지 모르나 이연은 그렇게 느꼈다. 이제 막 사십 대에 접어든 이연도 바로 그렇게 변해서였다.

—이연씨는 성민씨랑 여기 앉으시겠어요?

오대표가 식탁 한가운데 자리를 가리켰다. 이연을 중심으로 양옆에 오대표와 성민이, 맞은편에 나머지 세 사람이 앉는 구조였다.

—이제 다 모였네. 최이사님이랑 이상무님은 오늘 못 오신다 했어요.

팔 인용 식탁에 여섯이라 자리가 결코 좁지는 않았는데, 다채로운 식기와 한 사람 앞에 놓인 컵만 세 종류라 식탁 위가 꽉 차 보였다. 앞의 세 사람이 이연에게 차례로 명함을 건넸다. 이연이 명함과 얼굴을 번갈아 보며 정보를 빨리 익히려 애썼다. 왼편 반백의 짧은 머리 여성이 '서', 가운데 키 작고 둥근 얼굴의 남성이 '박', 그 옆에 훤칠하니 눈썹 짙은 남성이 '김'이었다. 서는 명상센터 소장이고, 박은 성형외과 의사, 김은 법률회사 변호사로 소속은 다 달랐지만 입성만큼은 모두 깔끔하니 귀티가 났다. 성민 말로 이들은 평소 문화 예술에 관심이 높다 했다. 그래서 성민 입에서 우연히 이연 이름이 나왔을 때 다들 큰 호감을 보였다고. 말이 '경영자 과정'이지 그 안에도 별별 부류가 다 있어 '결 맞는' 사람끼리 모이기 쉽지 않은데, '나는 운이 좋은 편'이라며 성민은 덧붙였다. '대신 저분들은 나를 이벤트회사 대표로만 알지, 결혼식 하객 대행 업무나 장례식 문상객 대행 사업 하는 건 모르니 누나도 말조심해달라'고. 성민 소개로 몇 번 '신부측 친구'나 '고인의 제자' 역을 맡으며 생활의 고비를 넘긴 적 있는 이연은 말없이 고개를 끄덕였다.

간단한 통성명 후 어색한 기운이 돌자 박이 먼저 대화의 물꼬를 텄다.

—저도 대학 때 연극 동아리에 있었습니다.

낯선 이와 대화할 때 자주 듣는 말이었지만 이연은 신기하다는 듯 활짝 웃었다.

—정말요?

거기 있는 걸 없는 척하고 없는 걸 있는 셈 치는 건 연극의 중요한 약속 중 하나였다. 그리고 그건 가식이나 위선과는 다른 거였다.

—네. 사실 저 이래 봬도 로미오도 했었어요.

옆에 잠자코 있던 김이 박에게 무안을 줬다.

—그건 연습 때잖아. 실제로는 당나귀 한 주제에.

—아니야, 그건 〈한여름 밤의 꿈〉 때고. 연습 때 분명 로미오 몇 번 했어. 주연 대타로.

박이 이연 눈치를 보며 서둘러 해명했다. 이연이 작게 웃으며 '두 분은 대학 때부터 허물없는 친구였나보다' 짐작했다. 박이 기죽지 않고 가슴을 폈다.

—그래도 한 건 한 거지, 로미오.

오대표가 자연스레 화제에 끼어들었다.

—저 이연씨 그 공연 봤어요. 몇 해 전 예술의전당 소극장에서 한……

오대표가 미간을 찌푸리다 금방 제목을 기억해냈다.

—〈안티고네〉.

순간 박이 두 손가락으로 허공에 딱 소리를 내며 외쳤다.

—소포클레스! 소포클레스 맞죠?

이연이 고개를 끄덕이자 박이 즐거운 듯 덧붙였다.

—대학 때 대본 읽고 무척 놀랐거든요. '선으로 향한 유혹은 얼마나 끔찍한가!' 학창시절 내내 도덕만 배우다 그 대사 보고 뒤통수를 한 대 맞은 기분이었죠. 아, 선도 유혹일 수 있구나 하고.

이연이 '그건 브레히트인데요……'라고 말하려다 그냥 미소지었다. 옆에서 성민이 이연을 추켜세웠다.

—지난 연말에 〈보이체크〉에도 출연할 예정이었는데 코로나로 취소됐어요. 공연 일주일 앞두고 상대 배우가 확진돼서.

이연이 눈을 내리깔며 잠시 생각에 빠져들었다. '공연 전까지 오직 감염되지 않는 것만을 목표로 친구도 안 만나고, 운동도 집에서만 하며 연습에 매진했는데. 엄마 칠순 잔치까지 불참해 형제들 원성도 자자했는데. 그래, 그랬지. 주연배우와 술 마신 다른 조연들 확진이 줄줄 이어지며 모든 게 엎어졌지……' 톱스타급 배우가 보이체크로 나오는데다, 이연이 본인 나이보다 열 살 이상 어린 마리 역을 맡아 그 자체로 화제였는데. 그래서 정말 두 달 내내 다른 사람 대사까지 희곡 전체를 달달 외웠는데. 이연은 이

제 자기 인생에 더이상 마리는 없을 듯해 낙담했다. 그사이 시간과 이력, 출연료를 동시에 잃은 건 덤이었다. 이윽고 박 왼편에 앉은 서가 무덤덤한 목소리로 말했다.

—그게 무대에 처음으로 프롤레타리아가 주인공으로 등장한 연극이죠? 저도 젊을 때 베를린에서 봤어요.

이연이 서의 얼굴을 흥미롭게 응시했다.

—뷔히너! 뷔히너 맞죠? 우리 그것도 했었어요.

박이 다시 반색했다.

—나는 보이체크 하고 싶었는데 연출이 군악대장 시키더라고.

김도 그때 일이 기억나는 듯 씩 웃었다.

—아니야, 너는 너한테 어울리는 역을 한 거야.

이연은 박에게 보이체크나 군악대장보다 의사 역이 어울린다 생각했지만 말로 뱉지 않았다.

—술은 뭐로 하시겠어요?

오대표가 호스트답게 물었다. 이연이 "저는 그냥 여기 물 마시겠습니다"라고 했다. 기분 같아서는 차가운 맥주로 실컷 목을 축이고 싶었지만 간신히 자제했다.

—술은 전혀 안 하세요?

김의 정중한 물음에 이연이 '지금 준비중인 작품이 있어 금주하고 있다' 둘러댔다. 방역 기간 동안 극장 열 곳 중 여덟 곳이 문을 닫고, 이연도 현재 일이 없는 상황이면서 그랬다.

—그럼 잔만 받아두세요. 드시지는 말고. 거기 그 잔 괜찮죠?

오대표가 크리스털 디캔터의 우아한 목 부분을 쥐고 물었다.

수십 년간 거위 목을 잡아온 농장주마냥 능숙한 몸짓이었다. 디캔터 안의 검붉은 와인이 이연의 눈앞에서 매혹적으로 출렁였다.

—네, 주세요.

오대표가 이연 쪽으로 상체를 기울이자 목선이 깊고 둥글게 파인 검정 니트에서 짙고 달콤한 향이 났다.

—그럼 이렇게 만난 것도 인연인데 다 같이 건배할까요?

오대표의 제안에 모두 잔을 들었다.

—제가 '지화자!' 하면 다들 '좋다!' 하는 겁니다?

박의 농담에 다들 부끄러워하는 찰나 김이 부드럽게 끼어들었다.

—죄송합니다. 저희가 이것보다는 좀 수준이 있습니다. 아직 후회하지 마세요.

—자, 다시 우리 이연씨 환영하며 건배해요.

오대표의 정리에 사람들이 내려놓았던 잔을 들었다.

—건배!

이윽고 여섯 개의 팔이 움직이자 교회 종소리처럼 맑은 소리가 겹겹의 원을 그리며 허공에 퍼져나갔다. 이연은 크리스털 잔을 입에 살짝 댔다가 술은 들이켜지 않고 조용히 내려놨다. 그러곤 '입에 잔 닿는 느낌이 좋다'고, '비싼 건가보다' 추측했다. '사실 좀 망설였는데 이 자리에 오기 잘했다'고도 생각했다. '별 목적 없이 그냥 이렇게 놀다 가도 좋을 것 같다'고. 그리고 그때서야 이연은 자신이 이런 자리를 가져본 게 참으로 오래만임을 깨달았다. 지난 이십여 년간, 사람 만나, 사람 앞에서, 사람을 연기하는 게 일이었으면서 그랬다.

*

모임 초반 화제는 단연 이연 중심으로 흘러갔다. 사람들은 이연에게 조심스레 질문하고, 이연의 말에 귀기울이고, 자기들이 잘 모르는 분야 얘기에 즐거워했다. 그러다 가끔 유명 배우 이름이 나오면 '나중에 그분이랑 같이 봬도 좋을 것 같다'는 말을 슬쩍 얹고 '우리 애가 학교에서 영어 연극 하는데 혹 잘 아는 연출이 있는지' 물었다. '영어를 잘하는 분이면 가장 좋지만 무엇보다 아이들과 교감할 수 있는 분을 찾는다'면서. 성민이 '누나, 연출 했었어요. 드라마투르기로도 유명하고'라고 자랑하자, 이연은 '가르치는 능력은 전혀 다른 거'라며 손사래 쳤다. 하지만 밤이 깊을수록 화제는 이렇다 할 중심 없이 이리 쏠렸다 저리 쏠리며 자연스레 흩어졌다. 사람들은 둘이 소곤댔다 셋이 도란댔다 다시 전부 대화에 참여하는 식으로 모임을 즐겼다. 그리고 이연은 이편이 대상을 관찰하기에 더 편하다고 생각했다. 이연은 섣불리 타인을 판단하는 대신 '가능하면 저 사람들처럼 생각하자' '저들 입장에서 느끼고 즐기며 저 사람들이 되어보자' 다짐했다. 그러곤 화장실 거울 앞에서 혼자 그들의 말투와 동작을 따라 하다 관둔 뒤 싱겁게 웃었다. 세상에 주류다운 몸짓과 표정이 따로 있는 것도 아닌데 제 모습이 민망해서였다. 다만 이연은 웃고 떠드는 와중에도 그들에게서 알 수 없는 힘을 느꼈다. 상대에게 직접 가하는 힘이라기보다 스스로를 향한 통제력이라 할까. 오랜 시간 '판단'과 '선택'이 몸에 밴 이들이 뿜어내는 단단하고 날렵한 기운이었다. 얼핏 사람 좋아 보이는 박도 마찬가지였다. 이연은 자신이 대상을 편견 없이 대하는 태도에 작은 만족을 느꼈다. 타고난 성정이라기보다 수양의 결과였다. '어렸을 땐 정말 타인을 시시콜콜 판정했는데……' 지난 세월, 시간의 물살에 깎이고 깨지며 둥글어진 마음이 있었다. 실제로 이십여 년간 이연이 여러 인물에게 자신의 몸을 빌려주며 깨달은 사실은 단순했다. 그건 '한 사람이 다른 사람의 자리에 서보는 건 얼마나 어려운 일인가?'라는 거였다. 그리고 그로부터 오해와 갈등이, 드라마가 생겼다. 최근 들어 배역 스펙트럼이 점점 좁아짐에도 불구하고 이연은 배우로서 지금 제 나이와 경험이 싫지 않았다. 적어도 지금 이연은 인간을 더 연민하게 됐으니까. 이연은 그리스신화 속 영웅이나 현대의 범인 못지않게 '그 나머지' 사람들을 애정하게 되었다. 자신을 이기지 못하는 이들을, 잘못된 선택을 하는 자들을, 변명하고 나약한 이들을, 같은 실수를 반복하는 이들을 깊이 응시하게 되었다. 우선 이연부터가 그런 사람이기 때문이었다. 이제 이연은 착한 사람보다 성숙한 사람에게 더 끌렸다. 그리고 자신도 그런 사람이 되고 싶었다. 어쩌면 젊은 시절 주사 때문에 동료들이 이연을 기피한 적이 있어서일지 몰랐다. 워낙 오래전 일이라 성민은 잘 몰랐지만. 이연은 요즘도 종종 자신이 가정이나 사회에서 늘 맡는 그런 역 말고 새 역을 입고 새 말을 쏟아내고픈 충동에 사로잡혔다.

—혹시 물만 먹기 지루하면 차 마실래요? 커피 드릴까?

오대표가 문득 수심에 잠긴 이연에게 다정하게 물었다.

—네, 커피 부탁드리겠습니다.

—신맛 섞인 원두도 괜찮아요?

—예, 좋아합니다.

오대표가 '혹시 차 마실 사람'이 더 있는지 확인하고 자리를 떴다. 그리고 그렇게 떠나기 전 말수 적고 무뚝뚝한 서의 어깨를 두 손으로 감쌌다 풀었다. 이연이 정신을 차린 뒤 옆의 성민과 맞은편 박의 대화를 경청했다.

—박원장님은 요즘 정원에서 파티 안 해요?

—겨울이잖아. 그리고 귀찮더라고요.

김이 초콜릿 입힌 호두를 입에 털어넣으며 한마디했다.

—공간이 아깝네.

박이 가만 고개를 끄덕였다.

—처음 집 옮기고 들떠 몇 번 했는데, 모기에 벌레에 성가시더라고. 그리고 나 사실 유학 시절부터 스탠딩 파티라면 질색했어. 괜히 누구 흉내내는 것 같고, 성공한 어른인 척해야 할 것 같고. 한국 오니까 그거 없어 좋더라고, 가든파티.

박의 말에 이연이 '보기보다 내적 긴장도가 높은 사람이구나' 생각했다. 사실 배우 중에도 외향적일 것 같지만 그렇지 않은 사람들이 많았다. 그저 어떤 역과 몫을 해내느라 표를 잘 안 낼 뿐인 것처럼.

—아무래도 한국에는 가든이 많지 않지.

김의 말에 성민이 우스갯소리를 얹었다.

―수원가든, 서교가든, 마포가든 이런 건 많죠.

그 농담이 마음에 들었는지 박이 안경을 콧대 위로 올리며 상큼하게 웃었다.

―성민씨 그러지 마, 나 회식하고 싶어.

김이 박을 나무랐다.

―그건 네가 원장이니 그렇지, 젊은 직원들도 좋을 리가.

박이 물러서지 않고 분노를 가장했다.

―그래. 그래서 지금 홈 파티 하잖아. 안 젊은 너랑!

두 사람 싸움에 성민이 소리 내 웃다 문득 이연이 소외돼 보였는지 '괜찮으냐'는 눈빛을 보냈다. 이연이 어른스럽게 '물론'이라는 표정을 지었다. 낯선 이들과 함께 있으니 이연은 성민이 평소보다 가깝게 느껴졌다. 그리고 자기도 모르게 성민에게 의지하고 있음을 깨달았다. 이연이 크리스털 잔에 담긴 생수를 홀짝이며 신입생 때 성민의 앳된 얼굴을 떠올렸다. 이연이 학교 근처에서 잦은 이사를 할 때마다 성민은 두 팔 걷고 도와준 후배 중 하나였다. 연기를 전공한 이연과 달리 성민은 예술경영을 공부해 동선이 많이 겹치진 않았지만, 그래도 이런저런 수업이며 뒤풀이 자리에서 자주 만날 기회가 있었다. 친구들과 밤새 연극에 대해 토론하고, 비슷한 불안과 기쁨을 공유하고, 차가 끊기면 가까운 동기 집에서 자고, 그러다 예고 없이 누군가 또 섞이고 놀러오는 일이 흔할 때였다. 아무튼 그때도 성민은 지금처럼 허세가 있어 이사 당일에도 일꾼의 본분을 망각하고 늘 근사하게 차려입고 오곤 했다. 그게 자신에게 잘 보이려 한 행동이란 걸 이연은 아주 나중에 알았지만. 다 옛날얘기였다.

—공연 쪽도 회식 많죠?

그때까지 주로 다른 사람 얘기만 듣고 별말 않던 서가 입을 뗐다. 이연은 자기도 모르게 허리를 곧추세웠다.

—네, 그런데 지금은 방역 상황이 안 좋아 거의 못해요. 해도 간단히 하고.

때마침 저쪽에서 오대표가 커피잔과 설탕, 찻숟가락이 담긴 나무 쟁반을 들고 다가왔다. 멀리서부터 신선한 커피 향이 오대표를 졸졸 따라오다 어느 순간 공기 중에 확 퍼졌다. 이연은 카페인이 반가웠다. 오대표가 우아한 몸짓으로 나무 쟁반을 이연 앞에 내려놓았다. 쟁반 한가운데 아가미 모양의 옹이가 눈에 띄었다. 그 위로 얇고 단단한 자기에 은박 테두리와 꽃무늬가 새겨진 찻잔이 놓여 있었다.

—잔이 아름답네요.

그림 감상하듯 찻잔을 보며 이연이 감탄하자, 오대표가 살짝 항수어린 얼굴로 말했다.

—어머니에게 물려받은 거예요.

이연은 고개를 끄덕이며 한편으로 조금 놀랐다. 요즘에야 빈티지 그릇이 워낙 흔하지만 무려 '그 시대'에 이런 차 문화를 자연스레 향유한 가족이 있었다는 게 신기했다. 오대표가 '이 잔은 팔십여 년 전 영국에서 소량 생산돼 지금은 구할 수 없는 거'라고 했다. 그래서 자기가 '정말 좋아하는 손님이 왔을 때만 내온다'고.

잠시 딴생각을 하다 그 말뜻을 알아챈 이연이 감사의 미소를 지었다. 오대표가 친밀감을 표하며 응석 부리듯 덧붙였다.

—그런데 우리 남편은 또 뭐라 하더라고요. '유럽 놈들이 쓰다 버린 걸 비싸게 사서 소꿉놀이한다'고. 어느 날은 '우리가 거지야?' 하고 화를 내지 뭐예요. 아무튼 평생 공부만 해서 아무것도 몰라.

식탁 끝자리에서 성민과 진지한 대화를 나누던 김이 문득 끼어들었다.

—지금 부산에 계시죠?

—네, 지검에 별일 없으면 아마 다음주에 한번 올 거예요.

—따님은 아직 미국에 있나요?

오대표가 고개를 끄덕이자 김이 방금 전 화제를 거들었다.

—매일 쓰는 물건이 아름다우면 좋죠. 그리고 그냥 시간을 견딘 것들이 주는 위로가 있잖아요? 제 사무실에도 비슷한 거 있어요.

오대표가 호응했다.

—그래서 나도 한마디했어요. 그게 당신 콤플렉스라고. 이게 만약 다른 대륙 거였어도 똑같이 말했겠느냐고.

김이 적장에게 예를 표하듯 상체를 숙였다.

—잘하셨습니다.

그때 성민이 솔직한 막내 역을 해내느라 그러는지 아니면 실제 제 생각이 그런지 다른 의견을 냈다.

—그런데 저는 젊어서 그런지 아직은 단순하고 모던한 게 좋

더라고요.

—그럴 수 있죠.

오대표가 오묘한 미소를 짓자 성민이 재빨리 덧붙였다.

—제가 아직 그 단계로 못 갔나봐요.

새삼 박이 끼어들었다.

—그래, 모던에 질릴 때도 곧 있을 거예요. 모던도 모던 나름이고. 가끔 싸구려 자재 쓴 모던만큼 또 싫증나는 게 없더라고요. 요즘처럼 무슨 저가 시공, 저가 인테리어 상품에 창궐하는 그런 모던은……

박이 혀를 차며 고개를 저었다. 순간 이연과 성민의 눈이 짧게 마주쳤다. 두 사람만 아는 순간이었다. 박이 말을 계속 이어나갔다.

—흉내는 흉내고, 본질은 돈으로 못 사죠. 역사도 그렇고.

이연이 박을 흘깃 쳐다보며 '저 사람 진골이 아니라 성골인가?' 갸웃거렸다. '뒤늦게 인맥 학교 다닌 분이 하실 말씀은 아닌 것 같은데?' 싶어서였다. '창궐이라니. 사람들이 한정된 자원 안에서 나름 생활에 윤기를 주려 하는 게 무슨 질병이라도 되나?' 눈을 굴렸다. 그런데 그 눈빛을 맞은편의 서가 봤고, 그 시선의 흐름을 또 성민이 알아챘다.

—그런데 이 올리브 진짜 맛있네요. 어디 거예요?

오대표가 성민의 말에 답하는 걸 잊고 걱정스러운 투로 물었다.

—어? 괜찮아요?

이연이 제 앞의 와인을 막 홀짝대는 모습을 본 까닭이었다.

—네, 이 정도는 괜찮아요.

박이 불콰해진 얼굴로 말했다.

—배우분하고 술 마시니까 참 좋네요. 옛날 생각도 나고. 언제 우리 병원에 관리 받으러 한번 오세요. 크게 할인해드릴게. 너도 우리 밤새 무대 만들고 포스터 붙이러 다닌 거 기억나지?

김이 한 손으로 와인잔을 천천히 돌렸다.

—응.

박이 말했다.

—나는 몇몇 대사는 아직도 다 외워.

—로미오, 당신의 이름은 왜 로미오인가요? 그런?

오대표가 놀렸다.

—아니요. 그것 말고도 많아. 그 뭐지, 그래, 아까 보이체크.

박이 짐짓 배우 흉내를 내며 발성을 바꿨다.

—아시다시피 우리같이 천한 사람들에겐 덕이란 게 없어요. 그러니 그저 본능대로 행동할 뿐이죠. 제가 신사라면 저도 예의 바르게 행동하겠죠. 하지만 전 가난한 놈인걸요.

이연이 잠자코 박의 말을 들으며 몇몇 대사가 누락된 걸 알아챘다. 그 대본을 외운 게 겨우 반년 전이었다. 그때 이연은 연출에게 '왜 보이체크는 자신의 진짜 적인 대위나 군악대장, 하다못해 의사도 아닌 마리를 죽였는지 모르겠다'고 불평했다. '요즘 시대에 이 설정이 혹 퇴행적으로 읽힐까 걱정된다'고. 그러자 연출은 잠시 생각에 잠겼다가 '퇴행이 아니라 오히려 예언으로 읽힐 수 있으니 너무 걱정 말고 관객을 믿어보자'고 했다.

—그런데 이연씨, 제가 아까부터 계속 지켜봤는데요.

박이 수줍게 말을 이었다.

—네.

—배우치고 참 소탈하신 것 같아요.

—네?

—아무튼 또 뵐 수 있으면 좋겠어요.

—박원장 취했네.

사람들이 어색하게 웃었다.

*

술자리가 무르익자 대화 주제는 자연스레 '돈'으로 흘러갔다. 사람들은 최근 흥행하는 드라마를, 플랫폼과 콘텐츠의 관계를, 이제는 시들해진 서바이벌 프로그램을, 그러나 여전히 '쇼'가 된 계급 상승을, 그 쇼가 '모욕과 영광을 동시에 주는 방식'을 밀도 높고 느긋한 어휘로 토론했다. '요즘엔 관심만큼 비싼 것도 없다'면서 '자기 서사가 있는 사람이 살아남는다'는 식의 말도 이어나갔다. 이연도 어디서 한 번쯤 들은 말이었다. 그러자 누군가 '전염병 시대에 가장 큰 수혜자 중 하나가 온라인 스트리밍 서비스'라 했고, '영화관 시대가 이렇게 끝날지 누가 상상했겠어?' 한탄했다. '이럴 줄 알았으면 관련주 사둘걸' '요즘 유명 배우들도 다 스트리밍 플랫폼 회사에 줄 선다'라며 안주를 씹었다.

—연극 쪽은 더 어렵지 않아요?

서의 질문에 사람들 시선이 이연에게 쏠렸다. 이연이 최대한 덤덤하게 답했다.

—그죠.

그런데 갑자기 김이 청하지도 않은 위로와 용기를 건넸다.

—그래도 연극은 살아남을 거예요.

박이 거들었다.

—나는 연극하는 사람들 존경해.

—왜요?

평소라면 그냥 지나쳤을 말에 살짝 취기 오른 이연이 반문했다. 막상 질문을 받자 박이 더듬거렸다.

—사람이 수지 안 맞는 일에 몰두한다는 게…… 아무튼 쉬운 일은 아니잖아요? 저 같은 사람은 워낙 계산기 두드리는 게 일이라. 그래야 우리 병원 식구들 먹여 살리기도 하고. 존경스럽더라고요, 그 산수가. 그 힘이 뭔가 궁금하고.

이연이 뭐라 답할까 고민하다 말이 길어지면 도리어 이상할 듯해 능청스레 넘겼다.

—그러게 저도 궁금하네요.

잠시 후 오대표가 분위기를 바꿨다.

—제가 주말마다 고아원으로 봉사활동을 나가요.

김이 호응했다.

—훌륭하시네요.

—그게, 칭찬받으려는 건 아니고. 거기 원장님이 지난주에 인

상적인 이야기를 해주시더라고.

성민이 의례적인 관심을 비쳤다.

—무슨 얘기요?

—거기 아이들이 만 십팔 세가 되면 시설에서 나가야 하거든요. 그때 자립정착금을 줘요, 오백만원씩. 그런데 생각해보세요. 내가 지금 열여덟이야, 그리고 나한테 오백이 있어. 그럼 그 돈을 어떻게 쓸 것 같아요?

성민이 진지하게 답했다.

—집부터 구하지 않을까요?

—그죠? 성민씨 생각도 그렇죠? 거기 원장님도 그러시더라고요. 형제님 생각에 보통 삼백으로 월세 보증금 하고, 나머지 이백은 저축하거나 생활비로 쓸 것 같지 않으냐, 그게 상식 아니냐고.

—그렇죠.

—그런데 아이들이 그걸로 오백짜리 명품 가방을 산다는 거야.

사방에서 탄식에 가까운 한숨 소리가 터져나왔다.

—놀랍죠?

오대표가 사람들의 반응에 만족한 듯 눈을 크게 떴다. 박이 말했다.

—그럼 그냥 모조품을 사지.

—그건 또 싫은가봐.

—어차피 주위에 그게 진품인지 가품인지 알아보는 사람도 없을 텐데.

성민이 물었다.

—왜요?

—그 주위라는 게 빤하지 않겠어?

순간 성민과 이연의 눈이 다시 마주쳤다. 박이 한숨 쉬었다.

—그러니까 우리나라도 애들 유치원 때부터 금융 교육 시켜야 해. 세상에 금융 문맹이 너무 많아.

김이 말했다.

—차라리 주식을 하지.

오대표가 반문했다.

—오백으로?

—아니. 그 이백 정도로. 좋은 공부가 될 텐데.

박이 말했다.

—그러게 며칠 전 우리집에 가구회사 아저씨가 한 분 오셨어. 그런데 한두 시간? 그 가구 조립하는 내내 휴대전화로 계속 주식 창을 보고 계시더라고.

—어머, 나 최근 정육점에 갔을 때 거기 총각들도 그러던데.

—아휴, 그런데 보기 안타깝더라고, 휴대전화에서 눈을 떼지 못하는 게. 그분이 또 무슨 유명 유튜버를 신봉하길래 내가 조언 해드렸지. '선생님, 작년에 재미 좀 보셨죠?' 그랬더니 '그렇다' 해서 '그런데 올해는 또 잘 안됐죠?' 그러니까 '어떻게 아셨냐?' 고 그래. 그래서 '그게 유튜버 말이 꼭 맞아서가 아니라 시장 흐름이 그렇습니다, 그러니 너무 거기 의지하지 마세요' 그랬지.

—음……

김이 턱을 만졌다.

—그랬더니 그분이 그래도 자기는 이 유튜버 만나기 전에는 이런 거 전혀 몰랐는데, 이 사람 덕에 그나마 희망을 가질 수 있다고, 이 사람이 너무 고맙다고 그러는 거야.

주위에서 다시 낮은 한숨 소리가 났다. 갑자기 서가 말했다.

—그래봤자 칠 프로래요.

오대표가 고개를 기우뚱했다.

—뭐가?

—주식시장에서 이익 본 사람. 크고 작은 파도들이야 다들 겪었겠지만 실질적으로는 칠 프로라고 하더라고요, 통계로.

박이 말했다.

—그 사람이 서대표네?

서가 별말 없이 알쏭달쏭한 미소를 짓다 짧게 호응했다.

—누가 들으면 진짠 줄 알겠어.

박이 호들갑을 떨었다.

—서대표님은 그런 정보 다 어디서 얻나 몰라. 정계 쪽에 줄이 있나. 혼자만 알지 말고 우리도 좀 알려줘요.

순간 이연은 서와 오대표가 거의 동시에 눈을 내리까는 걸 봤다.

—그럼 그 가구 조립한 아저씨 돈이 서대표 주머니로 간 거야?

김의 말에 몇몇이 조그맣게 웃었다. 이연은 몸이 살짝 굳었다.

—그러니 대출받아 주식 하는 젊은 친구들 마음 우리가 이해해야 해.

박은 마치 성민이 그런 '젊은 친구'인 양 동의를 구하는 눈빛을 보냈다. 김이 바로 그 말을 받았다.

—나도 이십대 때만 해도 바보같이 빚이 나쁜 건 줄 알았어. 빚에 대한 안 좋은 경험만 있어서. 생각해봐. 어릴 때 대출로 어딘가 투자하는 부모를 본 사람하고, '빚' 하면 보증과 고함, 부모의 불화, 이런 것만 떠올리는 사람하고 뭐랄까, 대출 상상력이나 금융 감수성이 다르지 않겠어?

박이 모처럼 역공의 기회를 얻은 듯 받아쳤다.

—그러니 앞으로도 제수씨한테 감사하고 살아. 제수씨 아니면 너 여기서 말도 못 섞어.

서가 물었다.

—성민씨는 어때요? 주식 하죠?

성민이 주저하다 대꾸했다.

—네, 그럼요. 저도 불과 두 해 전에 제가 금융 문맹인 거 처음 알았어요. 언론에서 알려줘서. 저도 뒤늦게 막 이것저것 공부하고 있어요, 뒤처질까봐. 그런데 한편으로는……

김이 물었다.

—한편으로는?

—아, 아니에요.

오대표가 성민을 온화하게 타일렀다.

—왜? 얘기해봐. 괜찮아요.

성민이 입술에 침을 바른 뒤 어렵게 입을 열었다. 이연이 보기에 성민이 소탈한 막내 역을 하느라 그런지 아니면 술에 취한 탓인지 알 수 없었다.

—사실 해방 이래 한 번도 돈을 욕망하지 않은 적 없으면서, 겉으로는 노동과 근면을 미덕인 양 가르쳐온 사회가 갑자기 저더러 문맹이라니 억울하고 서운한 마음이 들더라고요. 단순히 돈 문제가 아니라 그간 저나 제 부모님이 살아온 방식을…… 응, 실존을 부정당한 것 같아서.

박이 취기어린 투로 응했다.

—실존. 진짜 오랜만에 들어본다.

김이 무슨 말을 할지 망설이다 성민의 어깨에 한 손을 툭 올렸다.

—내가 이래서 성민씨 좋아해. 이래서 다양한 사람들과 자주 만나봐야 한다니까. 안 그러면 굳어.

성민이 갑자기 '저, 그런데 잠깐 나갔다 오겠습니다'라며 웃옷 주머니에서 담배를 찾았다. 그러자 김이 너그러운 양 깐깐한 투로 응했다.

—성민씨 아직 담배 안 끊었어? 장기적으로는 꼭 끊어요. 중요한 거래처 임원 중에 그 냄새를 아주 싫어하는 사람이 있을 수 있어. 듣기 싫어도 내 말 들어요. 다 성민씨 좋으라고 하는 소리야.

그때 이연이 불쑥 끼어들었다.

—제일 잘 감출 수 있는 거라 그런 거 아닐까요?

—네?

김이 눈을 둥그렇게 떴다.

—그 아이들, 아까 가방 말씀 하신 거요.

사람들이 멀뚱히 이연을 바라봤다. '갑자기 그 이야기는 왜 꺼내느냐'는 듯한 표정이었다. 막상 입을 열어놓고도 사람들의 집중이 부담돼 이연은 좀 주저했다. 작은 실수 하나만으로도 연기자가 세간에 어떻게 이야깃거리로 남고, 추문이 되는지 알고 있어서였다. 동시에 이연은 다른 건 몰라도 이게 주정이 되면 절대 안 된다고 생각했다. 만약 자신이 지금 뭔가 얘기할 거라면 아주 말짱해야 한다고. 그래서 아까부터 술을 더 입에 대고 싶은 욕구를 거의 초인적인 힘으로 꾹 참고 있었었다. 살면서 어떤 긴장은 이겨내야만 하고, 어떤 연기는 꼭 끝까지 무사히 마친 뒤 무대에서 내려와야 한다는 걸, 그건 세상의 어떤 인정이나 사랑과 상관없는, 가식이나 예의와도 무관한, 말 그대로 실존의 영역임을 알았다. 처음 여기 왔을 때만 해도 '임원' 연기를 위해 '최대한 저 사람들처럼 생각하자, 저 사람들 입장에서 느끼고, 즐기자' 다짐했는데, 그 모든 노력에도 불구하고 안 되는 게 있어서였다.

—그게 꼭 그 아이들이 철없거나 허영심이 세거나 금융 문맹이어서가 아니라요, 제 생각에는…… 밥은 남이 안 보는 데서 혼자 먹거나 거를 수 있지만 옷은 그럴 수 없으니까, 그나마 그게 가장 잘 가릴 수 있는 가난이라 여겨 그런 것 같아요, 가방으로.

순간 몇몇 이들이 묘한 눈빛을 주고받았다. 이연은 자신이 뭔가 망치고 있다는 생각이 들면서도 그걸 수습하고 싶은 마음이 들지 않았다. 동시에 술을 더 마시고 싶은 걸 꾹 참고 성민에게 누를 끼치지 않으려 애쓰는 제 모습을 의식했다. 여기서 혼자 정색하면 연극이 망한다고, 막이 내릴 때까지 최대한 자연스레 퇴장하자 다짐했다. 이연은 가슴을 펴고 자신이 낼 수 있는 가장 정확한 발음으로 밝게 다음 말을 이었다.

—그냥 제 생각은 그래요. 아, 그리고 결례가 안 된다면 저는 조금 이따 일어나보겠습니다. 내일 또 연습이 있어서요.

오대표와 서가 짧게 눈을 마주친 뒤 시선을 돌렸다.

—왜요, 더 있다 가시죠. 뭐가 불편하셨나요?

—아니요. 정말 중요한 연습이라 늦으면 안 돼서요.

그런 뒤 이연은 '저는 잠깐 화장실에 들렀다 일어날 테니 마저 즐겁게 노시라'고 했다. 그런데 그렇게 말하고 자리에서 일어서는 순간 그만 몸의 중심을 잘못 잡고 앞의 나무 쟁반을 건드리고 말았다. 동시에 오대표의 팔십 년 넘은 빈티지 잔 세트가 바닥으로 떨어지며 산산이 부서졌다.

—누나 괜찮아?

성민이 자리에서 일어섰다. 이연은 당혹스러운 얼굴로 그 자리에 얼어붙고 말았다. 김과 박, 서와 오도 지금 막 일어난 상황을 얼떨떨한 얼굴로 바라봤다. 이윽고 정신을 차린 이연이 오대표에게 사과한 뒤 허둥지둥 도자기 파편을 정리하려 하자, 오대표가 이연을 저지하며 '이러면 다친다'고, '자리가 곧 파할 테니 그때 제가 천천히 치워도 된다'고 했다. '이연씨 어디 다친 데는 없느냐'고 오히려 이연을 진정시키고 위로했다. 이연이 넋 나간 얼굴로 어쩔 줄 몰라하며 오대표의 옆얼굴을 살피다 문득 몸이 굳었다. 오대표의 얼굴에 잔을 잃은 서운함이나 원망 대신 묘한 만족감이라 할까 승리감이 얼핏 스치는 걸 보았기 때문이다. 전혀 놀란 기색 없이 마치 오늘 파티에서 얻을 건 다 얻었다는, 이만하면 괜찮은 계산서가 나왔다는 표정을 지은 까닭이었다. 성민의 표현대로라면 오대표는 '계산이 정확하신 분'인데, '그렇다면 저 미소는 대체 무슨 뜻일까?' 그제야 이연은 오늘 가장 말수가 적은 서가 자신에게 던진 질문이 대개 '걱정'과 '근황'뿐이었다는 사실을 깨닫고 기분이 이상해졌다. 그렇지만, 아니 그렇다 해도 이연은 가능한 한 이 연극을 이대로 마치지 않을 생각이었다. 이연이 마치 무대에서 중요한 대사를 치기 전 순간처럼 숨을 깊이 들이쉬며 거실 창문 너머 하늘을 봤다. 미세먼지 탓인지 달이 비현실적으로 붉었다. 이연은 이 밤이, 그리고 또 이 계절이 낯선 듯 익숙해 마치 보이체크가 마리를 죽이기 전 한 말처럼 "몸이 차가우면 더이상 얼어붙지 않으므로" 많은 이들이 다 같이 추워지기로 결심한 어떤 시절 혹은 시대처럼 느껴졌다.

이연은 잠시 그대로 서서 오래전 읽은 몇몇 책을 떠올렸다. 이연이 읽은 많은 희곡 속 사건은 '초대'와 '방문', '침입'과 '도주'로 시작됐다. 어떤 일이 일어나려면 반드시 누군가 무대에 등장해야 했다. 혹은 반대로 사라지거나. 그리고 지금은 이연이 퇴장할 시간이었다.

—물 한잔할래요?

오대표 말에 이연이 예의바르게 대꾸했다.

—아니요, 괜찮습니다.

이연은 스스로 놀랄 정도로 정신이 맑고 차가워지는 걸 느꼈다. 성민이 어느새 코트를 들고 이연 옆에 섰다.

—그래요, 성민씨가 좀 바래다줘요. 밖에 위험해.

그러다 다시 생각을 바꿔 성민에게 한마디 더 했다.

—술 부족하면 다시 오고.

그런 뒤 오대표는 이연에게 갑자기 이상한 걸 물었다.

—오늘 어땠어요?

정말 궁금한 것 같기도 하고 마땅한 작별인사가 떠오르지 않아 불쑥 튀어나온 말 같기도 했다. 오대표의 목소리를 듣자 이연의 머릿속에 문득 학교에서 배운 서사 이론 하나가 떠올랐다. '작가로서 당신이 누군가에게 뭔가 주고 싶다면 그에게서 먼저 그걸 빼앗으라'는 법칙이었다. 그래서 이연은 지금도 소설이나 연극, 드라마에서 주인공이 너무 행복한 표정을 지을 때면, 사랑이나 어떤 성취 혹은 명예 앞에서 너무 벅찬 감정을 표할 때면 어김없이 '저 사람 곧 저걸 잃어버리겠구나' 예감하곤 했다. 이연은 오대표의 눈을 빤히 바라보다 어떤 주문을 외듯, 마치 지금 자신이 처한 상황과 사랑에 빠진 사람처럼, 그 사랑을 어서 잃고 싶어하는 연인처럼 달뜬 목소리로 말했다.

—좋았어요.

—……

—너무너무 좋았어요, 정말.

김과 박, 서를 등진 오대표의 얼굴 위로 알 수 없는 표정이 스쳤다. 이연이 코트 호주머니에서 마스크를 꺼내 얼굴에 썼다. 집에 갈 시간이었다.

| 작가노트 |

커튼콜

언젠가 연극 관련 단편을 쓰고 싶었다. 연극을 잘 알아서가 아니라 한때 그것에 충분히 몰입하지 못한 기억 때문이었다. 오래전 대학에서 연극을 공부했지만 다른 친구들처럼 무대 뒤나 앞에 적극적으로 서지 못했다. 그전까지 연극을 본 경험이 거의 없고, 집밖보다는 안을 더 좋아한 까닭이었다. 대신 지금도 떠오르는 건 학기중의 어떤 초조, 이를테면 '이번주에도 공연 감상 과제를 내야 하는데 푯값은 또 어쩌지?' 하는 걱정이나, '아무리 신입생이라지만 나도 가끔 선배들에게 술을 사고 싶다' 고민하며 빈 지갑을 만지작거린 기억 등이다. 관극 또는 공연 연습이 끝난 뒤에는 늘 일종의 뒤풀이가 있었다. 사람들은 언제나 '무대'만으로는 충분치 않은 듯 극장을 떠나 '식탁'에 둘러앉았고, 그곳에서 긴 얘기를 나눴다. 나 역시 그날 치 끼니 혹은 안주가 놓인 식탁에서 많은 걸 배웠다.

그런데도 대학 시절 내내 나는 어떤 어정쩡함이라 할까 어색함을 느끼며 극장 주위를 맴돌았다. 주위의 거의 모든 사람이 연극을 좋아하고, 최선을 다하며, 심지어 그 열정 때문에 고통스러워하는데 나 혼자 어리벙벙한 기분이었다. 물론 그 어색함 안에는 연극을 향한 감탄, 경이가 늘 섞여 있었지만 어쩐지 나는 관객일 때 마음이 더 편했고, 아주 오랜 시간이 지난 뒤에야 희곡의 재미를 알 수 있었다.

미진未盡의 기억.

지금 와 생각해보니 아무래도 그거 때문인 것 같다. 언젠가 연극 관련 단편을 쓰고 싶다 생각한 건.

내게 연극 또는 연극성은 '잘 아는' '쓰기 쉬운 소재'가 아니라, 언젠가 다시 꺼내 오래 들여다보고 싶은 괄호, 그 안을 채우지 못하더라도 소설의 형식으로 한번 더 풀어보고 싶은 빈칸에 가까웠다. 그 괄호에 담긴 한 시절의 풍경이 이런 모습일지는 전혀 예상 못했지만. 한편으로는 대학 졸업 후 한참 뒤에 써 다행이란 생각도 든다.

언젠가 한 외국 기자가 내게 '현대 동양소설과 서양소설의 차이'에 대해 물은 적이 있다. 그때 나는 잠시 고민하다 '내게 소설가는 세대나 국적이 아니라, 그가 산문적 충동이 강한 작가인가 운문적 충동이 강한 작가인가로 나뉜다'고 답했다. '그리고 나는 대체로 후자의 소설가들에게 매혹돼온 편'이라고. 여전히 나는 연극과 희곡이 뭔지 잘 모르지만 '희곡은 산문과 운문의 중간 형태의 장르'라고 배웠다. 이 단편을 쓰며 즐거웠던 이유도 아마 그 때문이 아닐까 싶다.

이 단편은 다른 내 소설들에 비해 다소 직접적이고 어느 면에서는 난폭하지만 바로 그렇기에 조금 마음에 든다. 나는 이 소설을 펼칠 때마다 이상하게 자꾸 술 생각이 나는데, 다른 무엇보다 일단 그 사실이 좋다.

| 리뷰 |

진화하는 속물들과 신新 보이체크의 반격

강지희(문학평론가)

2000년대를 돌아볼 때, 이십대 청년들의 수치와 명랑의 세목을 그려내는 데 있어 김애란을 따라올 작가는 없다. 당시 상당수 작가가 고시원, 단칸방, 편의점 등을 배경으로 '88만원 세대'라 칭해졌던 청년들의 그림자를 그렸다. 하지만 김애란 소설이 보다 특별했던 점은 거주 공간이나 물질적인 소유를 통해 노골적으로 드러나는 계급적 격차 너머를 짚어내는 날렵한 시선에 있었다. "요즘 계급을 나누는 건 집이나 자동차 이런 게 아니라 피부하고 치아라더라"(「도도한 생활」, 『침이 고인다』, 문학과지성사, 2007)라며 치고 들어오는 문장의 통찰력은 오롯이 김애란만의 것이었다. 사회에서 끝없이 요청하는 자기관리는 무엇으로 완성되는가. 미세하게 조율되고 관리된 신체에 깊이 스며든 계급성의 섬뜩함을 습득하면서 김애란의 천진난만한 인물들은 성인이 되어갔다.

용산 참사나 세월호 사건 같은 묵직한 사회적 사건들을 거치는 동안 김애란 소설은 사회적 슬픔을 끌어안으며 점점 더 크고 넓어졌다. 그리고 최근 그의 소설은 팬데믹 이후의 현실에서 중산층으로 살아가는 감각을 부조해낸다. 한 소설 속 인물은 문득 이렇게 독백한다. "젊은 시절, 나는 '사람'을 지키고 싶었는데 요즘은 자꾸 '재산'을 지키고 싶어집니다. 그래야 나도, 내 가족도 지킬 수 있을 것 같은 불안이 들어서요."(「좋은 이웃」) 이 말은 인플레이션과 투자 열풍에 힘입어 더욱 가열차게 금융화되는 현실 앞에 느끼는 방어적인 심리를 노출하면서, 가족과 이웃의 유대 관계 역시 자본의 논리에 의해 변화될 수밖에 없음을 암시한다. 「홈파티」는 경제 자본과 문화 자본이 맞물려 돌아가며 소속감과 우월감을 재생산하는 현장을 탐사한다는 점에서 최근작과 느슨한 연결 관계를 유지하면서도, 감미로운 우울로 봉합되거나 순응할 수 없는 지점까지 나아가 어떤 파열의 순간에 도달하는 소설이다.

아비투스의 장과 진화하는 속물들

소설은 화자 '이이연'이 친한 후배 '성민'의 초대로 '오대표'의 집에서 열리는 홈 파티에 초대받으며 시작된다. 오대표의 집으로 들어가는 장면은 "빛 속으로" 들어가는 것으로 묘사되는데, 이때부터 소설은 폐쇄적인 공간에서 진행되는 하나의 연극처럼 구성된다. 이연의 직업이 본래 연극배우이기도 하지만, 대학의 반년짜리 최고경영 과정에서 만난 이들의 홈 파티 자리는 친목을 도

모하면서도 위신을 잃지 않기 위해 적절한 연기가 필요한 또하나의 무대다.

그 무대가 되는 오대표의 집은 "집주인의 시간과 체력, 미감과 여유를 짐작"하게 하는, "개성뿐 아니라 '서사적 윤기'라 부를 만한 것이 곳곳에 포진"되어 있다. 그 자리에 함께하는 명상센터 소장 '서'와 성형외과 의사 '박'과 변호사 '김' 모두 "입성만큼은 모두 깔끔하니 귀티"가 나며, "평소 문화 예술에 관심이 높"은 이들이다. 예상대로 이들은 곧 이연을 둘러싸고 자신들이 한때 연극 동아리에 몸담았었다며 소포클레스부터 셰익스피어, 브레히트, 뷔히너 등에 대한 지식과 경험들을 두서없이 늘어놓기 시작한다. 이연은 오대표의 집에 진입할 때 한 드라마의 여성 임원 역할을 따내기 위해 사회 주류의 공기를 느끼고 기운을 받아가겠다며 나름의 이해타산적 활용을 마음먹는다. 하지만 그들의 문화적 인정 욕망을 받아주며 신기한 척하거나, 틀린 정보 앞에서 모른 척 미소 짓고 생각을 감추는 동안 연기 노동의 강도는 점점 더해간다. 이 와중에 자연스럽게 입에 오르는 연극 〈보이체크〉는 이들 사이의 계급적 격차를 다시 한번 확인시킨다. 이연에게 〈보이체크〉는 중요한 가족 행사까지 불참해가면서 연습에 매진했음에도 톱스타였던 주연배우의 부주의로 코로나19 바이러스 확진이 이어지며 자신의 시간과 이력과 출연료를 모두 잃게 만든 치명적인 상실의 기억이다. 하지만 그들에게 〈보이체크〉는 교양 과시의 장이자, 한때의 치기어린 문화적 향유의 경험에 불과하다. 이 모든 상황은 계층별로 불평등하게 분배되고 차별적으로 소비되며 유통

되는 아비투스를 투명하게 드러낸다. 독일문학사상 최초로 하층 계급을 주인공으로 내세우며 계급적 반역의 의도를 보여준 희곡 『보이체크』는 21세기 한국에서 지배계급의 취향을 과시하는 문화로 소비된다.

오가는 모든 대화와 미세한 제스처의 이면을 샅샅이 읽어내는 이연에 의해 홈 파티는 신경증적으로 감상하는 불안의 심리극이 되어간다. 그리고 이 극은 오대표의 고아원 에피소드에서 절정에 달한다. 오대표는 자신이 봉사활동을 하는 고아원에서는 만 18세가 되어 시설에서 나갈 때 주어지는 오백만원의 자립정착금으로 아이들이 명품 가방을 산다는 이야기를 전한다. 곧이어 사방에서 탄식에 가까운 낮은 한숨 소리와 함께 "그 주위라는 게 빤하지 않겠어"라며 모조품을 사는 게 나을 거라는 말이 나오고, "차라리 주식을 하지"라는 조언이 아무렇지 않게 이어진다. 부모로부터 받은 유산과 인적 자본이 결여된 고아원 출신 아이들은 상류층의 교만한 시선에 의해 순식간에 무지몽매한 소비자로 떨어져 내린다. 희곡 『보이체크』에서 자식에게 세례를 주지 못했다는 사실을 힐난하는 대위 앞에서 보이체크는 이렇게 말한다. "우리같이 천한 사람들에겐 덕이란 게 없어요. 그러니 그저 본능대로 행동할 뿐이죠."* 그러나 도덕과 본능은 어떻게 대립하게 되는가. 보이체크는 부도덕하다기보다 도덕을 빼앗긴 자라고 해야 맞다. 1830년대 독일에서 출간된 이 희곡에서 극도의 빈곤으로 인해 도

* 게오르그 뷔히너, 『보이체크·당통의 죽음』, 홍성광 옮김, 민음사, 2013, 27쪽.

덕적 판단을 내릴 자유의지가 제약된 상태가 '본능'으로 단순 번역되었다면, 2020년대 높은 주택 가격과 터무니없이 낮은 실질임금의 한국 사회에서 쓰여진 이 소설은 상속받을 어떤 자본도 없는 이들이 상식 없는 '금융 문맹'으로 단순 번역되는 것을 보여준다.

진화한 자본주의는 노골적으로 신체를 착취하지 않는다. 『보이체크』에서 절대적 빈곤층인 보이체크는 자신의 몸을 박사의 실험용 대상으로 제공해주고, 점점 더 동물과 유사한 존재로 전락해간다. 하지만 이제 자본주의는 소설에서 드러나는 것처럼 "대출 상상력이나 금융 감수성"을 갖추고 적극적인 투자자로 변모한다면 누구나 중산층이 될 수 있다는 믿음을 심어줌으로써 착취를 영속화한다. 홈 파티에서의 대화가 이어지며 명확해지는 것은 상류층도 문제는 투자의 성공 여부에 있지 않음을 이미 알고 있다는 사실이다. 그들이 목격한 정육점 총각들이나 가구 회사 아저씨와 같은 노동자들의 주식 투자와 희망은 '주식시장에서 이익 본 사람이 실질적으로 칠 프로에 불과하다'는 정보 속에서 다시 한번 비웃음의 대상이 된다. 금융화는 우리의 정체성을 노동자보다 투자자로 형성하도록 만들고 "투자 주도적인 자기 결정이라는 중산층 이데올로기"*를 믿도록 이끈다. 하지만 투자에 성공했다는 서대표에게 다른 이들이 고급 정보 공유를 은근히 요청하며 던지는 부러움 섞인 농담에서 드러나듯, 투자는 결코 미래지향적

* 하다스 바이스, 『중산층은 없다』, 문혜림·고민지 옮김, 산지니, 2021, 204쪽.

이고 합리적인 행동 방식과 능력의 결과가 아니다. 영리한 금융 행위자가 되는 것은 애초에 물려받은 자본을 비롯해 고급 정보를 취하는 문제와 연결되어 있으며, 이는 예측할 수 없는 시장에서도 편향적인 결과를 산출한다.

표면적으로는 한껏 예의를 차리지만 그들만의 세상임이 적나라하게 드러나는 홈 파티에서 이연과 성민은 자주 눈이 마주치고 몸이 굳는다. 결국 고아원 에피소드에 이르러 두 사람은 참지 못하고 실존이 부정당했다는 감각 속에서 용기를 끌어올려 불편한 말들을 꺼낸다. 그러나 이 말들은 곧바로 "내가 이래서 성민씨 좋아해. 이래서 다양한 사람들과 자주 만나봐야 한다니까. 안 그러면 굳어"라는 김의 말과 함께 매끄럽게 포섭된다. 자본주의가 진화하듯 속물 역시 진화한다. 그리고 진화한 속물들의 유연성은 중간계급의 불편함을 더없이 깔끔하고 예의바르게 수용한다. 여기에서 우리는 묻게 된다. 광란 상태에서 살인을 저지른 보이체크가 자신을 착취하는 사회 구조에 흡수되지 않는 불편한 불순물로 남았다면, 이 매끄러운 윤기로 가득찬 홈 파티에 작은 흠집이나마 남기는 일은 어떻게 가능한가?

두 번의 반격—신新 보이체크의 탄생

성민의 아슬아슬한 문제 제기가 "소탈한 막내 역"으로 흡수되어버린 그 자리에서 이연은 첫번째 반격을 시도한다. 고아원 아이들이 오백만원짜리 명품 가방을 사는 이유에 대해 그는 반박한다. "밥은 남이 안 보는 데서 혼자 먹거나 거를 수 있지만 옷은 그릴 수 없으니까, 그나마 그게 가장 잘 가릴 수 있는 가난이라 여겨 그런 것 같아요, 가방으로." 이 말은 명품 가방이 단순히 외부를 향해 막연한 인정을 갈망하는 취향이 아니라, 치밀한 전략일 가능성을 끌어온다. 앞서 짚었듯이 피부와 치아가 상당한 시간에 걸쳐 우아한 계급성이 스며들어 있는 까다로운 구성품이라면, 명품 가방은 가난을 무엇보다 신속하게 덮을 수 있는 효율적인 소품일 수 있다. 동정이나 경멸이 쉽게 섞여드는 상층 계급의 시선으로는 결코 꿰뚫어보지 못할 명품의 효용을 강변한 뒤, 이연은 자리에서 일어나다가 '팔십 년 넘은 영국 빈티지 잔 세트'를 깨트린다.

이는 이연이 속물로부터 절반쯤 탈피하다 멈췄음을 보여주는 순간이다. 저녁식사 자리에 참여하며 이연은 서와 박과 김의 수준을 시종일관 가늠하며 관찰하면서도, 주류로 보이는 그들에게서 알 수 없는 힘을 느끼며 혼자 화장실 거울 앞에서 그들의 말투와 동작을 따라 해본다. "계산기 두드리는 게 일"이라며 자신의 직업에 대한 자조에 은근한 자부를 섞는 그들의 문화적 취향을 "수지 안 맞는 일"에 종사하는 연극배우로서 승인해주는 일은 미묘하게 모욕적이지만, 한편으로 배우로서의 인정 투쟁을 성공적으로 실현시켜준다. 홈 파티가 진행되는 내내 이연의 포장된 의연함 아래에는 타자의 욕망을 욕망하는 불안한 마음이 꿈틀거린다. 고아들의 명품 가방 구매를 옹호하면서 이연은 비로소 그들을 통한 인정 욕망을 떨치고 고요한 수치심으로부터 걸어나오는 듯하지만, 편안하고 자연스러운 퇴장은 찻잔이 깨지며 저지당한다. 그 짧은 순간 이연이 느끼는 낭패감에는 빈티지 잔과 명품 가방 사이의 위계가 여전히 자리하고 있는 것처럼 보인다.

그러나 오대표의 얼굴에는 귀한 빈티지 잔을 잃은 서운함이나 원망 대신 묘한 만족감과 승리감이 스치고, 여기에서 분명해지는 것은 오늘 저녁 그가 열어낸 홈 파티라는 연극 안에는 자신의 계급이 지닌 불편한 허위와, 그것을 찢는 다른 계급이 지닌 진정성의 돌출까지도 이미 계산되어 있었다는 사실이다. 이연의 진정성이 그들을 불편하게 만드는 대신, 오대표가 주재한 연극의 절정 장면을 근사하게 완성했음을 알게 되는 바로 이 순간에 이연은 두번째 반격을 시도한다.

—오늘 어땠어요?

(……)

이연은 오대표의 눈을 빤히 바라보다 어떤 주문을 외듯, 마치 지금 자신이 처한 상황과 사랑에 빠진 사람처럼, 그 사랑을 어서 잃고 싶어하는 연인처럼 달뜬 목소리로 말했다.

—좋았어요.

—……

—너무너무 좋았어요, 정말.(123쪽)

날카롭게 공기를 가르는 기운과 함께 이연은 처음으로 이 연극에서 제대로 된 장악력을 발휘한다. 이 순간에 이연은 오대표가 느끼고 있던 충족감을 빼앗는 동시에, 주인공의 위치로 올라

선다. 이 장면에 인용된 서사 이론은 주인공의 행복하고 벅찬 감정 뒤에는 반드시 상실이 따를 수밖에 없음을 알려주고 있다. 그리고 이연은 영민하게도 이 이론을 소급 적용해 무언가 잃어버릴 가능성을 지닌 존재로 자신을 재구성한다. 오대표가 치밀하게 계산해둔 연출 속에 박탈감을 느끼는 조연을 탈피해, 이연은 누구에게도 허락받지 않은 도발적 충만함으로 가득한 주연으로 바로 선다.

뷔히너가 실제 모델에서 영감을 얻어 쓰게 된 희곡 『보이체크』에는 가난하고 힘없는 사람들만이 이름을 가진다. 반면 군악대장과 대위, 의사 등은 모두 직책으로 불리며 추상적으로 계급을 대변한다. 이는 독자들로 하여금 겉으로만 도덕과 이상주의적 자유의지를 내세우는 전형적 시민 계급이 아니라, 교육받지 못한 채 착취당하는 하층계급의 울분에 감정이입을 하도록 자연스럽게 이끈다. 김애란의 「홈 파티」는 냉정하고 세밀한 심리극을 구성하며, 이 형식을 다시 한번 반복한다. 교만한 눈빛과 미묘한 침묵과 제스처를 주고 받는 상층계급은 모두 성性으로만 지칭되며, 이들 앞에서 수치심에 사로잡히는 이연과 성민만이 이름을 가진 자로 드러난다. 이 연극이 파열에 도달하는 순간 두 사람은 건조한 거리두기와 연기에 실패하고 불현듯 하층계급을 이해하고 변호하는 입장에 서게 되는데, 인물들의 이런 변모 아래에는 이미 중산층이 급격히 줄어들었고 언제든 쉽게 계급의 밑바닥으로 떨어질 수 있는 한국 사회의 일면이 자리하고 있는 것처럼 보인다.

7월혁명이 지나간 후 고전주의 미학 체계가 허물어지는 변화의 기점에 있었던 1830년대의 독일에서 뷔히너는 가난으로 인해 사회적 지위도, 인간적 위엄도 모두 박탈당해야 했던 보이체크를 주인공으로 세워 그의 비논리적인 살인의 맥락을 다시 물었다. 촛불 혁명의 여진조차 모두 소진되고 코로나19 바이러스와 함께 경제적 양극화의 국면에 들어선 2020년대의 한국을 배경으로 김애란은 『보이체크』를 다시 썼다. 「홈 파티」의 이연은 연극 〈보이체크〉에서 마리의 역할을 맡았었고, 왜 보이체크가 자신의 진짜 적인 상층계급이 아니라 마리를 죽였는지 의아해했다. 그리고 홈 파티라는 새로운 연극 무대에서 오대표에 의해 자신의 불쾌와 도발까지도 어떻게 소비되는지를 정확히 목도한 순간, 마침내 이연은 마리가 아니라 보이체크가 되길 선택한다. "몸이 차가우면 더 이상 얼어붙지 않으므로" 마리를 죽인 원작의 보이체크와 달리, 이연은 "정신이 맑고 차가워지는 걸" 느끼며 정확하게 자신의 진짜 적인 오대표를 찌르는 데 성공한다. 사랑에 빠진 달뜬 목소리로. 그렇게 소설은 21세기 신新 보이체크를 탄생시켰다.

정한아

일시적인 일탈

작가노트

작업실의 유령

리뷰 | 정홍수

'아무도 원치 않는 이야기'의 강렬함

정한아
2005년 대산대학문학상에 단편소설 「나를 위해 웃다」가 당선되어 등단. 문학동네작가상, 김용익소설문학상, 한무숙문학상, 젊은예술가상, 심훈문학대상 등 수상. 소설집 『나를 위해 웃다』 『애니』 『술과 바닐라』, 장편소설 『달의 바다』 『리틀 시카고』 『친밀한 이방인』이 있다.

일시적인 일탈

K는 수년 전부터 유치원 엄마들 사이에서 요주의 인물이었다. 그녀는 아들이 다니는 유치원 행사에 단 한 번도 참여한 적이 없는데다 학부모 단체 채팅방에서도 말이 없었고 오다가다 만나는 아이 엄마들에게도 무관심으로 일관했다. 아파트 다섯 개 단지가 유치원부터 고등학교까지 품에 안은 모양새를 한 동네였다. 유치원 입학식에서 만난 엄마들은 삼삼오오 모임을 만들어 다년간 친교를 다졌다. 아이들의 관계 역시 그 인맥을 따라가기 마련이었다. K의 아들 준서는 반에서 늘 외톨이였는데, 바로 그 이유로 담임선생님이 내게 연락을 해왔다. 아무도 준서와 짝이 되려 하지 않는다는 것이었다.

"주소록을 보니까 지후네 집이 준서네 앞 동이더라고요. 가까운 데 사는 친구끼리 짝이 되면 좋잖아요."

나는 아파트 놀이터에서 종종 보았던 K와 준서를 떠올렸다. 준서는 유치원에서 제일 늦게 하원하는 아이였고, 어둑어둑한 시간 놀이터에서 제 엄마와 단둘이 놀았다. 아버지와 같이 다니는 모습은 한 번도 보이지 않았다. 부모가 이혼했거나 별거중일 거라고 여자들은 짐작했다. 준서의 낯가림과 자폐적인 놀이 성향도 아마 그 탓이 아니겠느냐고 뒤에서 수군거렸다.

K는 키가 크고, 남자처럼 걷고, 백팩을 메고 다녔다. 부스스하게 탈색된 긴 머리카락에 언제나 검은색 자루 같은 원피스를 입고 있었다. 확실히 호감을 가질 만한 외양은 아니었으나, 단지 그 이유 때문에 여자들이 K를 거슬려했던 것은 아니다. 구부정한 자세로 놀이터 벤치에 앉아 있는 K를 보면 불안과 두려움이 엄습했다. 그 여자의 유난히 검은 눈동자와 그에 담긴 권태 때문이었다. K는 오직 시간이 가기만을 기다리고 있었다. 마치 수인처럼 보이는 모습이었다.

나 역시 어떤 무리에도 속하지 않고 혼자 다니는 축이었다. 두 살 터울의 형제를 키우면서 사교활동까지 신경을 쏟을 수 없었다. 그럴 여력이 있다면 아이들과 뛰어노는 편이 훨씬 낫다고 생각했다. 놀이터에서 아이들과 땀을 흠뻑 쏟으며 놀고 간식을 꺼내 늘어놓으면 주변의 사람들이 몰려들었다. 나의 친교란 그런 것이었다.

나는 담임선생님의 제안을 흔쾌히 받아들였다. 지후도 준서를 거부감 없이 받아들였다. 짝이 된 이후 그 둘이 부쩍 가까워졌다는 말을 들었다. 얼마 뒤 K가 내게 연락해왔다. 고맙다고, 시간이 괜찮다면 차를 마시자고 했다. 우리는 아파트 단지와 가까운 곳에 있는 야외 카페에서 만났다. 가까이서 보니 K는 짐작보다 더욱 말랐고, 안색이 창백했다. 햇볕을 거의 쬐지 않는 사람 같았다. 뜻밖에도 그녀는 달변가였다. 솔직하고 유머러스했다. 대개가 시니컬한 유머였고 소리 내어 웃을 때조차도 얼굴이 그늘져 보였으나, 마주앉아 이야기를 시작한 지 얼마 안 되어 나는 K와의 대화에 푹 빠져들었다.

사람들의 예상대로 K는 이혼했고 홀로 준서를 키운다고 했다. "대학에서 강의를 해요"라고 말한 뒤 조금 망설이다가 "소설을 쓰고요"라고 덧붙였다. 소설가를 실제로 본 것은 처음이었다. 무지와 열광이 뒤섞인 나의 반응이 익숙한 듯 K는 웃었다.

아이들에 대한 것만으로도 얘깃거리는 차고 넘쳤다. 얼마 안 남은 초등학교 입학에 대해 이야기하고 있을 때였다. 무심코 발밑을 내려다본 나는 비명을 지르며 펄쩍 뛰어올랐다. 잔디가 뭉개진 자리가 납작하게 엎드린 개구리처럼 보였던 것이다.

나는 K에게 개구리 공포증이 있다고 고백했다. 살아 있는 개구리뿐 아니라 과학 도감에 그려진 개구리, 동화책에 나오는 개구리, 개구리 모양의 지갑, 개구리 모양의 접시, 개구리 모양의 손거울…… 아무튼 개구리를 연상시키는 것이라면 무엇이든 내게 공포를 일으켰다. 가만히 앉아서 개구리를 생각하는 것만으로도 식은땀이 났다.

개구리를 두려워하게 된 것은 아홉 살 무렵부터였다. 교사였던 아버지가 그해 지방으로 발령을 받으면서 온 가족이 외진 시골 마을로 이사를 했다. 이전 학교에서 문제를 일으켜 좌천을 당한 아버지는 그 분풀이를 가족들에게 했는데, 자신이 정한 규율을 따르지 않으면 말 그대로 발작을 일으켰다. 나는 통금 시간에 일 분만 늦어도 호되게 매를 맞아야 했다. 어두운 집안 분위기에 더욱 과묵한 소녀가 된 나는 학교와 집만 오갔다. 그러던 어느 날 하굣길에 개구리와 마주쳤다. 근방의 논에서 튀어나온 개구리는 좁은 길의 한복판에 앉아 나를 똑바로 바라보았다. 순간 두려움으로 온몸이 딱딱하게 굳어버렸다. 해가 뜨거운 한여름의 오후, 인적 없는 길 위에서 시간은 속절없이 흘러갔다. 나는 개구리를 지나 한 발도 걸어가지 못했다. 한참 뒤 놈이 사라지자 다리에 힘이 풀려 주저앉고 말았다.

나는 해가 진 뒤에야 집에 돌아왔다. 아버지의 체벌이 두려워 덜덜 떨었지만 뜻밖에 그는 학교의 다른 일에 정신이 팔려 내게 신경도 쓰지 않았다. 심지어 기분이 무척 좋아 보였다. 나는 지쳐서 저녁을 다 먹지도 못하고 잠이 들었다. 죽은 개구리떼가 비처럼 쏟아지는 꿈을 꿨다.

"정작 아버지는 그때 일을 기억도 못해요. 당신이 나를 아주 애지중지 키웠다고 떠벌리기를 좋아하시죠."

나는 K 앞에서 두서없는 이야기를 늘어놓았다. 왜 이런 이야기를 낯선 여자에게 하고 있는지 의아했으나 말을 멈출 수 없었다.

"두려움, 특히 가족과 관계되어 훼손된 부분은 극복이 거의 불가능해요. 저도 비슷한 경험이 있어서 잘 알아요."

K는 나지막한 목소리로 말했다.

"저한테는 남동생이 한 명 있었어요. 키가 크고 뽀얀 얼굴에 다정한 성정이라 모두 그애를 사랑했어요. 저는 동생과 무척 친밀했어요. 낄낄거리며 시답잖은 장난을 치고, 어디든 붙어다녔죠. 쌍둥이가 아니냐는 질문도 자주 받았어요. 동생은 의대 본과 졸업을 앞두고 있었어요. 마취과 전문의가 되고 싶어했죠. 그애가 어떤 인생을 살아갈지, 누구나 머릿속으로 쉽게 그려볼 수 있었어요. 그런데 그애는 어느 날 갑자기 죽어버렸어요. 평소처럼 학교에 갔다가 친구들과 저녁을 먹고 집에 돌아와 화장실에서 목을 맸죠. 유서는커녕 낙서를 끄적인 종이쪽지 하나 남기지 않았어요."

그녀는 천천히 자신의 원피스 소매를 걷어 보였다. 피부 색깔이 균일하지 않고 얼룩덜룩했다. 피부 색소 이상으로 인한 백반증이었다. 동생이 죽은 후 하얀 점이 생겼고, 마치 물감이 번지듯 온몸에 퍼지기 시작했다고 했다.

"이건 별문제가 아니에요. 흰 점이 제 손과 발까지 뒤덮는다고 해도 상관없어요. 몸은 저에게 부차적인 것이 된 지 오래되었어요."

K는 나의 눈을 똑바로 바라보았다.

"문제는 제가 동생처럼 어느 날 갑자기 죽게 될 거라는 생각을 한다는 거예요."

"준서는 어떻게 하고요?"

바보 같은 질문에 K는 쓰게 웃었다.

"무슨 시도를 하겠다는 게 아니에요. 그런 예감이 든다는 거죠.

막연한 생각이 아니라 아주 실재적인 생각이요."

그녀는 테이블 위에서 두 손을 맞잡았다.

"그림책에 있는 개구리가 실재한다고 느껴지는 것처럼요."

나는 작게 기침을 했다. 잠시 우리 사이에 침묵이 내려앉았다.

"전 취미로 캘리그래피를 해요. 그게 제 생활의 가장 실재적인 일이에요."

나는 분위기를 환기시키기 위해 입을 열었다. K는 흥미롭다는 듯 자세를 바로 했다. 나는 휴대폰을 꺼내 최근에 작업한 것들을 보여주었다.

취미로 시작한 예쁜 글꼴 그리기로 자격증을 따고 일을 시작한 것은 둘째 지후를 낳은 뒤였다. 나는 A4 한 장당 이만원을 받고 글씨를 썼다. 인터넷 주문을 받아 식당 메뉴도 쓰고, 성경 구절도 쓰고, 광고 문구도 썼다. 큰돈을 벌지는 못했지만 소소한 용돈벌이가 가능했고, 무엇보다 몰입하여 글씨를 쓰는 일 자체가 주는 고양감이 있었다. 하지만 바로 그 이유로 집에서는 일이 되지 않았다. 매일 살림거리가 쏟아지고 식구들이 들이닥치는 집에서는 글씨 따위에 집중할 수 없었다. 자연히 주변의 카페란 카페는 모두 섭렵하게 되었는데 먹을 갈고 물감을 펼쳐놓을 만한 곳을 찾기가 쉽지는 않다고, 나는 자조하듯 말했다.

"저에게 작업실이 있어요."

가만히 듣고 있던 K가 말했다.

"강의 때문에 평일에는 거의 비어 있어요. 빈 시간에 와서 얼마든지 먹을 갈아도 돼요."

"아뇨, 말씀은 고맙지만……"

K가 갑자기 가방을 들고 일어났다.

"일단 같이 가서 봐요, 지금."

그렇게 나는 K의 작업실에 가보게 되었다. 근방의 번화가에 있는 오피스텔이었다. 대형 극장과 쇼핑몰, 식당이 몰려 있는 곳이라 오전에도 거리가 북적북적했는데 문을 닫고 들어서는 순간 모든 소리가 차단되었다. 블라인드가 내려진 거실에는 은은한 허브 향기가 맴돌았다. 벽을 향해 놓인 책상과 의자가 보였다. 작은방에는 접이식 침대와 안락의자가 있었다. 피곤할 때 잠깐씩 눈을 붙이는 곳이라고 했다. 작업실을 소개하면서 K가 가장 자랑스러워한 곳은 바로 욕실이었다. 욕실 안에 꽤나 멋진 대리석 욕조가 설치되어 있었다. 집주인이 리모델링을 하면서 무리하여 집어넣은 것이라고 했다.

"머리가 잘 안 돌아갈 때 뜨거운 물에 들어가 있으면 도움이 되거든요. 마음껏 즐겨도 돼요. 저는 금요일과 주말에만 이용하니까요."

"아니, 아니에요."

나는 다급히 손을 내저었다.

"작가 작업실을 구경하고 싶어서 따라온 것뿐이에요. 호의는 감사하지만 폐를 끼치고 싶지 않아요. 제 일이 작업실까지 필요한 것도 아니고요."

"제가 없을 땐 어차피 비어 있는 공간인걸요. 쓸모 있게 사용된다면 좋겠어요."

K는 가볍게 말했다.

"물론 어디서나 일할 수 있죠. 저희 집에도 빈 테이블이 몇 개나 있어요. 그래도 전 일주일에 며칠이라도 이곳에 나와 있는 시간이 좋아요. 식탁에서 먹을 갈고 싶지는 않으니까요."

그 말에 나는 웃었다.

"무슨 말인지 알겠어요."

그후 나는 K의 작업실에 종종 들러 시간을 보냈다. 무엇보다 낯선 것은 고요였다. 생활 소음이 사라진 것만으로 전혀 다른 차원으로 들어간 것 같은 기분이 들었다. 손을 풀기 위해 처음 한 달간 반복적으로 선 긋기를 했다. 가로 긋기와 세로 긋기, 조밀한 사선을 그려나가는 대각선 긋기. 작업실은 카페와 달랐다. 전혀 달랐다. 일단 적응이 되자 먹을 갈고 붓을 드는 순간이 더없이 완전해졌다.

K와 내가 작업실에서 만나는 일은 거의 없었다. 나는 그 공간에 있다가 돌아갈 때 늘 작은 선물을 남겨놓았다. 차 세트, 과일청, 쿠키 같은 것들. K는 잘 먹었다는 내용의 쪽지를 벽에 붙여두었다. 웃는 얼굴 그림과 힘내라는 한두 줄의 글귀. 나는 그것들을 버리지 않고 모아두었다. 누군가와 그토록 무람없이 빠르게 가까워진 것은 처음이었다. 아마도 우리의 아이들이 먼저 친구가 되었기 때문일 것이다.

다음해에 지후와 준서는 초등학교에 입학했다. 유치원과 달리 준비물도 많고 신경쓸 일도 훨씬 많아진 것에 K는 쉽게 적응하지 못했다. 나는 밤마다 그녀에게 '색연필, 종합장, 물티슈 잊지 말아요' 따위의 메시지를 보냈다. 그렇게 해도 늘 크고 작은 실수가 있었다. 그녀는 준서를 데리러 오는 일도 자주 깜빡깜빡했다. 갈 곳 잃은 준서를 집으로 데려와 지후와 놀게 하고 있으면, 한참 뒤에 K가 찾아왔다. 불이라도 끄다 온 사람처럼 황망한 얼굴로 고맙다는 말을 중얼거렸다. 내가 있어서 다행이라고, 아이를 초등학교에 보내는 게 이런 일인 줄 몰랐다고, 혼자서는 도저히 해낼 수 없었을 거라고 했다.

K는 정말이지 너무 바빴다. 부르는 곳이라면 어디든 강의를 하러 다녔고 틈틈이 에세이와 칼럼을 썼다. 소설을 제외한 모든 일은 돈벌이를 위한 것이라고 했다. 당시 그녀는 삼 년째 종결을 내지 못한 장편소설에 매달려 있었다. 쓰고 다시 쓰고, 또 고쳐쓰고, 마침내 모든 것을 지운 뒤 처음부터 다시 쓰는 중이었다. 글을 쓸 때 그녀는 먹는 것도 자는 것도 잊어버렸고, 때로는 아이의 존재도 잊어버렸다. 밖으로 나가서 좀 걸으라고, 남자친구라도 만들어보라고 나는 그녀에게 말한 적이 있다. 사방에서 꽃이 피는 봄, 아이들을 학교로 보내고 카페에서 마주앉은 날이었다. 얼마나 좋은 계절인가, 아직 얼마나 젊은가. 두 손을 흔들어대며 열변을 토하는 내게 K는 조용한 목소리로 만나는 사람이 있다고 대답했다.

"동료예요. 작업실에도 그의 책이 몇 권 있죠. 하지만 그가 누군지 중요한 건 아니에요. 우리는 정기적으로 관계만 가질 뿐이에요. 어둠 속에서, 조용하고 빠르게."

"그런 관계가 도움이 된다고요?"

K는 고개를 끄덕였다.

"관점에 따라 다르겠지만, 네…… 저에게는 도움이 돼요. 다른 관계는 가능하지도 않고 가능하기를 바라지도 않아요. 지금으로서는 이것으로 충분하다는 생각이에요."

K는 다리를 달달 떨면서 담배를 피웠다. 충분하다고 말하면서 사흘은 굶은 사람처럼 여윈 등을 구부렸다. 카페 사장이 와서 금연이라고 하자 얼른 담배를 바닥에 짓이겨 껐다.

그녀가 때때로 조울의 격랑에 빠진다는 사실을 나는 알고 있었다. 상태가 좋지 않을 때는 아무리 연락을 해도 연결이 되지 않았다. 준서를 홀로 집에 두고 사라지는 날도 있었다. 나는 그에 대해 그녀에게 아무 말도 할 수 없었다. 무슨 말을 할 수 있었겠는가.

여름방학에 K는 준서를 대학교수라는 전남편에게 보냈다. 전남편은 아이를 데리고 한 달간 미국 여행을 떠났다. K는 준서가 없는 사이 장편소설 원고를 끝내겠다고 했지만, 정작 작업실에 가보면 접이식 침대에서 자고 있을 때가 많았다. 해가 들지 않는 그 어둡고 비좁은 방에서 사흘 내내 자기도 했다. 돌과 같은 잠. 언젠가 K의 원고에서 그 비슷한 제목을 본 것 같았다. 작업실에서 나는 그녀가 쓰고 있는 소설과 시시때때로 맞닥뜨렸지만 그것을 제대로 읽어본 적은 없었다. 속사포 같은 문장과 낯선 단어들을 잠시 들여다보다가 도로 제자리에 넣어뒀을 뿐이다.

방학이 끝나고 준서가 돌아왔을 때, 나는 그애가 햇볕에 건강하게 그을린 것과 전보다 훌쩍 키가 자란 것에 놀랐다. 준서는 아빠의 애인이 여행에 동행했다고 말했다. K는 그 말을 듣고도 별다른 감정의 동요가 없었다. 아이는 전보다 자주 제 아빠의 집을 오갔다. 그러면서 상황이 예기치 못한 방향으로 흘러갔다. K의 전남편은 재혼하면서 준서를 데려가기를 원했다. 그간 그녀가 아이를 방치해온 증거들을 내밀었고, 협조하지 않으면 법적인 절차를 밟겠다고 했다. K는 별다른 항의도 못하고 준서를 빼앗겨야 했다.

준서가 떠난 뒤 K도 아파트 단지를 떠났다. 그후로 나는 그녀의 작업실에 가는 일이 뜸해졌다. 아이 엄마들과의 관계란 그런 것이다. 아이들이 중개하지 않으면 밀도가 옅어지다가 흩어지고 만다. 준서를 보낸 뒤 K가 어떻게 지내는지 종종 안부가 궁금했지만, 전처럼 연락을 하게 되지는 않았다. 생각만 하다가 그만두고 말았다.

K는 그해 가을에 죽었다. 친구를 만나러 가다가 도로에 인접한 상가 건설 현장에서 골재 야적물이 붕괴되어 변을 당했다. 순식간에 무너진 5톤짜리 먼짓더미가 그녀를 덮쳤다. 당시 K는 출판사 편집자와 통화중이었다. 장편소설 원고를 언제쯤 줄 수 있느냐는 말에 조금만 더 기다려달라고 대답하던 중이었다. 연말, 어쩌면 연초에는 제대로 된 원고를 보여줄 수 있을 거라는 말이 끝나자마자 그녀는 잿빛 퇴적물에 파묻혀버렸다. 구조되었을 때는 이미 심정지 상태였다. 의사는 그녀가 고통을 느끼지도 못했을 거라고 말했다.

건설사측은 골재 야적물 관리가 부실했다고 인정했다. 드물게 위로금까지 주었다. 그 사건은 신문에 조그맣게 실리기도 했다.

나는 장례식에서 K의 전남편을 만났다. 생각했던 것보다 훨씬 늙고 체구가 왜소해서 노인처럼 보이는 남자였다. 준서는 제 아빠의 뒤에 숨어 나를 모르는 척했다. 장례식 내내 K의 어머니는 울지 않았다. 빛이 사라진 눈으로 바닥을 응시하고만 있었다. K의 어머니는 내게 당분간 작업실을 계속 써도 좋다고 말했다. 전세 만료까지는 일 년 남짓 기한이 남아 있었다. 그녀의 가족들은 당장 그곳을 정리하고 처분할 여력이 없는 듯했다.

나 역시 K가 죽은 이후 한동안 충격에서 벗어나지 못했다. 집에서 아이들과 남편을 봐도 좀처럼 현실감을 찾을 수 없었다. 술이나 약을 먹지 않으면 제대로 잠을 자지 못했다. 그것은 과도한 애도였다. 어쩌면 K와 그다지 상관없는 애도였을지도 모른다. 나는 밤마다 허공을 바라보며 새파랗게 깨어 있었다. 먼지 무더기에 압사당하는 순간을 생각하고 또 생각했다.

장례식 후 보름이 더 지나서, 나는 K의 작업실에 두고 온 붓과 물감과 먹 등을 찾기 위해 그곳에 한번 더 들렀다. 비밀번호를 누르자 문이 부드럽게 열렸다. 마지막에 무슨 일이 있었던 건지 작업실 안은 난장판이었다. 곰팡이와 먼지, 썩은 음식물 냄새가 났다. 맥주 캔과 음식물 포장재가 바닥에 굴러다녔다. 책장에서 떨어진 책들이 마치 쓰레깃더미처럼 쌓여 있었다. 불을 켜자 엄지손가락만한 바퀴벌레 두 마리가 쏜살같이 흩어졌다. 나는 얼이 빠진 사람처럼 그 자리에 서서 한동안 움직이지 못했다.

그날 오후 내내 나는 K의 작업실을 청소했다. 창문을 열어 환기시키고, 음식물이 말라붙은 그릇을 물에 불려 닦고, 냉장고를 비우고, 쓰레기를 버렸다. 바닥에 나뒹구는 책들을 책장에 꽂아

넣었다. 나는 처음으로 K의 모든 책을 나란히 세워놓고 보았다. 분홍색과 연두색, 먹색, 하늘색 표지의 책들, 책의 앞날개에 실린 K의 얼굴.

청소를 마친 후 내 몸에서는 쉰내와 음식물 쓰레기 냄새가 났다. 나는 충동적으로 욕조에 물을 받았다. K가 자랑했던 대리석 욕조. 옷을 벗고 그 안에 들어가 몸을 담갔다. 물은 피부가 따끔거릴 정도로 뜨거웠다. 무릎을 끌어안고 멍하니 앉아 있는데, 나도 모르게 눈물이 흘렀다. 나는 황급히 눈물을 닦았다. 하지만 다음 순간 참을 수 없는 덩어리가 목을 타고 올라왔고, 이내 끅끅 소리를 내며 울기 시작했다. 어린아이처럼, 그렇게 울면 누군가 곧 다가와 나를 달래줄 것처럼. 하지만 그곳엔 아무도 없었다.

한기에 몸을 떨며 깼을 때는 저녁 시간이 다 되어 있었다. 물속에서 그대로 잠들었던 것이다. 나는 물이 미지근하게 식은 욕조에서 일어나 정신없이 옷을 꿰어 입고 집으로 뛰어갔다. 젖은 머리카락을 말릴 틈도 없었다.

남편은 아이들과 먹을 배달음식을 고르는 중이었다. 그는 내게 왜 전화를 받지 않았느냐고 물었다. 나는 K의 욕실 선반에 휴대폰을 두고 온 것을 깨달았다.

나는 남편에게 K의 작업실에 다녀왔다고 말했다. 그녀와 나의 관계를 알고 있던 남편은 내 심정을 이해한다는 듯 고개를 끄덕였다. 죽은 사람만 불쌍하지, 라고 중얼거렸다. 나는 뭔가 다른 이야기를 하고 싶었지만 그만 입을 다물었다.

다음날 아이들을 학교에 보낸 뒤 나는 휴대폰을 찾으러 작업실에 갔다. 그것은 욕실 선반 위에 그대로 있었다. 욕조에서 물을 빼고 손을 닦은 뒤 바깥으로 나온 나는 잠시 서서 망설이다가 책상 앞으로 가서 앉았다. 종이를 꺼내고, 먹을 갈았다. K의 첫 책, 첫 단락을 캘리그래피로 옮겨 적었다. 그러고 나니 앞으로 뭘 해야 할지 알 것 같았다. 그녀의 책을 읽고 그것을 옮겨 쓰는 일. 나는 그 일이 나를 그간의 무력감에서 구해내리라 믿었다.

K의 소설은 삽화 같은 여러 개의 이야기가 죽 나열되어 있어서 몰입이 어려웠다. 나는 한 줄 한 줄 구슬을 꿰듯 글을 읽었다. 한참 읽다가 앞으로 돌아가 다시 읽기도 했다. 인물들의 말과 행동을 도무지 종잡을 수 없었다. 마지막에 가서야 부유하던 인물들은 제자리를 찾았는데 그것은 내가 생각했던 식의 결말이 아니었고, 그래서 개운치 않은 의문을 남겼다. 책을 읽다 갑자기 허기를 느낀 나는 찬장에서 컵라면을 꺼내 먹었다.

그다음 주에 나는 커피와 라면을 새로 사다 넣었다. 그리고 K의 다른 책을 펼쳤다. 출간된 책들을 다 읽은 후에는 프린트되어 묶여 있던 미발표 원고들—K는 그것을 업보라고 불렀다—을 읽었다. 시계도 보지 않고 책에 빠져 있다가 아이들이 집에 올 시간이 다 되어 숨이 턱에 닿도록 뛰었다.

아침마다 집을 나와 작업실로 가는 것이 그해 겨울 나의 일상이었다. 그곳에 도착하면 제일 먼저 창문을 열어 환기를 시키고, 커피 한 잔을 내렸다. 그리고 책을 읽었다. 캘리그래피 작업을 해보려던 계획은 슬그머니 사라졌다. K의 책에는 예쁜 글씨로 기록할 만한 문장이 없었다. 한 부분을 잘라내서 떼어놓으면 뜻이 모호해지는 문장들뿐이었다. 굳이 기록하고 싶다면 책의 전부를 통째로 옮겨야 했다. 실제로 그럴 생각을 해보기도 했으나 도무지 엄두가 나지 않았다. 그보다는 책을 읽는 편이 훨씬 더 좋았다.

K의 책을 다 읽은 후에는 책장의 다른 책으로 넘어갔다. 아마도 K가 고르고 사들였을 다른 책으로. 작업실에서 그 책들을 읽고 있노라면 이 공간이 온전히 내 것인 듯했고, 그녀에게 미안해졌다. 하지만 그녀도 내게 말하지 않았던가. 자신이 없을 때 이 공간을 즐겨달라고. 나는 제대로 즐겼다. 뜨거운 물로 목욕을 하고, 알몸으로 폭신한 타월 위에 누워 책을 읽었다. 책을 한 권 다 읽는 동안 온몸이 발갛게 달아올랐다가 서서히 식어가는 것을 느꼈다.

매일 정기적으로 출퇴근하는 곳이 있다는 사실을 더이상 가족에게 숨길 수 없는 시점이 되었을 때, 나는 캘리그래피 학원을 열었다고 거짓말했다. 마음이 맞는 동료와 오피스텔을 얻었다고, 자격증반을 운영해야 제대로 돈을 벌 수 있다고 했다. 그간 아이들 돌봄과 집안일이 제대로 돌아가지 않는다고 느꼈을 남편은 이제야 퍼즐이 맞춰진다는 얼굴이었다. 그는 적극적으로 나를 격려했다. 지후도 곧 아홉 살이 되니 본격적으로 일을 시작해도 좋을 때라고 했다. 도울 수 있는 일은 뭐든지 돕겠다고, 살림과 요리도 분담하겠다고 했다. 나는 반색하는 남편의 얼굴을 말없이 바라보았다. 그에게 사실을 말할 수는 없었다. 죽은 여자의 작업실에 가서 종일 소설책을 읽는다고 말한다면 그는 뭐라고 대답할 것인가? 그것은 아무 쓸모 없는 일, 허무맹랑한 일, 떳떳하지 못한 일이었다. 남편은 어이가 없어서 웃다가, 종국에는 내가 미쳤다고 생각할 것이었다.

나는 이 일시적인 일탈이 곧 끝날 것이라고 생각했다. 하지만 그 방에는 수백 권의 책이 남아 있었다. 한 이야기가 끝나면 또 다른 이야기가 나를 기다리고 있었다. 그렇다, 나는 그 이야기들이 나를 기다리고 있다고 느꼈다. 책이 나를 이곳저곳으로 끌고 다녔다. 집으로 갈 때면 아쉬움에 입이 말랐다. 아이들과 저녁을 먹으면서도, 밤에 남편과 침대에 누워서도 작업실의 빈 공간을 떠올렸다. 나는 그곳으로 돌아가고 싶었다.

해가 바뀐 뒤 남편은 내게 수입이 얼마나 되느냐고 물었고, 액수를 듣고는 무척 기뻐했다. 패딩 점퍼를 사달라고 졸랐다. 나는 남편과 아이들을 데리고 나가서 그들이 원하는 것들을 사주었다. 레스토랑에 가서 스테이크와 아이스크림을 먹었다. 다들 아주 행복한 표정을 지었다.

남편은 자신의 수입을 모두 적금에 넣고 내 수입으로만 생활하는 것을 새로운 기조로 삼았다. 나는 그가 모르게 신용카드를 만들었고, 돈을 대출받았다. 그는 내 일을 돕겠다면서 새벽에 출근하고 오후에 퇴근하는 식으로 근무 형태를 바꾸었다. 저녁식사도 직접 차려서 아이들과 함께 먹고, 나를 기다렸다. 나는 서서히 집안일에서 손을 뗐다. 오랫동안 메고 있던 무거운 짐을 벗은 느낌이었다. 늦은 저녁 호젓한 길거리를 걷고 있노라면 죄의식과 그에 상응하는 만족감이 팽팽하게 가슴을 조였다.

책을 읽는 사이 부채는 점점 더 늘어났다. 그래도 그곳에서 발을 뺄 생각은 들지 않았다. 그저 돈이 필요하다는 생각뿐이었다.

어쩌면 정말로 캘리그래피 사무실을 열 수도 있을 것이다. 자격증반을 열고, 취미반도 개설할 수 있을 것이다. 호기롭게 대안을 떠올리면서도 그게 얼마나 터무니없는 공상인지 알고 있었다. 나는 이제 캘리그래피를 할 수 없었다. 그 일의 핵심인 균형감각—글씨의 크기와 모양을 조율하고 전체를 하나의 그림처럼 구상하는 능력을 잃어버린 것이다. 먹을 갈고 붓끝을 세우고, 글자들의 미세한 기울기를 맞추는 일련의 과정이 더이상 내게 만족을 주지 않았다. 내가 원하는 것은 아무도 없는 작업실에 가는 것, 그곳에서 느린 속도로 책을 읽는 것뿐이었다.

돈을 마련하기 위해 제일 먼저 팔아치운 것은 결혼반지였다. 순금에다 깨알 같지만 3부 다이아몬드도 박혀 있는 것이었는데, 되팔 때의 가격은 너무나 터무니없었다. 이 돈을 받을 바에야 그냥 둘까 잠시 망설였지만, 결국 팔았다. 아들 둘을 낳았다고 시어머니께 받은 명품 가방도 팔았다. 친정 언니가 선심 쓰듯 넘겼던 마사지 기계, 지난겨울 남편이 사준 여우 털이 달린 코트, 한때 취미로 열심이었던 디지털카메라까지 모두 팔아치웠다. 실내 자전거, 동화 전집, 골프 가방, 영국제 찻잔 세트, 보석 십자수 액자, 발 매트까지 팔고 나니 더 남은 게 없었다. 은행의 신용카드 대출 관리팀에서는 하루가 멀다 하고 전화를 걸어왔다. 나는 변명을 하고, 거짓 약속을 하고, 나중에는 그마저 피하기 시작했다.

중고 매매 업자의 눈으로 봤을 때 K의 작업실엔 돈이 될 만한 게 없었다. 가구는 조립식 패널을 끼워 맞춘 것들이었고, 전기 포트와 전자레인지, 커피 머신도 중국산이었다. 전부 헐값에 내놔도 팔리지 않을 싸구려 물건들이었다. 도처에 널린 것은 책뿐이었는데 만약 K가 세계적인 베스트셀러 작가였다면, 혹은 그녀의 갑작스러운 죽음이 그 책들과 관련이 있다면 모르지만, 아니 그렇다고 해도 작금의 누가 책을 원한단 말인가. 그 책들은 오직 K에게만 값을 매길 수 없을 만큼 귀한 것이었다. 그녀를 구성하고, 채우고, 작동하게 만든 것들…… 나는 그 책들을 하릴없이 바라보다가 문득 그 배열이 전과 다르다는 것을 깨달았다. 다시 찬찬히 책장을 훑어보았다. 얼마 전까지 오른쪽 아래 칸에 있던 『비행공포』가 왼쪽 제일 위 칸으로 옮겨갔고, 정중앙에 제대로 꽂혀 있던 『세피아빛 초상』이 거꾸로 꽂혀 있었다. 에세이와 국내문학은 아예 통째로 자리가 바뀌어 있었다. 모르려야 모를 수 없는 변화였다. 지난 계절 모두 내가 읽고 꽂아놓은 것들이었다.

무슨 착오가 있을 거라고 나는 생각했다. 작업실 현관 비밀번호는 진작 나만 아는 것으로 바꾸었다. 혹시 도둑이 틈타 들어왔다고 해도 책 따위로 장난을 칠 까닭이 없었다. 나는 비밀번호를 여덟 자리로 바꾸고, 방안의 물건들에 대해 꼼꼼히 메모를 해두었다. 아침마다 구석구석을 돌아보며 밤사이 달라진 것이 없는지 살펴보았다. 그리고 며칠이 지나지 않아 명확히 알게 되었다. 그간 책상 위에 올려놓은 지우개들이 사라지고, 오래된 동전들이 자꾸만 나타나며, 전날까지 멀쩡하던 머그컵이 바닥에 깨져 있었던 이유를. 작업실 곳곳에 누군가 스치고 지나간 흔적이 있었다. 누군가 내가 작업실에서 떠나면 슬그머니 나타나 이 안을 활보하는 것이었다.

나는 야근을 해야 한다는 핑계를 대고 작업실에서 하룻밤을 보내기로 했다. 오래전 예약했던 가족 캠핑을 떠나기로 한 날이었다. 이맘때 출몰하는 개구리도 두렵고, 특별 의뢰가 들어온 캘리그래피 일감도 너무 많이 밀렸다고 난색을 표하자 남편은 납득했다. 어렵게 예약한 캠핑 자리를 포기할 수는 없으니 아이들만 데리고 다녀오겠다며 씩씩하게 짐을 쌌다. 내가 빠진다는 사실에 막내 지후만 화를 냈다. 아이는 퉁퉁 부은 얼굴로 차에 올랐다. 인사도 하지 않고 떠났다.

나는 갈아입을 옷과 세면도구를 챙겨 작업실로 갔다. 가는 길에 또다시 은행에서 연락이 왔다. 그들은 더이상 일말의 호의도 친절도 보이지 않았다. 돈과 날짜에 대해서만 반복적으로 말했다. 계속해서 기일을 지키지 않으면 불가피하게 제재를 가할 수 있다는 소리에 나는 나도 모르게 웃었다. 휴대폰 저쪽에서는 입을 다물어버렸다. 나는 전화를 끊고, 오피스텔 일층에 있는 분식집에서 현금으로 김밥을 샀다.

남편이 캠핑장에 도착했다고 연락해왔을 때 나는 그 김밥을 먹고 있었다. 그는 통화를 영상으로 전환하여 주변의 풍경을 보여주었다. 하늘 높이 솟은 뾰족한 나무들, 물이 흐르는 계곡, 여기저기 펼쳐진 텐트의 붉고 푸른 천들이 보였다. 아이들은 스티로폼 비행기를 날리고 있었다. 나는 흰 벽 앞에서 얼굴을 비췄다. 지후가 이쪽을 보더니 웃으며 손을 흔들었다. 나도 마주 손을 흔들어주었다. 기분이 좋아 보여서 다행이었다.

남편은 내게 별일이 없냐고 물었다. 나는 별일이 없다고 대답했다. 그는 이상한 전화를 한 통 받았다고 말했다. 은행에서 그를 찾더라는 말이었다.

"당신 혹시…… 신용카드 대출을 받았어?"

"그게 무슨 말이야, 대출이라니?"

나는 입안에 든 김밥을 삼키고 되물었다. 목소리가 조금도 떨리지 않는 것에 스스로 놀랐다. 하마터면 나 자신도 속아넘어갈 뻔했다.

"당신이 제때 대출금을 상환하지 않아서 블랙리스트에 올랐다던데."

"말도 안 돼. 보이스 피싱 같은 거겠지."

나는 은행에 직접 알아볼 테니 염려하지 말라고, 다시 전화가 와도 응대하지 말라고 말했다. 남편은 말끝을 흐리며 수긍했다.

전화를 끊은 후, 나는 남은 김밥을 버렸다. 욕조에 뜨거운 물을 받았다. 온몸이 녹을 것처럼 뜨거운 물—그 안에 들어가 밖에서 울리는 전화벨소리를 들었다. 마침내 전화가 끊어졌을 때는 사방이 적막하게 느껴졌다.

작업실에서 밤을 지내는 것은 처음이었다. 라디오 클래식 채널에서 바흐의 파르티타가 끊이지 않고 흘러나왔다. 창문 밖으로 이곳과 비슷한 오피스텔 건물이 보였다. 반쯤은 불이 꺼지고, 반쯤은 켜져 있었다. 마치 이곳에서 수십 년간 살며 그 풍경을 바라봐온 것 같은 기분이 들었다. 또 한편 앞으로 수십 년간 이곳에서 살아갈 수도 있을 것 같았다. 전부 얼토당토않은 생각이었다. 빛과 거짓말을 떠올리자 구역질이 나올 것 같았다.

밤이 깊어질수록 손발이 차가워졌다. 나는 보일러 온도를 높인 뒤 담요를 두르고 K의 소설을 읽었다. 두번째 읽으니 전에 보지 못했던 것들이 눈에 들어왔고, 그래서 아예 다른 소설처럼 느껴지는 작품도 있었다. 문득 그녀의 작품에 반복해서 등장하는 소설가가 과연 K일까 궁금해졌다. 그렇다면 그 모든 것이 그녀의 이야기일까, 그런 생각을 하다가 허리가 아파서 방에 있는 침대에 잠시 누웠고 잠이 들었다.

잠에서 깬 것은 문을 두드리는 소리 때문이었다. 현관 복도에서 누군가 욕설을 중얼거리며 문고리를 잡고 흔들었다. 나는 침대에서 천천히 일어났다. 그리고 잠시 꼼짝도 않고 앉아 있었다. 다시 누군가 쾅쾅, 문을 두드렸다. 아까 분명 불을 켜놓았는데 무슨 영문인지 사방이 캄캄했다. 나는 거실로 나가 불을 켰다. 현관문 외시경에 눈을 대보니 양복 차림의 남자가 서 있었다. 몸을 못 가눌 정도로 취한 남자. 그때 문이 열리는 소리가 나더니 옆집에서 여자가 튀어나왔다. 미쳤어, 남의 집 앞에서 뭐하는 짓이야. 여자는 이를 악물고 남자를 꾸짖은 뒤 그를 질질 끌고 제집으로 들어갔다.

새벽 두시였다. 나는 손바닥으로 마른세수를 한 뒤, 천천히 작업실 안을 둘러보았다. 낮의 풍경과 다른 점은 하나도 없었다. 다소 생기가 없고 창백한 인상이었으나 새벽인 탓이라고 생각했다. 갑자기 바닥이 빙글 도는 어지러움이 느껴졌다. 나는 방으로 돌아가 침대에 누웠다. 어둠 속의 허공을 멍하니 바라보고 있을 때였다. 웅얼웅얼 속살거리는 소리가 들렸다. 처음엔 윗집이나 아랫집에서 나는 소리인 줄 알았다. 하지만 곧이어 거실에서 사람들이 떠들어대는 소리가 들렸다. 그들은 바닥을 쿵쿵 울리며 돌아다녔다. 뭔가에 화가 난 것 같았다. 서로 다투는 것 같기도 했다. 가만히 듣다보니 점차 여러 사람의 목소리를 구분할 수 있게 되었다. 새된 목소리로 짜증을 내는 여자, 주눅든 목소리로 자꾸 여기가 어디냐고 묻는 여자, 낮은 음성으로 자긴 억울하다고 말하는 남자, 뜨거워 죽겠다고 흐느끼는 여자. 나는 침대에 누운 채로 얼음처럼 굳었다.

뭐 타는 냄새 안 나요?
어차피 우리 모두 죽을 거예요.
우린 이미 죽은 것이나 다름없소.
너무 뜨거워요.
그걸 누가 알까요?
살아본 적 없이 죽는 존재도 있나요?
이게 다 그 망할 여자 때문이지.
뜨거워 죽겠다고요.
그 여자도 죽었어요.
먼지처럼 으스러졌지.
바닥에 코를 찧은 격이지 뭐예요.

여기까지 들었을 때 나는 그들이 누군지 알아차렸다. 그들은 모두 K의 소설에 나오는 이들이었다. 정확히 말하면 미발표 소설들에 나오는 인물들—실수로 아들을 죽인 여자, 이웃과 치정 관계에 빠진 여자, 앞의 여자와 관계없이 오쟁이 진 남자, 그리고 갑작스러운 사고로 식물인간이 된 여자—그들은 그 꼴을 당하고도 끝내 책이 되지 못했다.

K는 언젠가 이야기한 적이 있다. 아무리 고쳐써도 완성에 이르지 못하는 작품들이 있다고. 그 작품들은 결정적인 뭔가를 갖추지 못하고 있는데, 바로 여백이다. 여백이 없다면 좋은 이야기가 될 수 없다. 하지만 이야기를 쓰기 시작할 땐 그것을 분별할 수 없다. 다 쓰고 나서야 바닥에 코를 찧었다는 사실을 깨닫는 것이다.

"여백이 대체 뭐죠?"

그때 나는 K에게 물었다. 그녀는 복잡한 얼굴로 나를 잠시 보더니 바람 빠진 소리를 내며 웃었다.

"몰라요. 사실 아무도 모르니까 그렇게 부르는 거예요. 어쨌든 분명한 건 그 이야기들에 뭔가 오류가 있고, 아무리 노력해도 그것을 바로잡을 수 없다는 거예요. 처음부터 그렇게 내정되어 있는 거죠."

"구제할 길이 없군요."

"없죠."

K가 마지막에 쓰고 있던 소설도 같은 이유로 완성되지 못하고 서랍 속으로 들어가버렸다.

어느 날 갑작스러운 사고로 뇌사 상태에 빠진 아내와 그 남편의 이야기였다. 소설 속 남편은 아내를 헌신적으로 간병하지만 고단한 일상은 끝이 없다. 그는 불쑥불쑥 화가 치미는 것을 느낀다. 분명 아내에 대한 감정은 아니다. 아내에게는 잘못이 없다는 것을 그도 알고 있다. 그 여자는 깊이 잠들었을 뿐이다. 아내는 정말 평온한 모습으로 잠을 자고 있다. 그는 종종 그 여자를 후려치고 싶다는, 해치고 싶다는 충동을 느낀다. 하지만 그것은 아주 잠깐 동안의 광기어린 생각일 뿐이다. 남편은 아내의 차가운 발을 마사시한 뒤 온열기구인 발난로를 씌운다. 집을 청소하고 아이들을 위해 오븐으로 닭을 굽는다. 그날 오후 집안 어디선가 고기 타는 냄새가 난다. 아이들이 울부짖으며 그를 찾는다. 그는 덜덜 떨면서 아내가 잠든 방으로 향한다. 그곳에서 두 발에 불이 붙은 채, 깊은 잠에 빠져 있는 아내를 본다.

나는 그 소설의 주인공이 남편이라고 생각했었다. 하지만 그것은 아내의 이야기였다. 자신을 향한 증오와 악의를 가늠하지 못한 채 잠든 여자, 몸에 불이 붙은 뒤에도 깨어나지 못하는 여자. 그 유령이 바로 여기 있었다. 그런데 이들을 유령이라고 할 수 있나. 달리 뭐라고 불러야 할지 알 수 없었다. 이토록 깊은 피로와 원한에 사로잡힌 존재들을.

유령들은 K의 무능력과 실패를 탓했다. 이제 그들은 어디로 간단 말인가. 책이 되지 못한 이야기들은 사멸한다. 눈처럼 녹아 사라지는 것이다. 아무런 기척도 없이, 흔적도 없이, 처음부터 존재하지 않았던 것처럼. 그렇다면 이 모든 고통은 무슨 의미란 말인가? K는 왜 그들을 만들었나? 무엇이 그녀로 하여금 아무도 원치 않는 이야기, 아무데도 가닿을 수 없는 이야기를 쓰게 했나? 누가 그것을 승인했단 말인가?

속살거림은 십여 분간 지속되다가 사라져버렸다. 집안은 고요 속에 휩싸였다. 나는 주춤주춤 거실로 나갔다. 그때 어떤 한기가 느껴졌다. 그곳에 누군가 남아 있었다. K의 마지막 여자. 작품 속에서 단 한 번도 깨어나지 못하고 정물처럼 누워만 있던 여자. 그 여자는 긴 스커트 아래서 뭉개진 발을 질질 끄는 것 같은 걸음으로 작업실 안을 돌아다니고 있었다. 나는 그 여자의 검게 그을린 발, 덜덜 떨리는 두 손, 벌어진 입에서 흘러나오는 침, 일그러진 눈을 정면으로 바라보았다. 그리고 숨을 삼키며 물러섰다. 여자는 나였다. K는 나를 본떠서 여자를 그린 것이다. 여자는 나의 얼굴을 하고 있었다.

여자의 발이 바닥을 스치는 소리가 아주 가까이서 들렸다. 한기가 밀려오고, 또 밀려갔다. 신음과 흐느낌이 귓속을 파고들었다. 나는 두려워서 질끈 눈을 감았다. 분열을 피하기 위해, 필사적으로 생각을 붙들었다. 나를 구해줄 것, 마음을 붙일 만한 것, 진짜 삶이라 불리는 것들을 떠올려보았다. 가령 캠핑장의 하늘, 모형 비행기, 아이들의 웃음소리 같은 것들. 하지만 그것들은 전부 나와 무관하게 느껴졌다. 그것들을 떠올려도 아무 감정을 느낄 수 없었다. 나는 주인 없는 방처럼 텅 빈 나의 내면을 바라보았다.

눈을 떴을 때 여자는 사라지고 없었다. 멀리서 천둥소리가 들렸다. 나는 벽에 붙은 시계를 보고 새벽 여섯시가 넘은 것에 깜짝 놀랐다. 눈을 감고 잠깐이 지나간 것 같은데 무슨 영문인지 알 수 없었다. 나는 비틀비틀 방으로 돌아가서 침대 머리맡에 두었던 장편소설 원고를 찾아보았다. 전날 밤까지 내가 들고 읽었던 그 원고 뭉치는 어디에도 없었다.

창밖이 희부옇게 밝아올 때쯤 빗소리가 들렸다. 나는 뻣뻣하게 굳은 허리를 펴며 자리에서 일어났다. 창문을 열자 정말 비가 내리고 있었다. 나는 잠시 그 비를 바라보다가 주섬주섬 겉옷을 입었다. 밖으로 나가서 좀 걷고 싶었다. 땅을 밟고, 새로운 공기를 마시고, 살아 있는 사람과 개와 나무를 봐야 했다.

빌딩이 늘어선 길을 몇 블록 걸어가자 안개 낀 천변 길이 나왔다. 길을 걷는 사람은 한 명도 보이지 않았다. 빗줄기가 점점 더 굵어졌다. 나는 우산을 쓰고 하천의 물이 거세게 떠내려가는 것을 보며 흙길을 걸었다.

머릿속이 하얗게 부풀어오르는 것 같았다. 좀처럼 제대로 된 생각을 하기 힘들었다. 요의가 느껴졌고 점점 더 심해졌지만, 주변에는 화장실이 하나도 없었다. 참다 참다 마침내 더 참을 수 없는 지경이 되었을 때 나는 급히 풀숲 사이로 들어갔다. 우산으로 앞을 대충 가리고 바지를 내렸다. 엉덩이에 비를 맞으며 세찬 오줌 줄기를 내질렀다. 일을 다 본 후 바지를 추스르고 일어나는데 뭔가가 옆에서 튀어오르는 것을 보았다.

개구리였다. 지후의 주먹만한 초록색 개구리가 발치에 있었다. 눈으로 보고 있으면서도, 그것이 살아 있는 개구리라는 것을 믿을 수 없었다. 꼭 인형 같았다. 하지만 인형이 아니었다. 파충류

특유의 반질반질한 녹색 피부가 숨을 쉴 때마다 부풀어올랐다. 놈은 유리알 같은 눈으로 나를 빤히 보고 있었다. 나는 허리를 숙이고, 두 손으로 놈을 잡았다. 차갑고 축축한 촉감. 표면은 생각보다 거칠거칠했다. 손안에서 끈적거리는 것이 흘러내리더니 다음 순간 날카로운 격통이 느껴졌다. 흠칫 놀란 나는 두 손을 벌렸다. 놈은 순식간에 땅으로 착지했고, 허공으로 풀쩍풀쩍 뛰어갔다. 나는 개구리가 완전히 사라질 때까지 그 모습을 지켜보았다.

나는 아까 내던졌던 우산을 다시 썼다. 이제 어디로 가야 할지 알 수 없었다. 갑자기 주변이 넓어진 것 같았다. 다른 사람들은 일요일 아침에 뭘 하는지 궁금했다. 대개는 아늑한 침대에서 아직 잠을 자고 있을 것이다. 나는 그들의 안락함, 천진함, 따뜻함이 부러웠다. 나에게도 그런 잠이 필요했다. 하천의 세찬 물살 밑으로 돌이 구르는 소리가 들렸다. 깊은 땅속에 있을 K가 떠올랐다. 다시는 그녀의 작업실에 갈 수 없으리라는 생각이 들었다. 그러자 마음 한편이 견딜 수 없이 아려왔다. 비가 그치고 해가 뜨도록 나는 그곳에 서 있었다. 누군가 봤다면 정신 나간 사람이라고 여겼을 것이다. 나는 상관하지 않았고, 결심이 선 뒤에야 천천히 그곳을 떠났다.

| 작가노트 |

작업실의 유령

언제든 갈 수 있는 빈방이 있다는 것은 참 좋습니다. 그곳에서 스스로가 원하는 존재가 될 수 있다면 더할 나위 없지요. 제게도 바로 그런 방 — 작업실이 있습니다. 하지만 지난 몇 년간 코로나19 바이러스 이슈에 아이들과 발이 묶이면서 좀처럼 작업실에 나갈 수가 없었습니다. 간혹 나갔다가도 두세 시간 만에 집에서 걸려온 전화를 받고 돌아갈 때가 더 많았어요. 그 방을 떠날 때면 늘 아쉬움에 애가 탔습니다. 쓰다 만 이야기를 애인처럼 버려두고 집에 돌아가면서, 종종 발을 헛디뎠습니다. 이 소설은 바로 그 정념에 대한 이야기입니다. 쓰다 만 이야기, 불발된 애정이 얼마나 깊은 원한을 품고 있는지에 대한 회고입니다.

지금 저는 작업실 책상에 앉아서 이 글을 쓰고 있습니다. 제 왼편 벽에는 다락이라 해도 좋을 만한 크기의 공간이 있습니다. 사람 두세 명이 들어가 앉기에도 넉넉한 공간이에요. 처음 이 방을 얻었을 때는 어쩐지 기분이 으스스해서, 매일 그 안을 확인하곤 했습니다. 지금은 그러지 않아요. 종종 저 안에 누가 살고 있을지도 모른다는 상상을 합니다. 오후에 제가 손을 털고 집으로 돌아가면 누군가 저 안에서 끙 소리를 내며 허리를 펴고 나오는 것입니다. 바닥으로 훌쩍 뛰어내린 그는 제가 없는 방에서 마음껏 돌아다니며 제 책이며 노트북 따위를 건드리겠지요. 정말 그렇다고 해도 어쩔 수 없는 일이라고 생각합니다. 이 공간은 너무 자주 비워져 있으니까요. 저는 그를 '작업실의 유령'이라고 부릅니다. 이 소설을 처음 쓰기 시작할 때 붙여둔 제목이 바로 그것이었지요. 그의 존재가 탐탁지는 않으나, 지금은 이대로 시간이 가기를 기다릴 수밖에 없습니다. 언젠가 제가 온전히 이 공간을 차지하게 되는 날이 오면 그가 알아서 자리를 비워주리라고 믿고 있습니다.

| 리뷰 |

'아무도 원치 않는 이야기'의 강렬함

정홍수(문학평론가)

겉보기에 평온한 가정의 여성이 일상의 구속과 무력감으로부터 탈출하는 이야기는 특히 지난 1990년대 한국 소설에서 분출하듯 터져나왔다. 돌아보면 거대 담론의 재정의와 조정 차원에서든 미시적 생활 정치의 새로운 국면에서든, 혹은 억압된 것들의 귀환이라는 의미에서든 그 이야기들의 도착은 여러모로 필연적이었다. 그러나 결혼을 비롯한 가족 환경의 급격한 변화, 젠더 의식의 심화와 확장을 배경으로 여성 주체의 글쓰기가 전면화되면서 존재 증명의 탈출 서사는 훨씬 더 고단하나 자립적이고 실제적인 생활의 세목과 젠더적 생존의 투쟁 이야기에 빠르게 자리를 내주게 된 듯하다. 예전의 탈출 서사들은 이제 얼마간 낭만적으로 보일 지경이다.

정한아의 「일시적인 일탈」은 여성이 자신의 존재, 정체성을 찾고 회복하려는 모색과 방황의 전형적인 서사 구조를 갖고 있는데, 여기에 이른바 '소설가 소설'이라는 오래된 형식이 함께하면서 마치 의도적인 시대착오를 감행하고 있는 것처럼 보인다. 그러나 어느 면 익숙한 외피를 두른 채 일상의 보고에 집중하던 소설은 어느 시점부터 사실과 환상의 경계를 넘나들며 폭주하듯 나아간다. 말이 안 되는 행동과 상황이 걷잡을 수 없이 불어나는데도 우리는 어느 순간 이야기가 밀어붙이는 환상에 기꺼이 동승하게 되고 그 환상 안에서 인물의 혼란과 불안, 방황을 전혀 새롭게 바라보게 된다. 더불어 묻게 된다. '나'가 아이의 유치원 학부모로 만났던 K라는 소설가는 존재하긴 했던 것일까. K는 처음부터 '나'의 불안이 지핀 환상의 인물이 아니었을까. 아니, 거꾸로 '나'야말로 K가 쓰는 소설 속 상상의 인물은 아닐까. 그리고 이 질문들에 책이 되지 못하고 유령으로 떠도는 소설 속 인물들의 항변이 가세한다.

> 책이 되지 못한 이야기들은 사멸한다. 눈처럼 녹아 사라지는 것이다. 아무런 기척도 없이, 흔적도 없이, 처음부터 존재하지 않았던 것처럼. 그렇다면 이 모든 고통은 무슨 의미란 말인가? K는 왜 그들을 만들었나? 무엇이 그녀로 하여금 아무도 원치 않는 이야기, 아무데도 가닿을 수 없는 이야기를 쓰게 했나? 누가 그것을 승인했단 말인가?(162~163쪽)

'아무도 원치 않는 이야기' '아무데도 가닿을 수 없는 이야기'

는 실패한 소설의 이야기, 소설가의 좌절과 절망에 국한되는 이야기인가. 무의미의 세상에서 방향과 지도를 찾는 우리 모두의 탄식에까지 가닿는 이야기인가. 그렇다면 여기에 쓰여진 것들은 혹 '처음부터 존재하지 않았던 것처럼' 사라져갈 우리의 이야기는 아닌가.

소설은 K의 죽음 이후부터 전혀 다른 서사의 흐름과 문장의 결을 보여준다. 사실은 K의 죽음부터가 급작스럽고 이상하기 그지없다. "K는 그해 가을에 죽었다. 친구를 만나러 가다가 도로에 인접한 상가 건설 현장에서 골재 야적물이 붕괴되어 변을 당했다. 순식간에 무너진 5톤짜리 먼짓더미가 그녀를 덮쳤다. 당시 K는 출판사 편집자와 통화중이었다." 너무 느닷없는 죽음이기도 하지만, 죽음의 정황에 대한 기술도 모호하다. 마치 일어나지 않은 허구의 죽음을 보고하는 것 같다. 그 '친구'는 이 대목 말고 소설 어디에서도 언급되지 않는다. '5톤짜리 먼짓더미'는 또 무엇이란 말인가. 장례식장에서 만난 K의 어머니가 '나'에게 K의 작업실을 계속 써도 좋다고 말했다는 대목에 이르면("전세 만료까지는 일년 남짓 기한이 남아 있었다. 그녀의 가족들은 당장 그곳을 정리하고 처분할 여력이 없는 듯했다"), 소설이 사실적인 인과의 구축에 그다지 관심이 없다는 게 드러난다. 동시에 소설이 정말 자신의 욕망을 드러내는 곳도 바로 이즈음이다. K의 가족들이 작업실을 정리할 여력이 없는 듯하다는 믿기 힘든 말에 바로 이어지는 대목을 보자.

나 역시 K가 죽은 이후 한동안 충격에서 벗어나지 못했다. 집에서 아이들과 남편을 봐도 좀처럼 현실감을 찾을 수 없었다. 술이나 약을 먹지 않으면 제대로 잠을 자지 못했다. 그것은 과도한 애도였다. 어쩌면 K와 그다지 상관없는 애도였을지도 모른다. 나는 밤마다 허공을 바라보며 새파랗게 깨어 있었다. 먼지 무더기에 압사당하는 순간을 생각하고 또 생각했다.(150쪽, 강조는 인용자)

진실이 누설되는 순간이다. 그러니까 '나'의 과도한 고통은 어디서 말미암은 것일까. K가 (글을 쓰고 싶은) '나'의 욕망이 빚어낸 환상이 아니라면 설명하기 힘든 지점이다. 그러고 보면 K의 존재가 허구이자 환상이고, K의 작업실이 실은 '나'가 가족 몰래 마련한 공간이라는 암시가 없었던 것도 아니다. K는 '나'에게 자신의 작업실을 캘리그래피 작업을 위한 공간으로 쓰라고 권하면서 이렇게 말한 바 있다. "물론 어디서나 일할 수 있죠. 저희 집에도 빈 테이블이 몇 개나 있어요. 그래도 전 일주일에 며칠이라도 이곳에 나와 있는 시간이 좋아요. 식탁에서 먹을 갈고 싶지는 않으니까요." 여기서 K는 '먹을 간다'는 표현을 글쓰기의 환유로 쓰고 있는 게 아니라, 정확히 먹과 물감을 사용하는 '나'의 캘리그래피 작업을 가리키기 위해 쓰고 있었던 것은 아닌가. '나'가 돈벌이 겸 취미생활로 집중하고 있는 캘리그래피란 결국 글쓰기를 향한 갈망의 변형태일 테다. 죽은 K의 작업실을 쓰게 되면서 '나'가 처음 한 일은 K의 첫 책, 첫 단락을 캘리그래피로 옮겨 적는 것이었다("그녀의 책을 읽고 그것을 옮겨 쓰는 일. 나는 그 일이 나를 그간의 무력감에서 구해내리라 믿었다"). 그러나 상황은 변한다. 캘리그래피 작업 계획은 슬그머니 사라져버린다.

K의 책에는 예쁜 글씨로 기록할 만한 문장이 없었다. 한 부분을 잘라내서 떼어놓으면 뜻이 모호해지는 문장들뿐이었다. 굳이 기록하고 싶다면 책의 전부를 통째로 옮겨야 했다. 실제로 그럴 생각을 해보기도 했으나 도무지 엄두가 나지 않았다. 그보다는 책을 읽는 편이 훨씬 더 좋았다.(152~153쪽)

책의 전부를 통째로 옮기는 일은 한 편의 작품을 쓰는 일이다. 읽기는 그 준비다. 그러나 '나'의 읽기-쓰기는 실패할 수밖에 없다. K라는 환상이 정확히 가리키고 있는 지점이다. 문제는 무엇이었을까. 모르겠다는 것. 결혼하고 아이를 키우고 생활을 꾸려가는 것으로는 채워지지 않는 무언가가 있다. 평온한 생활이 그 자체로 가리고 있는 것이 있다. 그러니까 K가 마지막까지 쓰다가 서랍 속으로 들어가버린 소설에서 남편은 두 발에 불이 붙은 채 깊은 잠에 빠져 있는 아내를 보고 있지 않던가.

나는 그 소설의 주인공이 남편이라고 생각했었다. 하지만 그것은 아내의 이야기였다. 자신을 향한 증오와 악의를 가늠하지 못한 채 잠든 여자, 몸에 불이 붙은 뒤에도 깨어나지 못하는 여자. 그 유령이 바로 여기 있었다.(162쪽)

그 유령 같은 여자는 누구였나? "여자는 나였다. K는 나를 본떠서 여자를 그린 것이다. 여자는 나의 얼굴을 하고 있었다." 그 순간 '나'는 두려움 속에서 자신을 구해줄 어떤 것, 마음을 붙일 만한 것, 진짜 삶이라 불리는 것들을 맹렬히 떠올려보지만 텅 빈 공허와 마주칠 뿐이다. '진짜 삶'이야말로 환상인 까닭이다. 정한아의 「일시적인 일탈」은 그 환상을 거부하지 않고 적극적으로 껴안고 가로지르는 여성의 이야기다. 환상의 경로는 일상의 풍경을 벗어나지 않되 인과적 단절과 공백을 포함하며 성큼성큼 나아간다. '불신의 정지'는 순식간에 일어나고, 예상치 못한 상황의 전개는 강렬한 서사적 밀도를 뿜어낸다. 환상의 주체와 대상이 모호해지는 지점에서 이야기의 여백은 활성화되고 글쓰기와 관련된 욕망과 실패의 이야기는 좀더 넓은 주제로 확장된다. '아무도 원치 않는 이야기' '아무데도 가닿을 수 없는 이야기'를 쓰고 살아가야 하는 운명은 삶이라는 환상과 씨름하는 우리 모두의 이야기가 된다.

K는 말한 바 있다. "아무리 고쳐써도 완성에 이르지 못하는 작품들이 있다고. 그 작품들은 결정적인 뭔가를 갖추지 못하고 있는데, 바로 여백이다. 여백이 없다면 좋은 이야기가 될 수 없다." 이 소설로 말하자면, 여백은 '나'가 쓸 수 없는 K, 그리고 K가 쓰지 못한 '나'의 이야기 사이에 있을 것이다. 혹은 공포의 기원, 쏟아지는 빗속의 천변에 나타났다 사라진 개구리의 알 수 없는 이물스러움에 있을 것이다. 다시 한번 무지 앞으로 돌아가는 것, 그것이 '일시적인 일탈'이 가닿을 수 있는 최대치라면 이 이야기는 참으로 정직하고 강렬하다.

문지혁

우리가 다리를 건널 때

작가노트

언덕 위의 요새

리뷰 | 정영문

삶의 곳곳에 있는 균열

문지혁

2010년 네이버 '오늘의 문학'에 단편 「체이서」를 발표하며 데뷔. 소설집 『사자와의 이틀 밤』 『우리가 다리를 건널 때』, 장편소설 『체이서』 『P의 도시』 『비블리온』 『초급 한국어』가 있다.

우리가 다리를 건널 때

1

거기서 아야를 만날 거라고는 생각지 못했다.

로고가 선명한 초록색 앞치마를 두른 동양계 직원에게 아이스 아메리카노를 주문하고 돌아서는 순간 누군가 포트 리 스타벅스의 유리문을 열고 들어왔고, 눈이 마주쳤는데 그게 하필 아는 사람이었다. 그때 카페에는 햇빛이 쏟아져들어와 모든 것을 역광의 그늘 속에 가둬두고 있었다. 나는 주변 사람들을 관찰하면서 다니는 사람이 아니므로 만약 아야가 무표정하게 지나쳤다면 알아보지 못했을지도 모른다. 내가 아야를 발견했다기보다는 아야의 놀란 표정이 나를 낚아챘다고 말하는 게 더 정확했다.

“원래 퀸스에 산다고 하지 않았어?”

잠시 후 휘핑크림이 올라간 콜드 브루를 들고 내 테이블에 앉은 아야는 고개를 끄덕이더니 손가락으로 머리 뒤쪽 어딘가를 가리키며 포트 리에 사는 친구 집에 하루 묵었다 가는 길이라고 했다.

"커피 한잔 마시고 학교 들어가려고 했는데."

움직이는 아야 입술에 하얀 크림이 조그맣게 묻어 있었다.

"여기서 어떻게 가려고?"

"스패니시 버스 있잖아. 다리만 건너면 지하철역이니까."

"나랑 목적지가 같네."

아야는 되물었다.

"너도 맨해튼으로 들어갈 거니?"

나는 고개를 저었다.

"아니, 다리에 갈 거야."

아야는 순간 그게 무슨 소리냐는 표정으로 나를 잠시 쳐다보았고 나는 부연할 필요를 느꼈다.

"조지 워싱턴 브리지 말이야."

아야 입에서 에에, 하는 반응이 튀어나왔다. 무안하고 싶지 않아서였을까? 나는 충동적으로 말해버렸다.

"같이 갈래?"

2

확률에 관해 생각한다. 이를테면 포트 리의 카페에서 아는 사람을 만날 확률. 그것이 아야일 확률. 내가 이 시간 이곳에 오게 될 확률과, 아야가 내가 오기 전이나 떠난 후에 오지 않고 정확하게 주문하고 있는 시간에 올 확률. 눈이 마주치고 서로를 알아볼 확률. 내가 다리에 가자고 말할 확률과 아야가 그것을 수락할 확률. 아야와 내가 각각 도쿄와 서울에서 태어날 확률. 삼십여 년 뒤 뉴욕에서 만날 확률. 하나의 다리가 지어지거나 무너질 확률. 하나의 사건이 일어날 가능성. 모든 종류의 경우의 수. 그러니까 우리는 무한에 가까운 확률을 뚫고 하나의 사건에 이르러 지금 마주보며 함께 커피를 마시고 있다……

아야는 딱히 친구라고 부를 만한 사람이 없는 이 도시에서 친구라는 호칭이 어울리는 한 사람이었다. 우리는 대학에서 외국어를 가르치는 일을 하고 있었고(물론 그녀는 일본어, 나는 한국어), 비정규직이자 외국인 노동자였으며(그놈의 파트타임 논-레지던트 에일리언), 예술가적 자의식을 어딘가에 숨긴 채 생활인처럼 꾸역꾸역 일상을 살아내는 일종의 위장 예술가(완벽하지는 않지만 절박한 카무플라주—나는 소설가, 아야는 시각예술가)라는 공통점을 지니고 있었다.

물론 이것은 아야와의 관계를 재구성하고 있는 지금의 내가 하는 말이고, 당시 우리는 초급 외국어 수업의 고충과 이상한 학생들, 끝나지 않는 학기와 비정규직 강사 노조 가입 문제, 학과 근처에 새로 생긴 젤라또 가게의 최애 메뉴 같은 것들에 대해 이런 저런 이야기를 나눌 뿐이었다. 이야기의 세부들이 다 기억나지는 않지만 늘 그랬듯 아야는 벽돌처럼 너비와 높이가 일정할 것만 같은 정갈한 영어로 자신의 의견을 표현했다. 어딘가 부서지고 삐뚤빼뚤한 자갈 같은 내 영어와는 결이 달랐다.

마침내 어떤 대화인가를 그녀가 버릇처럼 덧붙이는 "곧 알게 되겠지We'll see"라고 끝냈을 때 나는 곧바로 말했다.

"그래, 우리는 다리를 보게 될 거야Yes, we'll see the bridge."

그러자 아까는 웃음으로 대답을 건너뛰었던 아야가 물었다.

"다리 얘기, 진짜야?"

"그럼."

"왜 가는데?"

"걸어서 건너보려고."

"지나가는 게 아니라 걷는다고?"

"맞아. 같이 갈래?"

"왜 그러는 건데?"

"같이 가면 말해줄게. 궁금해?"

아야는 포기한 것 같은 미소를 짓더니 창밖으로 고개를 돌렸다.

"곧 해가 지겠네."

3

미국독립전쟁 당시 보스턴 포위전을 경험한 대륙군 총사령관 조지 워싱턴은 시선을 아래로 돌려 뉴욕과 허드슨 계곡 방어에 힘을 쏟기 시작한다. 영국군이 강력한 해군력을 바탕으로 허드슨강을 장악하려 했기 때문이다. 1776년 여름 조지 워싱턴은 머서 장군에게 가능한 모든 병력을 소집하여 허드슨강 서쪽에 새로운 요새를 세우라는 지시를 내리는데 그곳이 바로 아야와 내가 앉아 있는 포트 리Fort Lee다. 처음에는 포트 컨스티튜션Fort Constitution이었다가 나중에 뉴욕 방어에 힘을 보탠 찰스 리 장군의 이름을 따서 포트 리가 된 이 요새는 강 건너 맨해튼섬 북쪽에 위치한 포트 워싱턴Fort Washington과 마주보는 쌍둥이 요새였다. 조지 워싱턴은 강을 사이에 둔 양쪽 요새에서 대포를 쏘아 영국 해군을 제압하려 했고, 이 전략은 처음에 꽤 그럴듯해 보였다. 강에는 배를 일부러 침몰시켜 만든 장애물까지 솟아 있어 더 그랬다.

그러나 세상의 많은 일이 그렇듯 전황도 워싱턴의 뜻대로 움직이지는 않았다. 허드슨강 침투가 어려워지자 영국군은 삼만 명이 넘는 병력을 움직여 뉴욕의 가장 동쪽인 롱아일랜드에 상륙, 서쪽으로 천천히 진군해오기 시작했다. 결국 그해 11월에는 맨해튼의 포트 워싱턴마저 영국에 넘어갔고, 워싱턴은 남은 병력과 함께 강을 건너 포트 리로 대피했다. 그의 부대는 언덕 위 야영지에 오두막을 세우고 돌을 깎아 화덕을 만들었다.

강 너머로 맨해튼이 건너다보이는 포트 리의 월세 1250달러짜리 스튜디오에서 잠들거나 일어날 때면 나는 이따금 남쪽으로 퇴각을 앞두고 있던 조지 워싱턴 부대에서 피어올랐을 연기와 음식 냄새를 상상했다. 이백여 년 전 같은 장소에서 잠들고 깨어났던 젊은이들에게 미래라는 단어가 어떤 느낌으로 다가왔을지를 생각하면 막막한 내 미래에 대한 걱정이나 염려 같은 건 사소하고 가벼워 보였다. 적어도 나는 목숨의 위협을 느끼며 한밤중에 군장을 싸서 남부 뉴저지로 후퇴해야 하는 처지는 아니니까.

이런 얘길 했더니 아야는 고개를 끄덕였다. 나는 덧붙였다.

"물론 나에게도 북쪽에서부터 밀고 내려오는 영국군만큼이나 무서운 게 있기는 해. 논문 데드라인."

"언제까지라고 했지?"

"이번주 금요일."

"일주일 남았네."

"비즈니스 데이로 치면 5일이지."

"잘돼가?"

"대륙군과 크게 다르지 않아."

"그래도 도망가지는 마. 조지 워싱턴이 여기서 맞서 싸웠다면 어땠을까?"

"몰살됐겠지, 아마."

아야는 내 말에 씩 웃으며 짐을 챙기더니 일어나며 말했다. 후 노우즈? 나는 그녀를 따라 일어서며 아이 노우, 라고 작게 말했지만 아야는 듣지 못한 것 같았다.

4

스타벅스를 나와 길 건너 다리 입구를 찾으면서 나는 포대가 설치된 포트 리 언덕 야영지에서 황당한 표정으로 다리를 내려다보고 있을 조지 워싱턴을 상상했다. 조지 워싱턴조차 포트 리와 포트 워싱턴이 있던 자리에 백오십 년 후 자신의 이름을 딴 거대한 철제 다리가 세워질 거라고는(그리고 두 지점이 정확히 연결될 것이라고는) 예상치 못했을 것이다. 20세기 말에 각각 서울과 도쿄에서 태어난 남녀가 이제 막 그 다리를 두 다리로 걸어서 건널 예정이라는 것도.

뭔가 잘못되고 있다는 느낌을 받은 건 계단을 오르면서부터였다. 철제문을 열고 다리로 올라가는 통로를 찾았을 때 뒤돌아 본 아야의 얼굴에는 황당한 표정이 떠 있었다. 아 유 시리어스? 아야는 물었다. 늦지 않았어. 지금이라도 그만둘 수 있어. 그녀는 "유 캔 큇 애니타임"이라고 말했고 그 짧은 문장 속 '큇'이라는 단어가 나를 건드렸다. 노. 나는 대답했다. 계단을 오르면서는 반복해서 중얼거렸다. 네버. 네버. 나는 뒤늦게 생각났다는 듯이 아야에게 물었다.

"걸어서 다리를 건너본 적 있어?"

"그럴 리가. 버스도 있고 자동차도 있는데 굳이 왜?"

아야는 아래에서 위로 소리치듯 대답했다.

"나는 있어."

"여기서?"

"아니, 한국에서."

몇 분 뒤 우리는 다리 위에 올라와 있었다. 철문 너머로 조지 워싱턴 브리지의 어퍼 레벨이 시작되는 것이 보였다. 10월인데도 학교 마크가 그려진 후드티 속으로 땀이 흘렀다. 북쪽에서 바람이 불어와 열기를 식혀주는 동안 색색의 차들이 다리 위로 속속 진입했다.

"한국 사람들한테는 일반적인 거야? 다리를 걸어서 건너는 게?"

"그렇진 않아."

"그럼 왜 이러는 거야? 말해준다고 했잖아."

"논문 때문이야."

"논문?"

아야는 살짝 얼굴을 찡그렸다.

5

나는 성수대교에 관한 논문을 쓰고 있었다. 정확히 말하면 1994년 일어난 성수대교 붕괴 사고가 서울의 도시적 성격을 어떻게 변화시켰는지에 관한 논문이었다. 문학을 공부하러 유학까지 와서 왜 도시공학에 더 가까운 주제를 졸업논문으로 고르게 되었는지는 나도 의문이었지만, 핑계를 대자면 아카데믹 어드바이저 때문이었다. 논문 프러포절을 상담받는 자리에서 나는 1)카프카에 관한 주제(『성』에 나타난 카프카적 모호함과 미로의 모티프)와 2)아시안 이민 작가에 관한 주제(하 진과 이윤 리의 작품에서 드러나는 등장인물의 아시안 정체성 비교)를 하나씩 뽑고 나서 그래도 숫자 3을 채워야 할 것 같아 구색 맞추기로 3)성수대교 이야기를 끼워넣었는데 하필 어드바이저는 마지막 주제가 제일 좋다고 했다. 그렇지만 전 문학 전공인데요, 하고 말끝을 흐리니까 그녀는 일곱 개쯤 되는 피어싱 귀걸이를 매만지며 말했다. 뭐, 어차피 박사 논문도 아니잖아?

도시공학을 전공한 핀란드계 논문 지도교수는 내가 찾아갔더니 격하게 환영했다. 성수대교 붕괴 사고는 자신도 잘 알고 있으며, 도시공학에서 많은 사람이 관심을 갖는 주제지만 한국에서 온 네가 쓴다면 새로운 시각을 만들어낼 수 있을 것 같다고도 했다. 하지만 이 주 후 내가 프러포절을 발전시킨 초안을 들고 가자 그는 고개를 갸우뚱하며 말했다.

"이건 논문이 아니라 소설인데."

어떤 면에서 그의 지적은 정확했다. 나는 소설도 쓰고 있었기 때문이다. 성수대교 붕괴 사고로 무학여고에 다니던 첫사랑을 잃은 주인공이 타임슬립을 통해 사고 전날인 1994년 10월 20일로 돌아가 그녀를 구하는 이야기. 그땐 뭐가 어떻게 후진지도 모르고 그걸로 800매 넘는 장편소설을 쓰던 중이었다. 바탕이 되는 내 체험이 너무 강렬했기 때문이었다.

당시 나는 강북에서 강남으로 등하교를 하던 중학생이었고, 실제로 그날 아침 가까스로 살아남았다. 성수대교를 지나는 버스가 아니라 동호대교를 건너는 지하철을 선택했기 때문에. 무슨 이유에선지 지하철에는 사람이 많았고, 그래서 버스를 타지 않은 것을 후회했으며, 다리를 지날 때 늘 창밖으로 보이던 성수대교는 내가 한강을 건널 때까지는 멀쩡했다. 학교에 가기 위해서는 고속터미널역에서 내려 마을버스를 타야 했는데 버스를 오래 기다렸던 건지 배가 아팠던 건지 잘 생각나지 않는 이유로 그날 나는 지각을 했고, 학교에 도착하자마자 교무실로 호출당했다. 담임은 나를 보자마자 엎드리라고 말한 다음 항상 들고 다니는, 끝을 잘라낸 하키 스틱으로 엉덩이를 다섯 번쯤 내리쳤다. 지각이 그렇게까지 잘못한 일인가, 쓰라린 엉덩이를 잡고 억울해하며 일어섰을 때 담임은 씹던 껌을 뱉듯 말했다.

"죽은 줄 알았잖아, 새끼가."

나중에 알고 보니 학교에서는 그날 아침 사고가 나자마자 반별로 강북에서 통학하는 학생들을 조사했고, 그중 그때까지 등교하지 않은 학생들은 따로 분류해서 교무실에서 자체적으로 생사 확인을 하던 중이었다. 교실로 돌아가보니 모두 천장에 달려 있는 뚱뚱한 CRT 텔레비전을 쳐다보고 있었다. 브라운관 속에서는 다리 조각 하나가 한강 위에 뗏목처럼 떠 있었다. 아이들은 뒤늦게 등장한 나를 귀신 보듯 바라보았다. 누군가 소리쳤다. 야, 이 새끼 안 죽었네?

6

경험을 소설로 만드는 건 쉽지 않은 일이다. 경험을 논문으로 만든다는 것 역시 불가능에 가까운 일이다. 애초에 소설과 논문은 같은 영역에 있지 않지만 그래도 그 둘이 같은 차원(글쓰기)이기는 하다면 경험은 아예 다른 차원(실재)의 일이니까. 삼각형이나 사각형이 서로의 같고 다른 점을 아무리 비교 대조한다 해도 둘은 결코 정육면체를 이해할 수 없다. 나는 성수대교 붕괴 사고를 말하기 위해 그것을 가득 채우고 있는 내 주관적 경험과 감각을 객관적 사실과 역사적 자료들로 바꿔 넣어야 했고, 그러기 위해 한국전쟁, 근대화, '빨리빨리', 강북과 강남, 달동네, 조선왕조, 풍수, 왕십리와 무학대사, 한강의 기적, 박정희, 트러스 구조, 대국민 사과, 교차 배정 금지, 애프터매스 같은 단어들이 필요했다. 하지만 밤이 되면 논문에 옮겨지지 못한 것들, 잔여물처럼, 아니 무너진 다리 상판처럼 내면의 강물 위를 떠다니는 무엇들이 눈에 들어왔고 나는 잠들지 못한 채 어떻게 하면 이 남은 것들로 소설을 만들 수 있을까를 고민하곤 했다. 당연히 논문은 논문대로, 소설은 소설대로 풀리지 않았다. 잘못된 짝을 만난 이인삼각을 억지로 이어가는 기분이었다. 게다가 내가 건너가야 할 다리는 저 앞에서 이미 끊어져 있다……

논문보다 소설이 먼저 완성된 것은 그래서 어쩌면 다행스러운 일이었다. 몇 년째 비공식적으로 내 소설을 종종 봐주던 편집자이자 친구 D에게 817매짜리 초고를 보냈더니 일이 많았다며 일주일 만에 답장이 왔다. 이메일 말미에서 그는 말했다.

"근데 있잖아, 소설은 논문이 아니야. 이런 걸 누가 읽겠어?"

7

이 이야기는 아야에게 다 하지 못했다. 하고 싶은 말을 영어로 옮기는 일의 아득함 때문만은 아니었다. 나는 성수대교 이야기와 내 논문이 그 주제를 다룬다는 사실, 관련된 소설을 쓰고 싶다는 정도에 대해서만 겨우 말했다. 물론 등에 짊어진 가방 속에 며칠 전 인쇄한 소설 초고 전체가 들어 있다는 사실도 말하지 않았다. 지나가는 자동차들의 소음이 너무 커서 우리는 목소리를 조금씩 높여야 했다.

"그 다리는 지금 어떻게 됐어?"

"그대로 있어."

"그대로 있다고? 무너졌다면서?"

"다시 지었지. 그 자리에 그대로. 더 좋아졌어. 원래 4차선이었는데 8차선이 됐거든."

"말도 안 돼."

아야는 믿을 수 없다는 표정으로 고개를 저으며 말했다. 토털 난센스. 아야는 새 성수대교를 그렇게 불렀다. 그러더니 그녀는 그라운드 제로와 프리덤 타워에 대해 이야기했다. 월드 트레이드 센터 두 개가 무너진 자리를 대신하고 있는, 영원히 사면에서 물이 아래로 흘러 떨어지는 커다란 두 개의 정사각형 반사못에 관해 이야기했다. 9월 11일에 죽은 사람들의 이름이 새겨진 대형 비석과 생일이면 누군가 그 이름이 파인 자리에 꽂아두는 하얀 꽃에 대해서도 이야기했다. 그사이 트레일러 몇 대가 지나갔고 다리가 위아래로 흔들거렸다. 원래 이런 건가? 커다란 다리가 요동칠 때마다 나는 몸 안쪽에서 아드레날린이 분비되는 것을 느꼈다. 아야의 톤은 꽤 높아져 있었다.

"그날 넌 뭘 하고 있었어?"

아야가 물었을 때 머릿속에서는 별다른 노력 없이도 어떤 장면이 선명하게 재생됐다. 2001년 9월 11일 화요일 밤, 나는 군대에서 당직을 서고 있었다. 밤새 틀어놓는 당직실 텔레비전에서 월드 트레이드 센터를 들이받는 비행기를 목격했다. 한 대, 그리고 또 한 대. 너무 비현실적인 장면이라 도통 실감이 나지 않았다. 뻔한 재난 영화의 한 장면처럼 느껴졌다. 내 뒤에서 라면을 먹던 당직사관은 탁 소리가 나게 젓가락을 내려놓으며 말했다. 씨발, 이러다 전쟁 나는 거 아냐? 그 순간 나는 현실로 돌아와 다음다음 날로 예정된 휴가를 걱정하기 시작했다.

결국 휴가는 취소되었고 전쟁은 시작됐다. 그 전쟁이 이후 이십 년 동안 아프가니스탄에서 지루하게 이어질 거라고는 아직 아무도 알지 못하던 때였다.

"군대에 있었어."

나는 문득 그때 그 당직사관은 지금 어디서 뭘 하고 있을지를 생각해보았다. 돌이켜보니 그가 했던 말은 살아남은 사람, 아니

죽지 않을 사람만이 할 수 있는 말 같았다. 창문 속이 아니라 그림 밖의 존재. 다리를 다시 짓고, 꽃을 꽂아둘 수 있는 사람. 추모하지만 결코 영정 속으로는 들어가지 않을 사람.

"책갈피 같아, 그런 일들은."

아야가 말했다.

8

아야에게 책갈피는 2011년 3월에 끼워져 있었다. 당시 그녀는 이미 일본을 떠나 미국 시카고에서 시각예술을 전공하고 있었는데 나와 비슷하게 텔레비전으로 고국에서 일어나는 비극을 실시간으로 지켜봐야만 했다.

"학교 카페테리아에서 파스타를 먹고 있었어. 누가 CNN 뉴스를 틀어놨는데, 갑자기 밑에 NHK 자막이 뜨기 시작하는 거야. 왜 일본 뉴스 화면을 받고 있지? 심장이 먼저 뛰기 시작하더니 곧 브레이킹 뉴스 표시가 나타났어. M8.4 QUAKE HITS JAPAN. 우중충한 색깔의 바다에서 하얀 물결이 끊임없이 일어나고 있었어. 그래, 쓰나미. 파스타를 감아쥔 포크가 너무 흔들려서 순간적으로 나는 저 지진이 일만 킬로미터나 떨어진 시카고에까지 영향을 미치고 있는 건가 싶었어. 당연히 그럴 리가 없잖아? 아래를 내려다보니 나도 모르게 다리를 떨고 있는 거였어. 식탁이 흔들릴 만큼.

몇 분 안 되는 뉴스 속보가 진행되는 동안 앵커는 일본에 사는 특파원과 전화 연결을 하고 있었어. 보는 내내 나는 누가 저걸 찍고 있는지 궁금했어. 정확히는 불안했지. 쓰나미가 몰려오는 바다를 대체 누가 찍고 있는 거지? 지금처럼 드론이 쓰이기도 전인데 말이야. 헬기를 타고 누가 바다 위에 떠 있는 건가? 그렇다면 그 사람들은 안전한가? 특파원은 자신이 일본에 팔 년째 살고 있으며, 그동안 몇 번의 지진을 겪었지만 이번만큼 커다란 진동은 처음이었다고 말했어. 차분한 목소리에 비해 앵커는 흥분한 것처럼 들렸지. 앵커는 특파원 말을 못 알아들었는지 몇 번이나 반복해서 묻고 있었어. 그래서 당신은 거기 사는 건가요? 아니면 여행 중인가요?

어제 내가 잤던 친구네 집 있잖아. 그 친구는 나보다 늦게 미국에 왔는데 자기는 돌아갈 생각이 없대. 왜 그런지 자세히 설명해준 적은 없지만 나는 알 것 같아. 여기 사람들이 간혹 물어볼 때가 있어. 너와 네 가족은 괜찮았느냐고. 지진이 네 삶을 어떻게 바꿔놓았냐고. 글쎄, 거기 정확하게 대답할 수 있는 사람이 과연 있을까? 저기 포트 리 언덕에 사는 친구와도 지진 이야기는 깊이 나눠본 적 없어. 심지어 그 친구는 센다이 출신인데도 말야.

딱 한 번 친구가 지진 얘기를 해준 적 있어. 자기 마을에는 가장 높은 곳에 초등학교가 하나 있고, 거기 체육관이 공식 대피소래. 지진이 일어난 직후 마을 전체에 경보가 울렸는데, 주민들이 거의 다 체육관으로 집합했을 무렵에 칠십대 할머니 한 분이 울면서 들어오더라는 거야. 사연을 들어보니 할머니는 사십대 아들과 같이 사는데 아들이 따라오지 않겠다고 한 거야. 히키코모리라는 말 알아? 은둔형 외톨이. 아들은 히키코모리라서 이십 년 동안 밖에 한 번도 나가지 않은 사람이었대. 할머니가 곧 쓰나미가 몰려올 거라고, 집에 이대로 있으면 죽는다고 말했지만 듣지 않은 거지. 자긴 죽어도 상관없다고. 어머니만 가라고. 아무리 설득해도 말이 안 통하고, 그대로 있다가 같이 죽을 수는 없으니까 결국 할머니 혼자 대피소까지 올라온 거야. 마을 사람 몇몇이 지금이라도 내려가서 아들을 데려오겠다고 나섰지만 이미 너무 늦었지. 대피소 언덕 아래로 쓰나미가 보이기 시작했으니까.

다들 무겁고 숙연한 마음으로 밖을 내다보고 있었대. 그토록 잔잔했던 파도가 성난 괴물이 되어 고요했던 마을을 집어삼키는 모습을 무력하게 보고 있어야만 했겠지. 벽이 부서지고, 도로가 파괴되고, 자동차가 떠다니고, 집이 무너지는 광경. 어떤 쓰나미는 너무 강력해서 집들을 통째로 뜯어버리기도 했대. 마침내 모든 것이 지나가고 거짓말처럼 다시 고요가 찾아왔을 때 사람들은 체육관 밖으로 나갔지. 언덕 위 초등학교 운동장에는 마치 폐허를 옮겨다놓은 것처럼 쓰나미가 밀어올린 온갖 잔해와 쓰레기가 쌓여 있었대. 심지어 그중에는 집도 있었다는 거야. 그리고 누군가 체육관으로 들어와서 할머니를 찾기 시작했대. 오바아산! 오바아산!

할머니가 사람들과 함께 운동장으로 나가보니 거기엔 할머니가 살던 집이 쓰나미에 휩쓸려 도착해 있었대. 몇몇이 비스듬하게 기울어진 집에 올라가 문을 여니까 거기 아들이 있는 거야. 이 불을 뒤집어쓰고, 플레이스테이션을 품에 안고, 물에 흠뻑 젖은 채로."

9

맨해튼 쪽 다리 끝에 이르렀을 때는 해가 꽤 저물어 있었다. 아야와 나는 얼마 남지 않은 다리 앞에서 잠시 몸을 돌려 우리가 떠나온 뉴저지 쪽을 바라보았다. 북쪽에서부터 허드슨강을 따라 늘어서 있는 키가 큰 나무들이 노을보다 더 노랗고 붉게 물들어 있었다. 주황색과 보라색이 섞인 하늘을 떠받들고 있는 조지 워싱턴 브리지의 철골 구조물과 그 아래 철제 케이블들은 수채화 위에 어울리지 않게 덧입혀진 동양화의 검은 먹선처럼 보였다. 아야와 내가 이렇게 길게 이야기를 나눈 적이 있던가 생각하고 있는데 아야가 물었다.

"다리를 걸어서 건너면 논문이 해결될까?"

나는 아야를 쳐다보았고 그녀는 곧바로 두 손을 내밀며 노 오펜스, 아임 저스트 원더링이라고 답했다. 힐난하는 의미가 아니라는 건 나도 알고 있었다.

미국에 오기 전 새로 지은 성수대교를 걸어서 건넜던 날을 떠올렸다. 아마 그때도 막연히 소설을 쓰고 싶다고 생각했기 때문이었을 것이다. 현장에 가면 영감 같은 걸 얻을 수 있지 않을까 하는 기대였는지도 모르겠다. 하지만 실제로 걸어본 다리에서 내가 얻은 것은 시끄럽고 매연이 많고 중간에 초록색 '생명의 전화'가 설치되어 있다는 사실뿐이었다. 오늘 내가 원했던 건 뭘까? 역시 영감을 얻는 것이었을까? 소설을 위해? 아니면 논문을 위해? 어젯밤 고민 끝에 준비해온 '다리에서 원래 하려고 했던 일'은 왜 하지 않나?

"한 가지 확실한 해결책은 줄 수 있지."

"뭔데?"

아야는 흥미롭다는 얼굴로 물었다.

"여기서 뛰어내리는 거."

아야는 다시 한번 에에, 하면서 얼굴을 찡그렸다.

"재미없어."

그녀가 말했다.

"가장 아름다운 어느 봄날의 일요일 아침이었다"라는 문장으로 시작하는 프란츠 카프카의 단편 「선고」에는 페테르부르크의 친구에게 약혼 사실을 알리는 사소한 문제로 아버지와 갈등하는 아들이 등장한다. 말다툼 끝에 아버지가 아들에게 하는 말은 의외다. 이로써 나는 너에게 익사형을 선고하노라! 그러자 아들은 곧장 집을 빠져나가 정신없이 강가로 내달리더니 다리 위에서 난간을 넘어 아래로 뛰어내린다. 아들의 마지막 말은 이렇다. 부모님, 저는 언제나 부모님을 사랑했어요.

카프카의 개인사와 얽혀 자전적 이야기로 읽히는 이 소설은 그러나 실제로는 카프카가 주인공처럼 다리 위에서 몸을 던지지 않았기 때문에 쓰일 수 있었다. 소설이란 그런 것일까? 몸을 던지는 장면을 보여주되 실제로는 몸을 던지지 않는? 자살suicide이 아닌 스스로의 사형을 집행self-murder하는? 이쪽도 저쪽도 아닌 오직 '다리 위에서만' 머물러야 하는? 그러다 엉뚱한 곳으로 뛰어내려 끝내 검은 물속으로 사라지고 마는?

그런 생각을 하며 나는 난간 아래를 한동안 내려다보았다. 강물은 강물의 표정대로 흘러가고 있었고, 검푸른 물결에는 내 모습이 조금도 비치지 않았다.

10

다리가 끝나는 곳과 연결된 175가 지하철역 입구에서 아야는 머뭇거렸다.

"아무래도 돌아가야 할 것 같아."

"어디로?"

"포트 리로."

나는 왜냐는 질문 대신 물었다.

"괜찮겠어?"

"응."

아야는 손을 흔들고 몇 걸음 걸어가나 싶더니 뒤돌아 거리를 둔 채 말했다.

"내 이름 있잖아, 무슨 뜻이야?"

그게 무슨 말인지 알아듣는 데는 시간이 조금 필요했다. 아야는 이어서 말했다.

“언젠가 한국에서 온 친구가 말해줬어. 한국어로 내 이름은 아프다는 뜻이라고. 맞아?”

이번에는 내가 머뭇거렸다. 아주 틀린 말은 아니었지만 농담이었다 해도 그렇게 말을 하는 친구와는 친하게 지내고 싶지 않다는 생각이 들었다.

“음, 한국어로 네 이름은 모음의 시작이야.”

잠깐의 고민 끝에 나는 지극히 한국어 강사다운 대답을 했다.

“아야 어여 오요 우유 으이. 한국어에는 모음이 이렇게 열 갠데 그 첫 두 글자와 발음이 같거든. 한국인들이 사는 동안 한 번은 외우는 이름이지. 아무도 그걸 아프다는 뜻으로 받아들이지는 않을 거야.”

그러자 아야는 희미하게 웃으며 말했다.

“아리가토.”

아야는 지나가는 사람에게 뭔가를 묻더니 성큼성큼 멀어져갔다. 길 건너에 구급차를 닮은 하얀색 스패니시 버스가 승객들을 기다리고 있었고, 잠시 후 그녀와 나 사이의 거리만큼 작아진 아야는 차에 올라탔다. 문을 잡기 위해 손을 내미는 순간 그녀의 모습은 ‘아’처럼 보였다.

11

확률에 관해 생각한다. 이를테면 포트 리의 카페에서 아는 사람을 만나 조지 워싱턴 브리지를 걸어서 건널 확률. 그가 다시 포트 리로 돌아갈 확률. 어떤 이름이 모음의 시작이거나 고통을 뜻하는 감탄사일 확률. 하나의 다리가 무너질 확률. 누군가 다리에서 몸을 던질 확률. 쓰나미가 덮친 마을에서 파도에 뜯긴 집이 대피소 운동장에 도착할 확률. 헤어진 모자가 다시 만날 확률. 하나의 소설이 쓰일 확률. 그 소설이 완성되지 못하고 버려지거나 쓴 사람에게조차 영원히 잊힐 가능성의 수……

성수대교는 1977년 4월에 착공하여 1979년 10월 16일에 준공되었다. 개통식에는 박정희 대통령이 참석하여 정상천 서울시장과 함께 테이프를 잘랐다. 열흘이 지난 뒤 대통령은 암살되었고 십오 년 후 같은 달에 다리는 무너졌다. 설계와 다르게 부실시공된, 트러스 구조로 이어진 다리 상판 하나가 강 위로 떨어졌기 때문이었다. 서른두 명이 죽었고 열일곱 명이 다쳤으며 피해자 중 다수가 거꾸로 추락한 16번 버스 승객들, 그중에서도 왕십리 무학여중과 여고 학생들이었다. 이후 서울시는 8차선 다리를 새로 짓고 교육청은 한강 다리를 건너 통학하지 않도록 강남북 교차 배정을 금지했다.

조지 워싱턴 브리지는 1927년 10월에 착공하여 1931년 10월 24일에 보행자들에게 개방되었다. 다리가 다 지어진 이후에는 자살 사고가 속출했다. 최초의 의도적 자살은 다리가 개통된 지 일주일도 안 된 11월 3일에 일어났고, 2012년에는 예순한 명이 자살을 시도했다가 열여덟 명만이 성공했다. 매년 백 명에 가까운 사람들이 자살을 시도하다가 제지되기를 반복하자 2017년 소위 '점퍼'들을 막기 위한 임시 펜스가 설치되었다. 그후 임시 펜스 자리에는 11피트 높이의 영구 방벽이 만들어졌다. 만약 오늘날 카프카 소설의 주인공 게오르크가 포트 리에 살았다면 그는 이제 더이상 다리 아래로 뛰어내릴 수 없었을 것이다. 그러나 그 이전에 태어났다면 조지 워싱턴의 부대와 함께 영국군을 피해 남부 뉴저지로 퇴각해야 했을지 모른다.

1776년 11월 20일, 뉴욕을 모두 차지한 영국군이 포트 리 북쪽 허드슨강을 건넌다. 수천 명에 이르는 적군의 도하 소식이 전해지자 조지 워싱턴은 전군에 포트 리를 포기하고 즉시 퇴각하라는 명령을 내린다. 이때 포트 리의 대륙군 진영에는 미국 독립의 정당성을 주장한 소책자 『상식』으로 잘 알려진 토머스 페인도 있었다. 벤저민 프랭클린의 도움을 받아 영국에서 신대륙으로 건너온 뒤 누구보다도 열성적인 '미국인'이 된 그는 이 후퇴 도중에 『상식』 시리즈로 이어지는 『미국의 위기』 1호에 들어갈 저 유명한 첫 문장을 쓴다.

"지금은 인간의 영혼을 시험하는 시대다."

…… 하지만 언제라고 그러지 않겠는가?

12

스패니시 버스가 뉴저지 쪽으로 사라지자 나는 다시 혼자가 되었다.

가방에는 며칠 전 인쇄한 817매짜리 소설 초고가 들어 있었고, 원래 나는 그걸 다리 위에서 강에 던져버릴 생각이었다. 몇 가지 이유로 그러지 못했는데 첫째 아야를 만났기 때문이고, 둘째 내가 아야에게 함께 가자고 했기 때문이고, 셋째 우리가 정말로 함께 다리를 건넜기 때문이었다. 그러나 이 모든 것이 비겁한 변명이라는 것을 스스로 모를 수는 없었다. 나는 처음부터 소설을 던져버리지 않을 작정이었던 것이다. 내 무의식은 그걸 알고 있었기 때문에 적당한 핑곗거리를 찾고 있었을 뿐. 나는 카프카의 「선고」를 읽고 성수대교로 달려갔다 해도 한강에 뛰어드는 대신 '생명의 전화'에 전화를 걸었을 사람이다.

집으로 돌아가야 하는데 발걸음이 쉽게 떨어지지 않았다. 정작 스패니시 버스를 타야 할 사람은 나였는데. 지하로 내려가는 지하철 입구 앞에서 스마트폰으로 쓸데없는 게시물들을 확인하다가 지도교수에게 온 이메일 알림을 봤다. 그는 내가 붙인 논문의 제목 'Collapse and Aftermath of the Seongsu Bridge'가 너무 직접적이라며 자신이 논문 속에서 발견한 표현을 제목으로 하면 어떻겠냐고 제안했다. 그가 찾아낸 표현은 'Cracks Everywhere'였다. 크랙. 좁은 틈, 갈라져 생기는 금, 찢어지는 듯한 소리. '균열은 어디에나 있다.' 나쁘지 않은 제목 같았다. 저녁 시간이 다 되었는데도 지도교수는 아직 연구실에 남아 있는 모양이었다.

나는 집으로 돌아가려던 마음을 바꾸어 지하철을 타고 학교가 있는 다운타운 쪽으로 내려가기로 했다. 논문을 마저 완성해야 했고, 가능하면 지도교수와도 만날 수 있으면 좋겠다고 생각했다. 저녁은 파스타를 먹는 게 좋겠어. 회백색의 계단을 내려가며 속으로 중얼거렸다. 소설 생각은 당분간 하지 않기로 했다. 지하로 내려갈수록 어디선가 오래된 포탄 냄새 같은 것이 났다.

| 작가노트 |

언덕 위의 요새

눈이 많이 오던 밤, 동네를 산책하다가 산등성이에 늘어선 포대를 발견했다. 십여 년 전 허드슨강 너머 뉴욕 맨해튼이 건너다보이는 미국 뉴저지의 포트 리라는 동네에 살던 시절의 일이었다. 흐릿한 가로등 아래 잘 보이지 않는 안내문을 더듬더듬 읽고 나서야 나는 이곳이 조지 워싱턴 부대가 머물렀던 요새라는 사실을 알게 되었다. 왜 생각해보지 않았을까? 누구나 자신이 이미 가진 것에는 관심을 기울이지 않기 마련이다. 이를테면 동네 이름 같은 것.

Fort Lee.

그건 리 장군의 이름을 딴 요새였다.

당시 나는 미국에 온 지 얼마 되지 않아 모든 것에 숨가쁘게 적

응해야 했던 초보 유학생이었다. 대학원 수업과 분위기를 따라가기는커녕 학교에 가는 교통편을 찾고 식료품 가게를 오가는 것조차 커다란 도전이던 시절. 남들보다 늦게 온 유학인 만큼 원하는 바를 이뤄야 한다는 절박함과 조급함이 뒤섞인 나날을 보내는 와중에, 내가 사는 동네 이름 같은 건 크게 중요하지 않았다. 집들이 산기슭에 지어져 있어 걸어다니기 불편하다는 정도만이 내가 받은 유일한 인상이었다.

밤마다 산 위에 올라가 강 건너 빛나는 도시를 바라보는 일은 곧 습관이 되었다. 나는 내일의 해야 할 일을, 끼니를, 논문을, 월세를, 늘지 않는 영어와 풀리지 않는 소설을 염려하며 어둠 속에서 섬과 나 사이의 거리를 가늠하곤 했다. 웨스트에그에서 개츠비가 바라보았던 초록 불빛처럼, 도시는 언제나 내 손이 닿지 않는 곳에서 반짝거렸다.

동네를 떠날 때가 되어서야 나는 그곳이 나의 요새이기도 했다는 사실을 깨달았다.

장편소설 『초급 한국어』를 쓴 이후 소설의 자전적 세계관을 넓혀 이민자 소설을 더 쓰고 싶다는 생각을 품게 되었을 때, 나는 그 동네 이야기를 해야겠다고 생각했다. 포트 리를 떠올리자 건너편의 포트 워싱턴, 지금의 워싱턴 하이츠가 생각났고 그 둘을 잇는 다리의 이름도 자연스레 연결됐다. 조지 워싱턴 브리지. 어느 화창한 날 그 다리를 걸어서 건넜던 일과(대체 무슨 생각으로?) 다 써놓고도 몇 년째 이러지도 저러지도 못한 채 들고만 있는 성수대교에 관한 장편소설도 떠올랐다. 사고와 재난. 전쟁과 테러. 소설과 논문. 조지 워싱턴과 프란츠 카프카. 아야와 나. 모든 것은 떨어져 있었고 동시에 연결되어 있었다. 나는 이 모든 것이 언덕 위의 요새에 어떤 방식으로 켜켜이 겹치고 포개지는지 알고 싶었다. 18세기 미국 독립군의 요새가, 21세기 극동 아시아에서 온 유학생의 요새가 되었던 것처럼.

……하지만 모든 것이 지나고 난 지금 나에게는 한 가지 장면만이 남아 있다.

당시 내가 세 들어 살던 집은 산등성이에 위치한 복층 집이었는데, 위층에서도 허리를 펴고 걸을 수 있을 만큼 층고가 높았다. 요새가 있는 산 쪽으로는 커다란, 그러나 열 수 없는 가로로 긴 직사각형 모양의 창이 있었다. 복층 아래에서 올려다보면 그 창은 마치 시시각각 변화하는 액자처럼 보였다. 계절과 빛의 변화에 따라 창 속 풍경은 아름답게도, 기괴하게도, 쓸쓸하게도 느껴졌다.

또 한번의 폭설이 내린 어느 아침, 화장실에 가려고 아래층으로 내려왔던 나는 무언가 움직이는 느낌이 들어 위를 올려다보았다. 울창한 나무들 사이에 그림자가 멈춰 있었다. 아마 산짐승일 거라고 생각했다. 너구리나 스컹크는 흔하게 보았고, 드물게 여우를 목격하기도 했으니까.

잠시 후 그림자가 눈 밖으로 나왔을 때, 내가 본 것은 사슴 가족이었다.

큰 사슴 두 마리와 어린 사슴 두 마리.

그들은 눈 위에 서서, 조금도 움직이지 않고, 잠이 덜 깬 나를 정면으로 응시하고 있었다.

왜 이 장면이 남았을까?

이유는 모르겠다. 하지만 한 가지 분명한 것은 다리가 공간 위에만 놓이지는 않을 거라는 사실이다. 어떤 다리는 창밖에 있고, 어떤 다리는 과거와 연결되어 있다. 어떤 다리는 미래를 위해 지어지고 있기도 할 것이다.

나는 그때의 창을 통해 지금의 나를 본다. 더이상 유학생도 작가 지망생도 한국어 강사도 아니지만, 나는 그 다리들을 건너 여기까지 왔다. 그리고 알게 된다. 내가 또다른 다리를 건너기 시작했으며, 그 끝에 놓인 것은 내가 과거에 이미 보았던 장면이라고. 수많은 확률과 가능성의 다리를 건너 나는 여기 도착했지만, 그곳은 미지가 아니라 기지의 세계이며 끝없는 되풀이와 발견이 숨겨진 숲이라고.

언덕 위의 요새에는 나만 있던 것이 아니었다.

| 리뷰 |

삶의 곳곳에 있는 균열

정영문(소설가)

순전히 개인적인 문제이지만 소설 속 등장인물들 사이의 상호작용에 의한 문제, 특히 갈등 등이 동력이 되어 전개되는 이른바 전통적인 소설에는 거의 흥미를 잃게 되었고, 그런 소설들은 거의 읽을 수 없게 되었는데, 기본적으로 인간관계에 관한 이야기들에 나 자신이 무심하게 된 이유도 있지만 그런 이야기들은 너무나 많이 이야기되어 그것들에서 새로운 뭔가를 발견할 수가 없게 된 이유도 있을 것이다.

그리고 많은 사람이 좋은 이야기라고 생각하는 소설의 내용에서 받을 수도 있는 감동 같은 것도 거의 못 느끼게 되었고, 소설을 읽고 뭔가에 대해 달리 생각하게 되는 일도 거의 없게 되었지만 그럼에도 뭔가에 대해 상상을 하게 하고, 별것 아닌 것일 수도 있지만 내가 몰랐던 흥미로운 사실들을 알게 해주는 소설을 드물게 발견하게 되는데 「우리가 다리를 건널 때」가 그런 소설들 중 하나였다.

소설의 줄거리를 요약하자면 화자가 뉴욕의 포트 리에 있는 카페에서 대학에서 외국어를 가르치는 같은 일을 하는 일본인 친구 아야를 우연히 만나, 아래로 흐르는 허드슨강의 폭이 넓어 사람들이 도보로는 잘 건너가지 않는, 포트 리와 맨해튼을 연결하는 조지 워싱턴 브리지를 그녀와 함께 건너게 되는, 사실상 아무 일도 일어나지 않는 짧은 시간 동안의 이야기인데, 단편영화 같은 이 단순한 이야기를 돋보이게 만드는 것은 화자의 과거와 관련된, 화자가 다리를 걸어서 건너게 된 동기들이고, 그 동기들이 여러 겹으로 아주 잘 맞물려 있어서이다.

문학을 전공하는 화자는 "1994년 일어난 성수대교 붕괴 사고가 서울의 도시적 성격을 어떻게 변화시켰는지에 관한", "도시공학에 더 가까운 주제"의 졸업논문을 쓰고 있는 중이었는데, 논문 초안을 본 지도교수는 그것이 "논문이 아니라 소설"이라고 말하고, 실제로 그가 논문의 내용과 겹치는, 성수대교 붕괴 사고를 소재로 한 800매가 넘는 장편소설을 쓰고 있던 중이라 논문이 소설로부터 자유롭지 못했기 때문이었는데, 그 소설은 당시 강북에서 강남으로 등하교를 하던 중학생 화자가 그날따라 성수대교를 지나는 버스가 아니라 동호대교를 건너는 지하철을 탐으로써, 당시 모두에게 커다란 충격을 안겨줬고, 고도 성장기 한국 사회의 문제들을 집약적이면서도 상징적으로 보여준 사고를 어떤 우연의 힘에 의해 비껴가게 되면서 개인적으로 강렬한 체험을 했기 때문이었는데, 어쩌면 그 이유로 적절한 거리를 조절하는 것이 어려워 "논문은 논문대로, 소설은 소설대로 풀리지 않"는 상태에 있었고, 그전에 소설을 봐준 출판사 편집자 친구는 그가 쓴 소설에 대해 "소설은 논문이 아니야. 이런 걸 누가 읽겠어?"라는 절망적인 이야기를 해주었는데, 그런 상태에서 우연히 만난 일본인 친구와 조지 워싱턴 브리지를 걸어서 건너는 화자의 가방 속에는 그의 삶의 커다란 숙제이자 짐이기도 한, 며칠 전 인쇄한 소설 초고 전체가 들어 있었다.

둘은 각자에게 어떤 책을 펼치게 되면 그것이 꽂혀 있는 페이지가 열리게 되는 "책갈피" 같은 것으로 각인된 9·11 테러의 희생자들을 추모하는 그라운드 제로와 프리덤 타워에 대해, 또다른 커다란 재난이었던 2011년 3월의 동일본 대지진 등에 대해 이야기를 나누고, 소설에서도 논문에서도 진전이 없는 그는 프란츠 카프카의 단편 「선고」의 너무도 유명한 구절로, 주인공인 아들이 페테르부르크의 친구에게 약혼 사실을 알리는 것과 관련한 사소한 문제로 아버지와 말다툼을 한 끝에 아버지가 아들에게, 너에게 익사형을 선고하노라!라고 하자 아들이 곧장 집을 나와 강가로 달려가 다리 위에서 뛰어내리는 부분에서 빌려온 것으로서 막다른 골목에 이르렀을 때의 확실한 해결책으로 다리에서 투신하는 것을 말하는데, 물론 이것은 화자가 농담으로 하는 말이고, "카프카의 개인사와 얽혀 지전적 이야기로 읽히는 이 소설은 그러나 실제로는 카프카가 주인공처럼 다리 위에서 몸을 던지지 않았기 때문에 쓰일 수 있었다. 소설이란 그런 것일까? 몸을 던지는 장면을 보여주되 실제로는 몸을 던지지 않는?"이라는, 작가가 소설에 대해 생각하는 어떤 유추로 이어진다.

화자는 원래 다리 위에서 강에 던져버릴 생각이었던 소설 초고를 던지지는 못하는데 그는 그것이 "첫째 아야를 만났기 때문이고, 둘째 내가 아야에게 함께 가자고 했기 때문이고, 셋째 우리가 정말로 함께 다리를 건넜기 때문"이라고 하기도 하지만 처음부터 그러지 못하리라는 것을 알고 있었고 적당한 핑곗거리를 찾고 있었을 뿐이라고 털어놓는데, 그것은 소설에 대한 미련을 완전히 버리지 못했기 때문이지만, 결국 그 미완의 소설은 화자가 쓰는 데 실패한 소설에 관한 것인 이 단편소설로 결실을 맺게 되고, 그 소설은 그가 본래 붙인 제목이 너무 직접적이라며 지도교수가 대안으로 제안한, 그 역시 좋은 제목이라고 생각하게 된 '균열은 어디에나 있다Cracks Everywhere'라는 논문의 제목처럼 삶의 곳곳에 있는 균열에 관한 이야기이다.

소설의 형식은 쓰는 사람이 만들면 되는 것이고, 소설은 가장 자유로울 수 있는 매체이자 그것을 통해 쓰는 사람 역시도 자유로워질 수 있는 것이라고 생각하고, 소설적 구성을 포함해 사람들이 소설에 있어야 한다거나 소설은 어떤 식이어야 한다는 것으로 말하는 것들은 무엇에 의해서도 정해진 것이 아니며, 사실은 아무런 근거가 없는 것이고, 그 자체로 억지이기도 하다고 생각하며, 그것들을 충실히 따라 쓴 소설들을 읽을 때면 어떤 공산품들처럼 규격품 같은 느낌이 드는데, 이 소설은 그런 틀에서 자유로웠고 그 점이 돋보였다.

그리고 조지 워싱턴 브리지가 뉴욕에서 투신자살 장소로 인기 있는(?) 곳으로 서울의 마포대교 같은 곳이라는 사실과 조지 워싱턴과 관련한 사실들을 포함해, 이야기의 배경이 되는 것들에 관한 여러 가지 흥미로운 사실들이 소설 속에서 잘 활용되어 재미있게 읽혔고, 소설 전체가 너무 많은 소설에 너무 많이 나오는, 인물이나 풍경 등에 대한 전형적이지만 전혀 불필요한 묘사나 아무 내용도 없고 진부한, 그냥 지면을 채운 것 같은 대화 등이 없어 아주 잘 정제된 느낌을 주었다.

문지혁 소설가의 소설은 이번에 심사를 하면서 이 작품을 통해 처음 접하게 되었고, 그동안 SF를 주로 써왔다는 것을 알게 되었는데, 어쩌면 기존 작품들과는 다른 소설을 시도하고 있는 것 같은데 좋은 결과가 있기를 바라며, 이 소설에서 보여준 자신만의 스타일을 확실히 구축해나가기를 기대한다.

백수린

아주 환한 날들

작가노트

마음을 들여다보는 일

리뷰 | 강영숙

고요하고 존엄한

백수린

2011년 경향신문 신춘문예에 단편소설 「거짓말 연습」이 당선되어 등단. 문지문학상, 이해조소설문학상, 현대문학상, 한국일보문학상, 2015년, 2017년, 2019년 젊은작가상 등 수상. 소설집 『폴링 인 폴』 『참담한 빛』 『여름의 빌라』, 중편소설 『친애하고, 친애하는』, 짧은 소설집 『오늘 밤은 사라지지 말아요』가 있다.

아주 환한 날들

“마음을 찬찬히 들여다보세요.”

강사가 말했다. 강의실엔 사람이 거의 없었다. 비가 와 결석생이 생긴 탓도 있었지만 원래 수강생이 적은 수업이었다. 강의실엔 그녀까지 여섯 명이 앉아 있을 뿐이었는데, 모두 강사보다 나이가 많았다. 평생교육원에 신설된 수필 쓰기 수업을 같이 듣는 일곱 명의 수강생 중 오십대 주부 한 명—일찍 결혼해 아들들이 벌써 장가를 갔다고 했다—을 제외하면 나머지 여섯 명은 모두 그녀처럼 일흔이 넘은 노인들이었다. “그것도 전부 다 영감탱이들이야.” 얼마 전 그녀의 집에 찾아온 사위에게 수업에 대해 이야기하며 그렇게 말했을 때 사위는 무엇이 웃기는지 “장모님은 늘 재미있으세요”라며 웃었다. 국문학을 전공했고 소설집 한 권과 산문집 한 권을 출간했다는 강사는 체구가 작았고, 거의 소녀처럼 보였다. "제가 강의를 처음 해보는데, 저를 보고 계신 분들이 대부분 어머니 아버지뻘이시니 긴장이 되네요." 수업이 시작되던 한 달 전, 강사는 수강생이 주로 노인들인 데 당혹한 듯 수업 소개를 하다가 몇 번이나 말을 더듬었다.

"오늘도 아무것도 안 쓰셨네요."

짐을 챙겨 맨 마지막으로 강의실을 빠져나가려는데 강사가 그녀에게 말을 건넸다.

"쓸 말이 안 떠올라서요."

딸만큼 어린 강사는 그녀의 대답에 다음엔 꼭 쓸 이야기가 떠오를 거라고 말하고는 웃었다. 과연 그럴까. 그녀는 의심쩍었지만 이러쿵저러쿵 대화를 이어나가기가 귀찮아 굳이 반박하지 않았다.

"뒤풀이는 오늘도 안 가세요? 같이 가면 좋을 텐데."

강사와 같이 강의실을 빠져나오자 건물 입구 쪽에 서 있던 수강생 무리 중 오십대 여자가 그녀에게 다가서며 말을 붙였다. 수강생들은 수업이 끝나면 근처의 백반집에서 저녁을 함께 먹는 듯했다.

"집에 가봐야 해요."

"혼자 사신다고 하셨던 것 같은데 집에 기다리는 사람이라도 있어요?"

여자는 아쉬운 기색으로 그녀에게 물었다.

"그래요."

사람은 아니지만 굳이 그걸 말할 필요는 없었다.

수필 쓰기 수업을 듣기 시작한 지 한 달이 지났는데 지금까지 단 한 편의 글도 쓰지 않았다는 생각을 하면 그녀는 솔직히 돈이 아까웠다. 강사는 그녀가 자기를 골탕 먹이기 위해 그런다고 생각할지도 모르지만 그건 절대 아니었다. 나처럼 번듯한 어른이 대체 왜? 그런 오해를 살 바엔 강사에게 사실은 글쓰는 일엔 눈곱만큼의 관심도 갖고 있지 않을 뿐이라고 말해주는 게 나을지도 몰랐다. 수필 쓰기 수업이 수요일 오후 세시에 개설되지만 않았더라도 그녀는 그 수업을 신청하지 않았을 것이다. 여섯 달 전에는 같은 시간대에 건강 수지침 수업이 열려 다른 노인들과 수지침과 압진봉의 사용법에 대해서 배웠다. 일 년 전에는 여행 영어 회화 수업에서 '여기 티켓이 있습니다' 같은 표현들을, 그보다 더 전에는 생활 인터넷 수업에서 필요한 정보를 검색하거나 물건을 사고 승차권 같은 걸 예매하는 법을 배웠다. 그녀가 수요일 세시에 개설된 수업만을 듣는 건, 그렇게 정했기 때문이었다. 남편이 죽고 홀로 지켜오던 과일가게를 체력이 부쳐 육 년 전 아예 접은 이후 그녀는 자신의 일과를 아주 정교하게 짜놨다. 매일 정해진 일정대로 라디오를 들으면서 청소를 했고—월요일 오전엔 화장실, 화요일엔 베란다, 수요일엔 냉장고 이런 식으로—점심을 먹고 나면 또 정해진 일정에 따라 외출을 했다. 동네 슈퍼에서 할인 품목을 문자메시지로 알려주는—팽이버섯 네 봉지 1000원, 수미감자 한 봉지 1250원, 돈앞다리 한 근 6000원—월요일 오후엔 장을 보러 갔고, 화요일엔 상가 안에 위치한 실내 수영장에서 아쿠아로빅을 했다. 정해놓은 시간의 외출이 끝나면 곧장 집으로 돌아와 매일 밤 끓여두는 결명자차를 한 잔 마신 뒤 저녁식사를 준비했다. 설거지를 하고 나면 그다음엔 천변에 나가 일만 보씩 걸었고, 집에 돌아와 연속극을 봤다. 잠자리에 들기 전엔 예능 방송을 봤는데 한국어를 잘하는 외국인들이 나오는 퀴즈 프로그램이나 옛날 가수들이 나와 노래를 부르는 경연 프로그램을 보는 경우가 많았다. 토요일과 일요일 중 하루는 딸과 통화를 하며 짧게 안부를 주고받았다. 거는 쪽은 주로 그녀였는데, 다섯 번 중 한 번꼴로 딸이 걸어올 때도 있었다.

사람들은 그녀가 혼자 산다는 사실을 알고 나면 종종 안쓰러워했지만 그건 잘못 생각하는 거였다. 남편이 죽은 이후 그녀는 화장실이 막히면 배관공을 부르고, 바퀴가 나오면 슬리퍼로 죽이고, 직접 구입한 실내용 사다리를 타고 올라가 형광등의 전구를 갈아끼우며 살아왔다. 그녀는 뭐든지 스스로 해결하며 살았는데 그 점에 대해서는 다소간 자부심을 느꼈다. 혼자 집에 있으면 누군가를 뒤치다꺼리하거나 누군가로부터 귀찮은 잔소리를 들을 필요가 없었고, 솔직한 마음을 말했다는 이유로—머리가 어떠냐고요? 돈이 아깝네요. 자르기 전이 더 나았는데—뜻하지 않은 비난을 받을 일도 없었다. 솔직한 건 그녀의 천성이었지만 그 때문인지 사람들은 종종 그녀를 대하기 어려워했다. 그녀는 사람들과 어울리는 데 서툴렀는데 그건 어린 시절 그녀가 겪었던 일들 때문일지도 몰랐다. 서른이 다 된 나이에 돌봐야 할 동생들이 주렁주렁 달린 남자에게 시집을 가게 되었을 때, 그녀의 오빠와 남동생은 남편에게 큰 빚을 진 사람들처럼 굴곤 했다. 맞선 자리에서 그녀가 남편에게 했던 말—아, 조금 걸으면 안 될까요? 엉덩이에 종기가 나서요—을 듣고는 더욱 그랬다. 그게 그렇게 고마워할 일인가? 남편은 선량한 편이었지만, 그에게 필요했던 건 밥을 차려줄 사람이었으며, 무엇보다도 그녀는 그가 자신을 사랑하지 않는다는 걸 알았다.

그녀는 마침내 찾아온 평화에 대체로 만족하고 있었다. 평생 동안 장사를 하느라 사람들 사이에서 부대끼며 살아온 그녀에게 혼자 있는 시간은 아늑했고, 그건 평생교육원에서 돌아와 식탁 의자에 앉은 채 오후의 햇살이 거실 마룻바닥 위에 넓게 퍼지는 걸 보고 있는 지금도 마찬가지였다. 평온하고 고요한 혼자만의 시간. 햇빛 사이로 지난 몇 달간 그녀가 정성껏 가꾼 나리꽃의 망울이 조금 벌어져 있었다. 반가운 마음에 그녀는 자리에서 일어섰다.

"드디어 꽃이 피었네."

그녀가 소리 내어 말했고, 그러자 날카로운 새의 울음소리가 들려왔다. 거실 한구석에 세워둔 새장 속의 앵무새가 내는 소리였다. 배 부분이 노랗고 등과 날개가 연두색인 작은 앵무새.

"아, 시끄러워."

그녀가 한숨을 쉬듯 말했다. 매번 사라져 있길 바랐지만 그건 언제나 그 자리에 있었다.

사흘 전 앵무새를 가져온 건 사위였다.

"오랜만에 장모님이 뵙고 싶어서요."

명절이나 어버이날도 아닌데 누군가 집에 찾아온 건 정말 너무나도 오랜만의 일이라 그녀는 허둥댔다. 어깨가 좁고 체격이 옹송그린 듯 왜소한 사위는 그녀가 그러거나 말거나 거실에 앉아 직장 생활과 새로 이사한 서울 근교의 나날들에 대한 이야기를 했다.

"인서랑 애들은?"

"집사람은 아이들 데리고 도예 체험하러 갔어요."

그녀의 딸과 사위 사이엔 아이가 둘 있는데, 인서는 둘째의 초등학교 입학에 맞춰 육아휴직중이었다. 사위는 혼자 온 걸 변명이라도 하듯 학교에서 아이들 숙제로 요구하는 체험 활동이 너무 많다는 이야기를 늘어놓았다. 이야기를 들으면서도 그녀의 정신은 온통 사위가 가져온 새장에 팔려 있었다. 새장 속에는 앵무새 한 마리가 있었는데 그녀가 앵무새를 실제로 본 건 그때가 처음이었다.

"그런데 그건 웬 앵무새인가?"

얼마간의 시간이 흘렀을까, 결국 궁금증을 참지 못하고 그녀가 물었다. 그러자 사위는 다소 곤란하다는 듯 쭈뼛대더니 말했다.

"아, 이거요. 아이들이 크니까 자꾸 동물을 기르고 싶다 해서요."

"그럴 때지. 인서도 어릴 때 학교 앞에서 병아리를 사와서 닭이 될 때까지 기르고 그랬어."

장사를 마치고 집에 들어서면 그녀를 향해 돌진하던 닭들이 떠올랐다. 나무로 된 사과 궤짝 속에서 기르던 닭들. 그 당시 그녀의 가족은 시장에서 멀지 않은 곳에 위치한 신축 빌라에 살았다. 닭똥 냄새 때문에 민원이 자꾸 들어와 곤란한데 인서가 너무 애지중지해 큰 골칫거리였던 닭들.

"애들은 개나 고양이를 사달라 하고 집사람은 안 그래도 일이 많은데 개든 고양이든 돌볼 여력은 없다고 단호해서요."

"그래서 앵무새를 산 게로군."

그녀는 이제 사정을 다 이해했다는 뜻으로 고개를 끄덕였다. 개나 고양이를 대신해 아이들에게 금붕어나 햄스터 같은 걸 사주는 건 흔한 일이었다. 앵무새라고 안 될 건 없지. 그리고 관심이 없어진 앵무새에게서 눈길을 거두고 화제를 바꾸려는데 사위가 느닷없이 말했다.

"장모님, 사실은 장모님께 이 앵무새를 좀 맡아달라고 부탁하려고 왔어요."

"그게 무슨 소린가?"

사위가 하는 말을 도무지 따라갈 수가 없었다.

"좋아할 줄 알고 앵무새를 기껏 샀는데 애들이 만지다가 쪼이고는 무섭다고 기겁을 해서요. 그런데 인서는 키우기로 결정하고 데려왔으니 책임감 없이 버릴 순 없다고 난리고."

사위는 그녀의 눈길을 피해 고개를 숙인 채 말했다.

"버릴 수는 없다지만 이걸 내가 어떻게 맡아?"

"딱 한 달만요. 그때까지 애들이 앵무새랑 살 수 있도록 인서랑 제가 준비를 하기로 했어요. 그림 같은 것도 보여주고, 앵무새 카페 같은 데도 데려가고요. 그러고도 안 되면 그때는 다른 주인을 찾아볼게요. 딱 한 달만 부탁드려요."

사위가 말했다.

"자네 어머니는 어쩌고?"

"저희 어머니는 애들 봐주시느라 바쁘잖아요. 그리고 어머니보다는 아무래도 혼자 사시는 장모님이 더 적적하실 테고요."

그녀는 사실 조금도 적적하지 않았다. 적적하다니, 대체 왜? 결명자차를 마신 컵을 씻으며 그녀는 생각했다. 조금 더 단호하게 거절했어야 했어. 새장 속에서 앵무새는 시도 때도 없이 시끄럽게 울어댔고, 그때마다 그녀는 그렇게 후회했다. 인서만 아니었다면, 결코, 결단코 그녀가 앵무새를 떠맡을 일은 없었다. 하필 그때 어린 인서가 "엄마, 닭들 다 어쨌어?" 하고 울먹이던 얼굴이 떠오르지만 않았더라면. 황토 찜질팩을 허리에 댄 채 침대에 누워 있다가 새장 안의 물그릇과 사료 그릇을 채워주지 않은 게 생각나 허둥지둥 일어나며 그녀는 또 한번 생각했다. 하지만 학교에 다녀왔더니 닭이 없어졌다며 목놓아 울다 "난, 엄마가 진짜 싫어"라고 말하던 아이의 얼굴은 떠올라버렸고, 그녀는 얼떨결에 사위에게 "한 달이면 되는 거지?"라고 말하고 있었다.

장마가 늦어지고 있었다. 그녀는 인터넷으로 주문한 옥수수를 쪄서 냉동실에 얼려두었다가 매일 하나씩 데워 먹었고, 무농약으로 키웠다는 열무를 두 단 사다 물김치를 만들어 국수를 말아 먹었다. 초파리들이 수시로 생겨서 꽉 차지 않은 쓰레기봉투를 내다버리기 위해 집밖으로 평소보다 더 자주 나가야만 하는 계절이었다. 앵무새가 집에 온 지 일주일이 되어가도록 딸이 전화 한번 하지 않는 게 괘씸해 그 주 토요일에는 그녀가 딸에게 전화를 걸었다.

"어떻게 지내니?"

"그냥 그럭저럭 지내죠. 엄마는요?"

"나도 그렇지 뭐."

몇 살 때부터 딸이 꼬박꼬박 존댓말을 하기 시작했을까?

"애들도 잘 있지?"

"잘 있죠."

딸의 짤막한 답을 듣자 갑자기 섭섭함이 밀려왔고, 그녀는 콱 죽고 싶어졌다. 지난 주말에 딸이 같이 오지 않고 사위만 보낸 것도 틀림없이 엄마가 꼴도 보기 싫어 그런 거였을 거라는 생각이 들었다. 딸은 그녀에게 뭔가 부탁해야 할 때는 언제나 사위를 시켰다. 딸이 그녀에게 존댓말을 쓰기 시작한 게 열세 살 때부터였는지 열다섯 살 때부터였는지 그 시점이 정확히 기억나지는 않지만, 그들의 사이가 틀어진 것은 그즈음부터였을지도 몰랐다.

언젠가부터 딸과 통화를 하고 나면 그녀는 몸 쓰는 일을 찾아야 했다. 오이를 10킬로그램씩 사다가 오이지를 담그거나 베란다 화분들을 싹 다 분갈이했고, 그러지 않으면 찬장의 냄비들을 모조리 꺼내어 베이킹소다로 박박 닦는 식이었다. 마음이 심란해지면 몸을 쓰는 건 장사할 때부터 그녀의 몸에 밴 습관이었다. 매상이 앞집 과일가게보다 떨어진 날이나 진상 손님을 만나 목청 높여 싸운 날이면 그녀는 락스를 물에 풀어다가 가게의 선반과 소쿠리들을 닦았다. 그럴 때면 남편은 뭘 그런 일로 속을 썩느냐며 혀를 찼다. 그런 모습을 보면 그녀는 더욱 부아가 치밀었다. 남편은 결혼 전부터 트럭을 몰고 다니며 과일을 팔았으면서도 다세대주택 밀집 지역의 재래시장에서는 살 과일을 정해놓고 찾아오는 손님보다는 채소를 사러 나왔다가 싼 과일이 눈에 띄면 덤처럼 한두 개 집어가는 손님이 더 많다는 것도 끝내 모르는 사람이었다. 그런 이들을 대상으로는 최상품의 망고나 멜론을 갖다놓기보다는 십원이라도 더 싼 사과나 포도를 떼어 와야 이익이 남는다는 걸 일찌감치 깨달은 건 그녀였다. 가게 안쪽의 과일까지 팔기 위해선 계산대를 매장 가장 깊은 곳에 놓아야 한다는 걸 생각해낸 것도. 늘 선비처럼 뒤로 한 발 물러서던 남편 대신 그녀가 건물주에게 싫은 소리를 듣고, 사람들과 십원, 이십원을 흥정하며 가게를 키웠다. 다른 사람이 하는 야채가게 옆에 조그맣게 매대 하나를 빌려 과일을 팔던 데서 시작해 간판을 내건 과일가게를 차리기까지 꼬박 칠 년이 걸렸다. 그 가게에서 번 돈으로 그녀는 집을 샀고, 딸아이를 대학에 보냈다. 새벽마다 과일 상자를 옮기느라 허리가 아프고 퇴행성관절염 때문에 수술받은 무릎이 쑤셨지만 딸이 대학에 붙었을 때는 너무 기뻐 파스를 붙인 채로 가게 안에서 콧노래를 불렀다.

그날 저녁, 그녀는 천변에 나가는 대신 수필을 쓰기 위해 식탁에 앉았다. 계속 아무것도 안 써 가는 게 좀 민망하기도 했지만, 솔직히는 그날따라 주말 천변에 나가기가 싫기 때문이었다. 주말에는 천변에 가족이나 연인들이 너무 많았다. 그녀가 정해놓은 일정을 어기는 건 육 년 만에 거의 처음이었다. 그녀는 노트를 펼친 채 턱을 괴고 앉아 있었고, 앵무새가 부리로 새장을 탁탁 건드리는 소리가 났다. 하지만 식탁에 아무리 앉아 있어도 뭘 써야 할지 도저히 알 수가 없었다. 수업시간에 강사는 여러 가지 책을 추천해주었고, 수강생들에게 읽고 느낀 점을 말해보라고 했다. 그녀는 강사가 추천해준 책을 모두 읽었는데 어떤 것들은 도저히 이해가 가지 않았고 어떤 것들은 왠지 설명할 순 없지만 마음에 들었다. 그다음에 수강생들은 자유 주제로 한 편씩 써 간 수필을 돌아가면서 읽고 의견을 나눴다. 그녀를 뺀 다른 수강생들은 뭔가를 잘도 적어 왔는데 대부분 어린 시절 눈깔사탕을 훔쳤던 일이나, 종로3가 창녀촌을 처음 지나가봤을 때의 경험 같은 것들이었다.

여름 저녁이라 창문을 열어놓아서 옆집에서 이웃들이 싸우는 소리가 들려왔다. 그러자 거실에 있는 앵무새가 자지러지듯 소리를 질렀다. 앵무새를 맡게 된 이후 그녀의 신경에 거슬리는 것은 한두 가지가 아니었다. 사위가 놓고 간 사료를 일러준 대로 담아주면 앵무새는 눈 깜짝할 새에 밥그릇을 엎었고 때때로 가슴팍의 깃털을 뽑아놓기도 했다. 그 바람에 새장 주변은 치워도 치워도 곡식이나 깃털로 너저분했다. 그녀가 가장 곤혹스러웠던 건 앵무새가 툭하면 비명을 지른다는 사실이었다. 앵무새가 비명을 지를 때면 그녀는 민원이 들어오지 않을까 조마조마했다. 늦은 시간 텔레비전이라도 켜면 새장 안에서 졸고 있던 앵무새가 잠에서 깨어나 그 소리에 질 수 없다는 듯 더욱 악을 썼는데 그러면 넌더리가 났다. 그녀는 리모컨을 찾아 텔레비전 볼륨을 높일 때마다 귀머거리 노인네가 된 것만 같은 기분이 들었다.

또다시 수요일이 되어 그녀는 수필 쓰기 수업에 갔다. 사흘 동안 고민했지만 끝내 아무것도 쓰지 못해서 결국엔 빈손으로 갔다. 강사가 성의 없다고 오해할까봐 남의 글에 대해 돌아가며 한마디씩 이야기할 때는 그녀도 의견을 냈다. 그러고도 마음이 찝찝해 수업이 끝난 후 모든 수강생이 빠져나가길 기다렸다가 강사에게 "써보려 하긴 했는데 정말 쓸 말이 안 떠올랐어요"라고 말했다.

"괜찮아요. 너무 초조하게 생각하지 마세요."

다른 수강생들은 벌써 뒤풀이에 갔는지 복도에는 아무도 없었다. 그녀와 강사는 같이 건물을 빠져나와 나란히 횡단보도 앞에 서서 신호가 바뀌기를 기다렸다. 바로 옆에서 본 강사의 얼굴은 그녀의 딸처럼, 더이상 아주 젊지는 않지만 아직은 삶에 대한 불안으로 여전히 초조해 보이는 얼굴이었다.

"선생님은 엄마랑 사이가 좋아요?"

강사는 그녀의 질문에 어리둥절한 표정이었다.

"평범한 것 같은데요."

평범이라. 마침 신호가 바뀌었고, 각자 길을 건넜다.

앵무새가 이상하다는 걸 눈치챈 건 그 주 금요일이었다. 먹이를 주어도 도통 줄지가 않고 새장 안이 조용하다 싶었는데, 앵무새가 가슴팍의 깃털을 엉망으로 뽑아놓은 채 꼼짝도 않고 졸기만 했다. 영 이상해 그녀는 다음날 아침 동네 동물병원 전화번호를 인터넷에서 검색해 전화를 걸었다. 앵무새의 상태에 대해 전해들은 수의사는 앵무새가 아플 때 나타나는 증상과 거의 일치한다고, 하지만 자기네 병원에서는 새를 치료하지 않는다고 말했다.

"아니, 앵무새도 동물인데 왜 안 된다는 거예요?"

하는 수 없이 그녀는 인터넷을 한참 더 검색한 후 사십 분이나 걸리는 동물병원으로 택시를 타고 가야만 했다. 동물병원의 문을 열자마자 개들이 요란하게 짖었다. 이십 분 정도 대기실에서 기다린 끝에 만난 젊은 의사는 앵무새를 길러온 방식에 대해 이것저것 묻더니 말했다.

"죄송하지만 그렇게 키우시면 안 돼요."

말투는 정중하지만 그가 비난하고 있다는 걸 그녀는 알아챘다.

"앵무새는 관심을 많이 필요로 하는 동물이에요. 하루에 몇 번씩 새장 밖에 꺼내주셔야 해요. 놀아도 주셔야 하고요."

"놀아주라고요?" 그녀가 물었다.

"안 그러면 외로워서 죽어요."

죽는다고? 울음을 터뜨리는 어린 딸의 얼굴이 그녀의 눈에 선했다. 죽더라도 내가 데리고 있는 동안에는 안 되지. 그래서 그녀는 집에 돌아온 후 돋보기를 찾아 끼고 앵무새에 대해서 검색하기 시작했다. 앵무새 키우는 법, 앵무새랑은 어떻게 놀까. 앵무새 발톱 관리법 같은 것들을. 생수보다는 수돗물이 미네랄을 섭취할 수 있어 좋다거나 간식을 주 2~3회 정도 주는 게 적당하다는 걸 그녀는 그런 식으로 배웠다. 이제 그녀는 하루에 한 번이 아니라 두 번 물과 사료를 갈아주었고 한 시간마다 새장을 열어 새가 거실 바닥을 걸어다닐 수 있게 해줬다. 새는 이십 분마다 한 번씩 똥을 싸댔으므로 새를 꺼내놓고 나면 휴지를 들고 다니며 새가 지나간 자리를 닦아야 했다. 불행 중 다행인 것은 앵무새가 아직 날지 못한다는 것이었지만 조그만 앵무새는 놀랄 만큼 재빨랐다.

"왜 이렇게 피곤해 보이세요?"

그다음 주 평생교육원에 갔을 때 강사가 그녀에게 걱정스럽게 물었다.

"극성스러운 손주가 생겼거든요."

모든 일은 고역이었다. 일주일 만에 살이 3킬로그램이나 빠졌고, 초저녁만 되어도 잠이 쏟아졌다. 거실 바닥 전체엔 온통 곡식의 껍질과 노란 솜털이 나뒹굴어 그녀는 하루에도 몇 번씩 청소기를 돌려야 했고, 여름이라 거실에 깔아둔 돗자리며 잠깐 바닥에 내려놓았던 돋보기의 안경테와 리모컨 버튼이 부리에 쪼여 너덜너덜해졌다. 몇 번이고 그녀는 사위에게 전화를 걸어 당장 새를 데려가라고 말하는 상상을 했다. 정말로 걸지는 않았다.

그런데 며칠이 더 지나자 믿기 힘든 일이 그녀에게 일어났다. 그러니까 앵무새가 귀여워 보이기 시작한 것이다. 처음엔 밖으로 꺼내주려고 새장 앞에 다가서면 횃대에 앉아 있던 새가 고개를 오른쪽으로 갸웃한다는 걸 알아챘는데 그게 제법 귀엽게 보였다. 가끔은 머리를 들이밀기도 했다. 머리를 쓰다듬어달라는 뜻이라는 걸 눈치채는 데는 시간이 조금 더 걸렸다. 개도 고양이도 아닌 주제에. 하지만 그녀는 손을 뻗어 조그만 정수리를 만져줬다. 그러면 새가 그녀의 손바닥 가장 옴폭한 곳에 머리를 비벼왔고, 그 감촉이 놀랄 만큼 부드러웠다. 그러던 어느 날, 돗자리가 깔린 거실 바닥에 누운 채 책을 보다가 깜박 잠이 들었는데 깨보니 앵무새가 그녀의 배 위에 올라와 있었다.

"어머나, 이게 무슨 일이야?"

새장을 분명히 잠갔는데. 앵무새가 스스로 새장 문을 열고 나왔다는 것일 텐데 그 사실이 잘 믿기지는 않았다. 큰일날 뻔했잖아. 자칫하면 깔아뭉갤 수도 있었다고 생각하니 심장이 쿵하고 내려앉았다. 하지만 새는 그저 배 위에서 기분좋게 졸고 있을 뿐이었다. 작은 털실 뭉치처럼 고개를 파묻고 몸을 웅크린 채. 완전히 무방비한 상태로. 그녀가 누군가를 해칠 수 있으리라고는 꿈에도 상상하지 않는 것처럼.

"장모님, 죄송한데요, 한 달만 더 부탁드려도 될까요?"

약속한 한 달보다 한 주 더 늦게 사위가 전화를 걸어와—딸이 아니라 또 사위였다!—우물쭈물하며 말했을 때 그녀는 괜찮다고 했다.

"한 달 정도는 더 맡을 수 있어."

그녀는 인터넷으로 새장을 새로 구입했고—사위가 가져온 새장은 조금 커다란 이동장으로 앵무새가 살기엔 너무 비좁다는 걸 많은 블로그와 카페 등을 통해 알게 됐다—해바라기씨와 사과를 간식으로 앵무새에게 주었으며, 앵무새용 공을 사다가 놀아주었다. 목욕을 좋아하는 앵무새를 위해 일주일에 두 번씩 커다란 그릇에 물을 받아주었고, 목욕을 하고 나면 감기에 들지 않도록 드라이어로 꼼꼼히 말려주었다. 사회성을 길러주기 위해 앵무새 카페에 데려가면 좋다는 이야기를 읽고는 주소를 검색해두었지만, 그곳에서 전염병에 걸려오는 경우도 많다는 글을 보고는 데려가지 않아 천만다행이라며 안도했다.

녹음이 눈부신 계절이었다. 하늘은 푸르고 구름 한 점 없었다. 낮엔 찌는 듯이 무더웠지만 저녁이 되면 천변은 아직 서늘해서 사람들은 해질녘에 산책을 나섰다. 늘 그래왔던 것처럼 그녀 역시 설거지를 마친 후 천변으로 나갔다. 포장된 산책로 한쪽에는 보랏빛 쑥부쟁이가 여기저기 고개를 들이밀고 있었고, 하천을 따라 무성히 난 물풀 사이로 풀벌레 소리가 들렸다. 주민들을 위해 산책로에 마련된 운동기구와 벤치마다 사람들이 북적였고, 활기가 넘쳤다. 연인들, 노부부, 유아차를 밀고 거니는 사람들이 그녀를 스치며 지나갔다. 그녀는 누군가와 통화를 하고 싶어졌지만 딸은 받지 않았다.

전화를 끊고 걷는데 집에 있을 앵무새가 떠올랐다. 외출했다 들어오면 꺼내달라고 횃대 위에서 부산히 왔다갔다하며 재촉하는 앵무새. 손가락을 내밀면 앙증맞은 발로 검지와 중지 사이를 계단처럼 걷고, 소파에 앉아 연속극을 보고 있노라면 그녀의 옆에 오겠다며 오르지도 못하는 소파 위로 기어오르려고 안간힘을 쓰는 앵무새. 며칠 후, 그녀는 앵무새를 데리고 산책을 나왔다. 인터넷에서 검색한 바에 따르면 하네스를 채워 산책을 시키는 방법과 새장에 넣은 채 산책을 시키는 방법 두 가지가 있었는데, 하네스를 채워본 적이 없었기 때문에 그녀는 휴대하기 좋은 초소형 이동장을 구입하는 쪽을 택했다. 인터넷에서 본 대로 새가 놀라지 않도록 이동장의 삼면을 수건으로 덮고 천변을 걸었다. 유아차를 밀거나 개를 하네스로 묶고 걷는 사람들과 나란히 걷는 기분이 퍽 좋았다. 그렇게 걷다보면 앵무새는 호기심어린 눈으로 주위를 둘러봤고, 신나서 이따금씩 소리를 질렀다. 그러면 사람들이 뒤를 돌아봤고 앵무새와 걷는 그녀를 발견한 뒤 신기한 듯 킥킥대며 지나갔다. 앵무새 산책시키는 할망구는 처음 보나보지?

사람들이 그렇게 자신을 보고 웃을 때면 어릴 적 그녀는 숨고만 싶었다. 스스로가 이 세상과 제대로 조화를 이루지 못하고 떨어져나온 부스러기처럼 느껴졌으니까. 어렸을 때 그녀는 강진에 있는 할머니 집에서 살았는데, 훗날 그녀의 엄마는 당시 형편이 너무 어려워 애들을 다 데리고 있을 수가 없어서 그랬다고 말했다. 오빠는 장남이니까 보낼 수 없었고, 남동생은 아직 엄마 손을 타야 하는 나이라 데리고 있어야만 했다고. 그녀는 국민학교에 입학할 때까지 그 집에서 백부네 식구들과 살았다. 어릴 적 생각만 하면 그녀는 아이들에게 놀림받던 일이 가장 먼저 떠올랐다. 그녀가 서울말을 쓰고, 무엇보다 얼굴에 움푹 팬 수두 흉터가 가득했기 때문이었다. 백모는 그녀가 긁지 말랬는데 너무 긁어 그렇게 흉이 졌다고 했다. 수두는 사촌 언니들과 그녀가 동시에 걸렸지만 흉은 그녀에게만 남았다. 옆집의 춘식이 삼촌은 그녀가 처음으로 사랑한 남자였다. 아이들이 놀리면 혼내주고 수두 자국이 있어도 예쁘다고 그녀에게 말해준 유일한 사람이었다. 달을 봐봐, 옥미야. 달도 겉이 움푹 패어 있지만 저렇게 빛나고 아름답잖니. 춘식이 삼촌은 여름에 친구들과 무등산에 놀러갔다가 급류에 휩쓸려 죽었다.

앵무새와 같이 천변을 따라 걷다보면 이상하게 가마득히 잊고 있던 옛 기억들이 자꾸만 그녀를 찾아왔다. 이튿날 산책할 때는 중학교 시절 친구였던 점선이 생각이 났다. 얼굴이 까맣고 보조개가 귀여웠던 점선이. 말린 낙엽 뒤에 편지를 써서 건네주던 점선이. 점선이는 하숙집 딸이라 그 집에 놀러가면 언제나 대학생 오빠들이 있었다. 난생처음 그녀와 점선이를 동대문에 생긴 실내 아이스링크에 데려간 것도 그 오빠들이었다. 가슴이 벅차오를 만큼 넓고 웅장했던 아이스링크. 그곳에서는 모두가 추위 따윈 아랑곳 않은 채 얼음 위를 미끄러지고 또 미끄러졌다. 넘어져도 몇 번이고 다시 일어서던 몸들. 땀에 젖은 채 겁없이 내달리던 젊음. 영원할 것 같던 그 시절도 결국엔 다 사라졌다.

딸 또래의 여자가 열 살 정도 되어 보이는 여자아이의 손을 잡고 조심조심 징검다리를 건너는 모습이 보였다. 인서가 5학년인가, 6학년이었을 때의 일이 떠올랐다. 잠을 자지 않고 그녀가 집에 돌아오길 기다리던 아이가 그녀의 앞을 가로막더니 물었다.

"엄마, 다음주 운동회 날에만 가게 쉬고 학교에 와주면 안 돼?"

하지만 그녀는 쉴 수 없었다. 하루도 쉴 수가 없었지, 하루를 쉬면 과일이 다 뭉개져버리고, 그러면 피아노 학원비를 내줄 수 가 없는데. 딸아이와 균열이 생긴 건 그때였을까? 돌이켜보면 딸 아이의 마음이 멀어질 만한 순간은 많았다. 녹초가 되어 자고 있는데 딸아이가 깨우면 그녀는 귀찮게 좀 하지 말라고 소리를 질렀다. 과일 트럭이 다른 차들의 통행을 방해하고 있으니 빼라는 경비원과 핏대를 높여가며 싸우는 걸 본 딸이 그녀더러 창피하다고 말했을 때는 그녀도 너무 창피하고 분해 뺨을 때렸다.

그녀의 아이, 엄마 너무 창피해, 엄마는 왜 그렇게 무식해, 했던 아이가 아이를 낳을 때, 그때 그녀는 혹시라도 딸이 잘못될까 봐 얼마나 불안하고 겁이 났던가. 산부인과로 딸을 보러 갔을 때는 얼굴의 실핏줄이 다 터진 딸이 아빠가 있었으면 좋아했을 거라 말하며 울어 그녀도 눈물이 찔끔 났다. 남편은 대장암이었다. 똥이 안 나온다고, 안 나온다고 하도 그래서 변비약 정도는 알아서 사 먹으라고 남편에게 화를 냈는데 알고 보니 내시경이 안 들어갈 정도로 이미 암이 커져 있었다. 남편이 죽고 일 년 만에 태어난 손녀딸은 사위를 꼭 닮았고, 삼 년 만에 태어난 손자는 딸을 빼닮았다. 아이들은 손을 가누지도 못하더니 금세 손가락을 들어 그녀를 가리켰고, 눈 깜짝할 새 그녀가 뺨을 갖다대면 얼굴을 쓰다듬었다. 그녀의 뺨을 사랑스럽게 어루만지던 딸처럼. 그녀는 아이들이 자라나는 걸 가까이에서 보고 싶었지만 아이를 매일 돌보고 매일 저녁 딸과 밥을 같이 먹는 건 그녀가 아니라 딸의 시어머니였다. 딸은 한 번도, 단 한 번도 그녀에게 아이를 맡아달라 부탁하지 않았다.

그러던 어느 날이었다. 그날따라 하늘이 청명해 그녀는 늘 돌아오는 지점을 지나쳐 조금 더 걸었다. 한참을 걷다보니 어느새 감파래진 하늘 위로 둥글고 새하얀 보름달이 떠 있었다. 수술을 두 번이나 한 무릎이 아파와 그녀는 벤치를 찾아 앉았다. 그녀 앞을 지날 때마다 크고 작은 개들은 서로를 경계하며 으르렁거리거나, 반갑다는 듯이 서로에게 달려들었다. 사나운 개들이 앵무새를 공격할까봐 걱정돼 그녀는 엉덩이를 조금 움직여 뒤쪽으로 앉았다. 선선한 바람이 맨살을 내놓은 팔뚝 위를 부드럽게 스쳤다. 물 흐르는 소리가 기분좋게 들려왔다.

"너도 바깥 구경이 하고 싶지?"

그녀는 천천히 이동장의 잠금쇠를 풀었다. 아직 날 줄 모르지만 놀랄 만한 상황이 생기면 본능적으로 날아가버릴 수도 있다고 인터넷에서 읽은 적이 있어 그녀는 그때까지 새를 한 번도 바깥에서 꺼낸 적이 없었다. 앵무새를 목련 송이처럼, 조금만 힘을 주면 망가지는 봄날의 목련 송이처럼, 두 손 가득 조심스럽게 들어 무릎 위에 올려놓자 새가 그녀의 윗옷 속으로 파고들었다. 처음 나와본 세상이 무섭다고 멀리멀리 날아가는 대신, 그녀의 품속으로.

"아이고, 간지럽잖아."

너무 간지러워 웃음이 났다. 한번 터지자 웃음이 계속, 계속 나왔다. 똑같이 연하늘색 원피스를 맞춰 입은 여자아이 둘이 발레를 하듯 빙글빙글 춤을 추며 지나가다가 삐이익— 하는 새 울음소리에 앵무새를 발견하고는 언니, 이거 봐, 앵무새야, 하며 그녀의 곁으로 다가왔다. "한 번만 만져봐도 돼요?" 아이들은 앵무새를 조심스럽게 만지더니 까르르 웃음을 터뜨리고는 가던 길을 다시 갔다. 아주 환한 밤, 자그마한 여자아이가 약간 더 큰 여자아이 뒤를 대롱대롱 매달리듯 걷는 뒷모습을 보는데 이번에는 조금 다른 기억이 그녀의 머릿속에 떠올랐다.

이 역시 그녀가 할머니네에서 살던 시절의 기억이었다. 그 동네는 배수 시설이 좋지 않아 비만 오면 홍수가 나곤 했다. 비가 쏟아지면 할머니와 백모가 허둥지둥 빨래를 걷고 평상에 널어둔 시래기와 무말랭이 같은 것들을 걷었다. 이따금씩 대청마루까지 흙탕물이 차면 그녀보다 아홉 살이 많은 사촌언니가 그녀를 업었다. 언니 등에 업혀 그녀가 언니 무서워, 하면 언니는 그녀를 업은 채 뜸북뜸북 뜸북새 노래를 불렀다. 마을을 집어삼킬 듯 차오르는 흙탕물이 무섭다가도 언니 등에 업혀 노래를 듣고 있으면 더 이상 무섭지가 않았는데. 어떻게 이런 것들을 까맣게 잊었을까. 앵무새를 품은 채, 환한 달이 하천 위로 기다랗고 빛나는 띠를 그려놓은 걸 보며 그녀가 노래를 흥얼거렸다. 뜸북뜸북 뜸북새 논에서 울고 앵무앵무 앵무새 밭에서 울지. 천변을 따라 우거진 달뿌리풀의 은빛 물결이 바람이 불 때마다 찰랑거렸다. 하천 건너편의 십대 아이들이 맨다리를 물가 쪽으로 내놓은 채 아이스크림을 먹고 있다가 그녀와 앵무새를 발견하고 반갑게 손을 흔들었다. 그러자 앵무새가 화답하듯이 고개를 내밀고 노래를 불렀다. 그녀는 앵무새의 머리를 조심스럽게 쓰다듬으며 속삭였다.

"자, 이제 같이 집으로 돌아가자."

사위에게서 연락이 왔다. 그녀가 진공청소기로 바닥에 떨어진 곡물 껍질을 빨아들인 후 콩국수를 해 먹으려고 냄비에 물을 받고 있던 중이었다. 사위의 목소리는 밝았다.

"장모님, 드디어 데리러 갈 수 있어요."

앵무새가 갔다. 그녀는 일상을 되찾았다. 월요일엔 동네 슈퍼에서 채소를 샀고, 수요일엔 평생교육원에 갔다. 저녁을 먹고 설거지를 한 후엔 결명자차를 끓이며 텔레비전을 보았고 다 본 후에는 가스 불을 끄고 잤다. 모든 게 변함없었지만 그녀는 천변에는 한동안 나가지 못했다. 천변의 모든 풍경이 그녀의 마음을 흔들어놓았다.

무더위가 꺾이고, 태풍이 한차례 몰려오더니 일교차가 커지고, 나뭇잎들은 시들어갔다. 딸과 사위는 날 수 있게 된 앵무새의 사진과 동영상을 이따금씩 그녀에게 보내주었지만 그마저도 점점 뜸해졌다. 라디오를 들으며 대청소를 하던 그녀가 서랍장 안쪽에서 수필 쓰기 수업에 들고 다니던 노트와 강의 계획서를 발견한 것은 긴 시간이 흐른 후 어느 겨울의 일이었다. 내다버릴 것들을 한데 모으다가 그녀는 마지막이란 생각으로 노트를 펼쳐보았다. 갈피에 끼여 있던 아주 작은 연노란빛 솜털 하나가 그녀의 무릎 위로 떨어져내렸다.

그날 밤 그녀는 평소처럼 텔레비전을 보다가 잠자리에 누웠지만 좀처럼 잠을 이룰 수 없었다. 잠이 오지 않아서 한참을 침대에 누워 뒤척이며 앵무새를 생각했고, 또 조금 더 많이 생각했다. 그러다 새벽 세시쯤 되었을 때 그녀는 자리에서 일어나 서랍장을 열었다. 그리고 미처 버리지 못한 노트를 꺼내어 식탁 앞으로 갔다. 커튼을 치지 않은 거실 유리창 너머로 고요함이 감도는 먹빛이 가득 들어찬 게 보였다. 마른바람이 가늘어진 나뭇가지들을 흔들고 지나가는 소리만 간간이 들렸다. 그녀는 자리에 앉아 빈 페이지를 펼쳤다. 무언가 쓰고 싶었지만 무엇을 써야 할지는 알 수 없었다. "마음을 들여다보세요." 강사는 수업시간에 그렇게 말하곤 했다. 글을 쓰기 위해선 마음을 들여다봐야 한다고. 하지만 마음을 들여다보는 건 너무 무서운 일이지, 너무 무서워.

그녀는 식탁에 앉아 앵무새, 라고 써봤다. 앵무새가 갔다, 라고 쓰려다 가버렸다, 고 썼다. 앵무새가 가버렸다, 는 문장을 보자 너무 고통스러워 그녀는 눈을 감아야 했다. 눈을 감자 주위가 캄캄해졌다. 어두운 강물 속처럼. 그녀는 길을 찾기 위해 물풀을 헤치는 사람처럼 눈을 감은 채 기억들 사이를 헤쳐 지나갔다. 그리고 마침내는 그 시절로 되돌아갈 수 있었다. 어디선가 갑자기 나타나 빼꼼 그녀를 바라보던 앵무새, 어깨에 올려놓으면 가만히 앉아 그녀와 같이 연속극을 보며 그녀의 목에 보드라운 부리를 비비던 앵무새, 화초에 물을 주기 위해 그녀가 양동이 가득 물을 담아 뒤뚱뒤뚱 걸어가면 그 뒤를 총총총, 발소리를 내며 따라오던 작고 작은 새가 아직 그녀에게 있던 시절로. 사람들은 알까. 잠이 들면 앵무새의 그 조그마한 발이 더 따뜻해진다는 걸. 그녀 옆에서 졸던 앵무새가 잠에서 깨어나 저만치 가버린 뒤, 그녀가 주름진 손을 펼쳐 새가 앉았던 자리를 가만히 만져본 적이 있었다. 마룻바닥은 새가 닿았던 자리만큼의 크기로 따스했다. 그러고 보면 그 시절, 그녀에게는 틀림없이 앵무새가 전부였다. 앵무새에게도 그녀가 전부였고.

어떻게 그런 일이 일어날 수 있었을까? 작지만 분명한 놀라움이 그녀의 늙고 지친 몸 깊은 곳에서부터 서서히 번져나갔다. 수없이 많은 것을 잃어온 그녀에게 그런 일이 또 일어났다니. 사람들은 기어코 사랑에 빠졌다. 상실한 이후의 고통을 조금도 알지 못하는 것처럼. 그리고 그렇게 되고 마는 데 나이를 먹는 일 따위는 아무런 소용이 없었다.

| **작가노트** |

마음을 들여다보는 일

작년엔 외출을 거의 하지 않고, 집에서 대부분의 시간을 보냈다. 만나자는 연락에 이런저런 이유를 대며 '다음'으로 약속을 미룰 때가 많았지만 오랜만에 온 S의 연락을 거절하지는 못했다. 본 지 너무 오래된데다 나를 보러 우리 동네까지 와주겠다는데 잠깐도 시간을 내지 못한다고 말할 만큼 뻔뻔하지는 못했던 것이다. 아주 오랜만에 만난 S와 카페에 앉아 커피를 마시고, 청포도가 올라간 케이크를 함께 먹었다. 동네의 작은 카페엔 우리 말고 사람이 없었고, 케이크는 달고 맛이 좋았다.

오래전, S의 집을 주기적으로 들락거리던 그 시절, 나는 앵무새를 태어나 처음으로 가까이에서 볼 수 있었다. 키우던 고슴도치를 하늘나라로 보낸 S가 앵무새를 집에 데려왔기 때문이었다. 왜 하필 앵무새냐는 나의 질문에 S는 답했다. 앵무새는 평균수명이

삽십 년은 되거든요. 정갈했던 S의 집은 앵무새와의 동거가 시작된 이후 어수선해졌고 시끄러워졌다. 하지만 그런 것들은 앵무새와 함께 살며 얻게 된 기쁨에 비하면 아무것도 아닌 듯했다. 딱 한 번, S가 시키는 대로 앵무새를 내 손가락에 얹어본 일이 있다. 앵무새는 가느다란 발가락으로 내 검지를 디뎠다.

S와 헤어지고 집에 돌아오는 길, 나는 앵무새를 기르는 할머니가 등장하는 소설을 구상하기 시작했다. 소설을 구상하다 앵무새에 대해 궁금한 것들이 생기면 S에게 연락을 해댔고, 심지어는 앵무새를 실제로 보고 싶으니 만나줄 수 있느냐고 묻기까지 했다. 몇 년째 먼저 연락도 제대로 한 적이 없으면서 이러는 건 좀 아니지 않나, 하는 생각이 들기도 했지만 어쩔 수 없었다. 평소에는 뻔뻔하지 못한 편이지만 소설을 쓸 때 나는 너무 쉽게 뻔뻔해지고, 그런 나를 볼 때면 내가 소설 쓰는 일을 정말 좋아하긴 하나보다 생각하게 된다.

소설의 주인공인 옥미의 캐릭터를 만드는 일은 그렇게 어렵지 않았고, 재미있기까지 했지만 막상 소설을 쓰기 시작하자 (늘 그렇듯) 생각했던 것처럼 이야기가 잘 풀리지 않았다. 몇 날 며칠을 어르고 달래도 옥미가 꿈쩍도 하지 않았고 원래 있던 자리를 벗어날 생각조차 하지 않았던 것이다. 소설을 완성하기는 글렀다고 생각하며 옥미를 탓하는 날들이 이어졌다. 고집스러운 옥미. 괴팍한 옥미. 그러던 어느 날이었다. 버스를 타고 혜화동 로터리를 지나고 있던 내게 옥미가 말을 건네온 것은. 마음을 들여다보는 건 너무 무서운 일이지, 너무 무서워. 나는 그 말을 놓칠까봐 서둘러 메모했다. 덕분에 소설을 완성할 수 있었다.

마음을 들여다보는 일은 언제나 너무 무섭고 고통스럽다. 소설을 쓸 때마다 달아나고픈 충동에 휩싸이는 건 소설을 쓰는 일이 인간의 마음을 들여다보는 일이기 때문일 것이다. 하지만 옥미는 결국 해냈고 그걸 생각하면 아주 작은 불빛이 켜진 것처럼 내게도 용기가 생긴다. 그 용기를 등불 삼아 컴컴한 강물 속 물풀처럼 자라나 있는 슬픔과 고통, 시기심과 비겁함, 자기모순과 기만 따위를 헤치며 또다시 조금씩 앞으로 헤엄쳐나간다. 그 길에서 마주하게 될 것이 무엇인지는 모르겠으나, 기어코 환한 쪽으로 고개를 돌릴 것이다.

| 리뷰 |

고요하고 존엄한

강영숙(소설가)

백수린의 소설을 좋아하는 이유는 그의 소설 세계가 가진 고요함 때문이다. 예를 들면 그의 단편소설 「아무 일도 없던 밤」. 카메라가 저멀리서부터 내려와 폭설이 내린 땅 위에 있는 요양병원을 향해 다가가는 것으로 시작해, 요양병원으로부터 카메라가 멀어지고 여전히 눈이 내리며 끝나는 소설이다. 막 한 생명이 눈을 감았고, 그 생명을 지켜보는 사람들이 있지만 세계는 여전히 고요하다. 눈이 내리는 저 꼭대기에서 내려다보면 저 아래 있는 작은 원자들의 아웅다웅은 아무것도 아니라는 듯하다. 마치 일어난 일이라곤 처음부터 끝까지 눈이 내린 것밖에는 없다는 듯한.

어떤 외국 작가는 반려동물로 닭과 함께 산다. 여행중에 우연히 오리를 어깨 위에 올리고 버스에 승차한 남자도 본 적 있다. 「아주 환한 날들」의 주인공은 앵무새와 사랑에 빠졌다. 침팬지와 스킨십을 하며 사랑에 빠지기도 하는데(〈막스 내 사랑Max, Mon Amour〉(1986)) 앵무새야 뭐 어떤가. 최소한 침팬지보다는 덜 시끄러울 것이다. 경험에 의하면 토끼가 정말 조용하다. 초록색 나뭇잎을 입안으로 들여갈 때 나는 약간의 소리 말고는 소리가 거의 나지 않는다. 하지만 토끼도 스트레스를 받으면 뭔가를 이로 계속 갉아대기도 한다.

백수린의 소설은 우리 시대의 표정이 되기에 충분하고 「아주 환한 날들」은 그 대표작이 될 듯하다. 이런 작품에 어떤 말을 보태든 사족이 될 것이다. 그리고 작가가 어디에도 그런 증거를 남겨놓지 않았고 그런 독법으로 읽어서도 안 되겠지만 앵무새는 처음부터 없었다고 생각하고 읽을 수도 있다. 나는 그랬다.

앵무새는 육 년 전에 죽은 그녀의 남편에 대한 회한과 혼자 사는 엄마에게 냉랭한 딸에 대한 복잡한 무의식이 만들어낸, 기억이 사물화된 존재는 아니었을까. 그녀의 입장에서 보더라도 딸이 엄마를 싫어하게 된 데에는 그녀의 잘못도 있고, 남편이 대장암에 걸려 손쓸 수 없이 죽게 된 데에도 자신의 잘못이 있지만, 마음을 들여다봐야 글이 나온다는 강사의 말에는 '너무 무서워'라며 도망친다. 누구나 자기 자신의 얘기를 글로 쓰기는 어려운 법이다.

그녀는 "조금도 적적하지 않"고 평생교육원에 다니며 수필 쓰기 수업을 듣고, 매일매일 정해놓은 일상의 루틴을 리추얼처럼 이어가지만 사실은 그저 혼자서 천변을 '일만 보씩' 걷는 건 아닐까(노인 걸음으로 일만 보를 걸으려면 최소한 세 시간 정도 걸린다). 앵무새가 나타나기 전 그녀의 기억은 주로 유쾌하지 못한 일들에 머문다. 결혼할 때부터 죽을 때까지 서로 시큰둥했던 남편이나, 과일가게에 나가야 해서 딸의 운동회에도 가지 못했던 일들 같은 것들이다.

그러나 그녀의 눈에 앵무새가 귀여워 보이기 시작하고 드디어 앵무새와 천변을 산책하면서 기억의 내용은 바뀐다. 어린 시절 강진 할머니집에 살 때 수두 자국이 있어 애들한테 놀림을 받던 자신을 예쁘다고 말해준 춘식이 삼촌. "달을 봐봐, 옥미야. 달도 겉이 움푹 패어 있지만 저렇게 빛나고 아름답잖니." 춘식이 삼촌은 『어린 왕자』 같은 작품을 읽었던 걸까. 또 친구였던 점선과 함께 대학생 오빠들을 따라 처음으로 동대문 아이스링크에 갔던 일, 또 할머니 집에 홍수가 나 흙탕물이 차올랐을 때 아홉 살 많은 사촌언니가 어린 그녀를 들쳐업고 불러주던 뜸북새 노래 같은 것들을 떠올린다.

춘식이 삼촌이나 사촌언니는 옥미를 무조건 사랑해준 사람들이었다. 뭔가 문제가 있고 그것을 해결하라고 다그치거나 엄마는 왜 이렇게 무식해, 라고 말하는 딸과 달리, 그녀를 보듬어준 사람들이었다. 이성적으로 질문하고 이래라 저래라 하는 것보다는 일단은 그 상황을 받아들이고 이해해주고 노래를 불러주는 순간의 일들 말이다. 작은 앵무새가 옥미의 배 위에 올라간 순간 그녀는 그 사랑을 떠올렸던 것이다.

"앵무새가 갔다"는 문장을 봤을 때 심장이 내려앉는 것 같았다. 앵무새가 가다니! 그래서 사실은 나중에 앵무새가 다시 찾아오는 줄 알았다. 아니, 앵무새가 인간이 되어 다시 옥미를 찾아온다고 해도 전혀 놀라지 않을 것이다. 옥미의 무의식은 앵무새를 선택했다. 작고 미미한 존재가 옥미 옆에 있었던 순간 그녀는 어느 때보다 분주했고 충만했고 정말이지 '눈부신 계절'을 보냈다. 겨우 두 달간이었지만.

> 그러고 보면 그 시절, 그녀에게는 틀림없이 앵무새가 전부였다. 앵무새에게도 그녀가 전부였고.(236쪽)

이 문장 이후로 이런 일은 옥미에게서만 일어나는 것이 아니라 보편적인 모든 인간에게서 일어나는 일로 바뀌며 확장된다. '그 시절'이라는 통시적인 시제를 사용함으로써 지금 옥미가 어떤 시간에 당도해 있는지 잘 알 수는 없게 된다. 그리고 앵무새에게도 그녀가 전부였는지도 알 수 없지만 실은 모두에게는 서로가 필요한 것이다.

옥미는 사실 조금도 적적하지 않을 수 있지만 사랑을 줄 대상도 필요하고 사랑을 받을 대상도 필요하다. 그러니까 사랑과 이해는 평생에 걸쳐 모든 인간에게 가장 필요한 가치이고, 사랑만이 인간의 존엄을 유지시킬 수 있다고 말하고 있는 작품이다. 그리고 사랑은 그냥 느끼는 것이라고도. 옥미와 앵무새가 그랬던 것처럼.

「아주 환한 날들」 이후 백수린의 소설은 어떻게 변화할까. 좀더 작은 것에, 고요한 세계 안에, 다들 사느라 지쳐 놓치고 있는 중요한 것을 일깨우는 백수린만의 세계가 있기를 기대한다.

2022
김승옥문학상

김승옥문학상 취지

심사 경위 및 심사평

김승옥문학상 운영위원회

김화영 김재빈 류보선 이기호

심사위원

김화영 강영숙 강지희 신형철 정영문 정홍수 조경란

| 김승옥문학상 취지 |

1960년대 한국 현대소설의 빛나는 한 정점을 보여준 작가 김승옥의 등단 오십 주년을 기념하여 그의 문학과 산문 정신을 기려 2013년 KBS순천방송국에서 제정한 문학상으로, 2019년부터는 순천시의 지원으로 문학동네가 새로이 주관하게 되었다.

김승옥은 1941년 일본 오사카에서 태어나 전라남도 순천에서 유년시절과 청소년기를 보냈다. 순천중고등학교를 졸업한 그는 1960년 서울대학교 문리과대학 불문과에 입학했다. 1962년 한국일보 신춘문예에 「생명연습」이 당선되어 문단에 첫발을 내디딘 순간부터 그는 즉각 한 세대의 젊은 감성과 미학을 대표하는 존재로 예외적인 빛을 발하기 시작했다. 같은 해에 동인지 『산문시대』를 펴내는 동시에 「환상수첩」 「건」을 발표, 1964년 「무진

기행」, 그리고 마침내 1966년 첫 창작집 『서울, 1964년 겨울』을 발표함으로써 '감수성의 혁명'이라는 찬사를 한몸에 받으면서, 1960년 학생혁명을 주도한 '4·19 세대', 그리고 일제 교육의 일환인 강제적 일본어 세례를 받지 않고 우리말로 정규교육을 받은 첫 '한글세대'의 상징이 되었다. 1965년 제10회 동인문학상 최연소 수상, 1977년 제1회 이상문학상 수상은 그 웅변적인 예이다.

앞선 세대의 무기력한 전후문학과 결별하고 "태초와 같은 어둠 속에서" 안개 속의 낭떠러지로 전 인격을 내던지며 그는 새로운 감수성의 촉수를 더듬어 "자기 세계", 즉 진정한 자아를 찾기 위하여 "죽음의 팻말을 새기며" 길을 떠났다(『산문시대』 창간사에서).

그의 대표작들은 대부분 1960년대 초반에 발표되었고 단편소설이 중요한 몫을 차지하지만, 암울하면서도 폭발적인 젊음의 세계를 그만의 감각적이고 개성적인 문체로 형상화함으로써 단숨에 우리 현대소설의 가장 정치하고 드높은 봉우리에 이르렀다. 그 압축적인 창조성으로 미루어 지극히 예외적으로, 작가의 생존 중에, 이 상을 제정한 의의 또한 예외적이라 하겠다.

김승옥문학상 운영위원회
김화영 김재빈 류보선 이기호

| 심사 경위 및 심사평 |

지난 일 년 동안 발표된 단편소설 중 심사 대상 조건에 부합하는 모든 작품이 여섯 묶음으로 나뉘어 여섯 명의 예심 심사위원에게 발송됐다. 예심에서 각자 두세 편을 골라냈고, 수합된 총 열여섯 편을 대상으로 8월 10일, 심사위원장 포함 일곱 명의 심사위원이 본심을 진행했다. 첫 투표에서 최다 득표를 한 소설이 끝까지 안정적인 지지를 얻어 결국 대상 수상작이 됐다.

사십대에 진입한 동갑내기 두 작가의 소설은 모두 한 여자의 마음 깊은 곳을 들여다보고 있는데, 그 깊이의 깊이가 어느덧 확연해졌다는 점까지 비슷하다. 백수린의 「아주 환한 날들」의 칠십대 여성은 나이들어 얻은 독신생활의 평온을 만끽하던 중 딸 내외가 떠맡긴 앵무새 때문에 불편해졌다. 이 뜻밖의 돌봄은 그녀의 잘 정리된 현재를, 혹은 외면된 과거를 헤집는다. 그래서 그는 자신의 탓이라고 할 수는 없는 가족관계의 실패들을 복기하고, 어째서 이번 돌봄은 이렇게 환한 경험이 될 수 있었는지를 생각한다. 이 서사 구조는 돌봄만이 여성의 보람이라고 재차 강요하는 데 기여하는 것이 아니라, 왜 그것이 보람이 되지 못하는 때가 많은지를 묻고 그 보람이 한 인간의 존엄에 얼마나 중요한 것인지를 되새기게 하는 쪽으로 독자를 이끈다. 그 견인은 앵무새가 사람의 손끝에 올라앉는 동작만큼이나 자연스럽다. 한편 백수린의 소설에는 "마음을 들여다보는 건 너무 무서운 일이지, 너무 무서워"라는 문장이 있는데, 정한아의 「일시적인 일탈」은 바로 그 일을 함으로써 '무서운' 소설이 되었다. 서로 의지하던 두 여자 중 하나가 돌연히 세상을 떠나자 남은 여자는 (소설의 표현을 빌리자면) "과도한 애도"를 시작하는데, 그는 죽은 자의 공간에 머물면서 사실상 우울증적 동일시에 가까운 상태로 진입하고, 그 의례를 통해 제 일상이 억압하고 있었던 존재론적 결핍과 대면하기 시작한다. 과감한 상상력으로 그 결핍의 깊이에 다다르는 후반부는 작중인물 두 사람이 작가 자신을 둘로 쪼갠 결과가 아닌지 상상하게 될 정도로 압도적이었고, 이 작가가 빛나는 데뷔 이후 근래 또 한번의 절정에 가까워져 있음을 실감하게 했다.

연극으로서의 삶, 혹은 거짓의 진실함과 진실의 거짓됨. 이런 키워드로 구병모의 「니니코라치우푼타」와 김애란의 「홈 파티」를 나란히 놓아볼 수 있을 것이다. 어린 시절 만난 외계 생명체 친구를 칠십 년이 지난 지금 다시 보고 싶다고 말하는 요양원의 어머니를 위해, 마침 특수분장팀에서 일하는 딸이 실력을 발휘해 감동적인 상봉의 자리를 준비한다는 설정이라면 재미가 없기 어렵다. 그 에피소드가 미래의 시점에서 지금을 회상하는 서술, '현재에 대한 노스탤지어'라고 할 만한 것과 합류하면서, 삶과 노동의 진정한 가치에 대한 질문을 산출하며 완성되는 소설의 경로는 입체적이다. 구병모는 '문어文語적 입담'의 소유자라고 할 수 있는데, 그간 이 작가의 문장을 즐길 수 없었음을 고백한 어느 심사위원조차도 이번엔 어쩐지 좋아하게 되고 말았다고 했다. 당연하게도 그것은 '이야기의 승리'일 것이다. 김애란은 사회적 공간 속을 떠다니는 감정의 입자를 포착하고 그것에 명료한 표현을 부여하는 특유의 능력을 예리하게 발휘한 소설 「홈 파티」를 썼다. 소설집 『바깥은 여름』 이후의 김애란은 자신의 능력을 특히 계급, 지위, 신분의 격차가 만들어내는 '감정사회학'적 풍경을 그려내는데 발휘하고 있다. 함께 본심에 오른 「좋은 이웃」은 실선으로, 「홈 파티」는 점선으로 그린 그림이다. 문학적 완성도가 더 높은 것은 후자라는 것이 심사위원들의 일치된 의견이었다.

서사에 대한 서사, 더 구체적으로는 서사가 실재를 다루는 (무)능력에 대한 소설 두 편이 있다. 김연수의 「진주의 결말」은 범죄 사건 주변에 들러붙는 서사들의 경합 현상에 대한 밀도 높은 탐구의 결과물이다. 범죄 동기에 대한 범죄심리학자의 매끈한 설명을 용의자가 직접 반박하고 나서는 소설 속 상황은 해석학적 긴장감으로 뜨겁다. 이 소설은 김연수의 서명과도 같은 주제인 '타인을 이해한다는 것'에 대한 성찰이 지금 어디까지 와 있는지를 보여준다. 함께 본심에 오른 「이토록 평범한 미래」가 김연수의 인장이 강하게 찍혀 있는 너무도 김연수다운 소설이어서 수상작으로 호명하기 새삼스러운 데가 있다면, 「진주의 결말」은 자신의 소설적 영토를 확장해나가려는 작가적 노동이 감지된다는 평과 함께 더 많은 선택을 받았다. 한편 문지혁의 「우리가 다리를 건널 때」의 주인공은 묻는다. '재난의 경험을 논문이나 소설로 쓸 수 있는가?' 그 질문은 '성수대교 붕괴 사고'(1994), '9·11 테러'(2001), '3·11 동일본 대지진'(2011) 등을 아우르면서 넓어지고 또 깊어진다. 이 경우엔 '쓸 수 없음 그 자체를 쓰는' 소설만이 유일하게 가능한 선택지라는 대답이 자주 택해지곤 한다. 이 소설은 그 대답에 무난히 도달했을 뿐인가, 아니면 그것을 뛰어넘는 가능성을 제시했는가. '자료에 기댄 작품'이라는 평가에서부터 '일곱 편 중 최고'라는 평가에 이르기까지 심사위원들의 의견은 흥미롭게 흩어졌는데, 물론 이것은 익숙한 길을 가지 않은 작품만이 만들어낼 수 있는 열기라고 해야 할 것이다.

대상 수상작인 편혜영의 「포도밭 묘지」는 1990년대에 함께 '여상'(여자상업고등학교)을 졸업한 네 사람이 이후 삶의 현장에서 '고졸 출신 여성 청년'으로서 살아야만 했던 삶을 따라간다. 원한다고 믿은 삶 쪽으로 가기 위해 누구보다 열정적이었던 한 친구는 자신을 학대하는 것이 곧 노력이라 믿으며 살다가 제가 꿈꿔왔던 미래가 아니라 외로운 죽음에 제일 먼저 도착하고, 나머지 셋은 지금 마음껏 분노하지도 애도하지도 못한 채 친구를 무릎 꿇린 그 현실에 여전히 던져져 있는데, 그 순간 어딘가에서 들려오는 "아무도 죽지 마"라는 대사는 어쩌면 작가 자신의 다급한

개입일지도 모른다. 정확한 디테일, 적절한 상징, 공감어린 시선, 깊은 여운이 어우러진 이 소설은 우리가 편혜영이라는 작가에게 경탄하게 될 순간이 아직 많이 남아 있다는 사실을 놀랍게 알려준다. '시험능력주의'와 '학벌신분사회'라는 말로 요약되는 우리 시대를 향한 작가의 회고적 응답이라고 할 만한 이 소설에, 동시대 청년들의 삶에 드리워진 그늘에 누구보다 예민했던 김승옥의 이름을 딴 소설상이 주어지는 것은 몹시 합당한 일로 보인다.

김화영 강영숙 강지희 신형철 정영문 정홍수 조경란
(대표 집필 신형철)

김승옥문학상 수상작품집
2022 김승옥문학상 수상작품집

초판인쇄 2022년 9월 23일
초판발행 2022년 9월 30일

지은이 편혜영 김연수 김애란 정한아 문지혁 백수린
책임편집 이재현 | 편집 김내리 정은진 강윤정
디자인 김문비 | 마케팅 정민호 이숙재 박치우 한민아 이민경 안남영 김수현 정경주
홍보 함유지 함근아 김희숙 박민재 박진희 정승민
제작 강신은 김동욱 임현식 | 제작처 영신사

펴낸곳 (주)문학동네 | 펴낸이 김소영
출판등록 1993년 10월 22일 제406-2003-000045호
주소 10881 경기도 파주시 회동길 210
전자우편 editor@munhak.com | 대표전화 031) 955-8888 | 팩스 031) 955-8855
문의전화 031) 955-3578(마케팅) 031) 955-1920(편집)
문학동네카페 http://cafe.naver.com/mhdn | 트위터 @munhakdongne
북클럽문학동네 http://bookclubmunhak.com

ISBN 978-89-546-8869-7 03810

잘못된 책은 구입하신 서점에서 교환해드립니다.
기타 교환 문의 031-955-2661, 3580

www.munhak.com